ヴァンパイア・シュテン

Fukuda Kazuyo

福田和代

THE VAMPIRE STEN

ヴァンパイア・シュテン

装丁　西村弘美
装画　孳々

——足らぬ。

長くて昏《くら》い眠りから覚める瞬間、それの心に降りてきたのはその言葉だった。

足らぬ。騒乱が、災いが、暴虐が、火花が、戦乱が、殺戮《さつりく》が。

——血が足りぬ。

ふっ——とまぶたが軽くなり、目をひらくと正面に深い夜空と星が見えた。

——夜か。

夜は、親しい衣のように身を包み、すべてを隠してくれるから好もしい。

(おぬしを隠しおおせる衣などあるものか)

おかしげに笑う友の声を、久方ぶりに耳にした気がした。懐かしさに身もだえながら、生まれたばかりの赤子がするように、それは身体の存在を確かめる。

指は動くか。足はどうか。一本ずつ指のふしを折り曲げ、手首、ひじ、肩、膝、足首とすべての関節が自在に動くことをたしかめて、それは莞爾《かんじ》と笑った。

目覚めは完全ではない。夢とうつつのあわあわとした境界で、漂っている心地がする。

海鳴りを聞いた。

寄せては返す、激しい怒濤《どとう》の音曲だ。

——潮の香りがする。

ひとつひとつ、感覚がよみがえる。見て、聞いて、嗅いで、触れて。世界が戻ってくる。

いったい何年、眠っていたのだろう。

それは、周囲の張りつめた空気にようやく気がついた。大勢の人間の激しい息づかいが自分を取り巻いていることにも、気づかざるをえなかった。

――熱い血潮の流れる、生きた人間どもの臭いがする。

足らぬ。まだまだ、血が足らぬ。

それは、人間どもに気取《けど》られぬよう己の欲望を満たすため、ぬらりと周囲に「気」を飛ばし、様子を窺《うかが》った。

1

夜風が生ぬるい。

那智行人《なちゆきと》は、金襴《きんらん》の派手やかな太刀袋《たちぶくろ》の紐を解き、いつでも抜刀できるよう鯉口《こいぐち》を切った。

童子切安綱《どうじぎりやすつな》、別名を鬼切丸《おにきりまる》。

その昔、酒呑童子《しゆてんどうじ》の首を斬ったと言われる伝説の銘刀だ。

「瑞祥《ずいしよう》、気を抜くな。やつら、ただ者ではない」

行人の指令に、周囲を固めるスーツ姿の男たちが、表情をこわばらせ頷く。

右手の海にそびえ立つのは、巨大な奇岩、立岩《たていわ》だ。地中から天に向かって飛び出すような、荒々しい垂直の壁だ。

「散れ」

那智瑞祥がひとこと告げると、配下が目標を取り囲むべく、さっと位置を変えた。瑞祥本人は、いつものごとく涼しい表情で弓矢を持ち、長い髪が風にあおられるまま、背筋を伸ばして佇立《ちよりつ》している。

行人はゆくての闇に目を凝らした。

本来、そこにそびえ立つはずの巨大な母子像は、何者かによる台座爆破の衝撃で横倒しになっている。髪を美豆良《みずら》に結った少年時代の聖徳太子《しようとくたいし》と、その母・間人皇后《はしうどこうごう》をモチーフにしたブロンズ像だ。

直径十メートルばかりの、半球を形作る台座に載っており、平成三年の設置からおよそ三十数年、浜辺から丹後《たんご》の海を見守り続けてきた。

——と、いうことになっている。

公には秘されてきたが、母子像は一種の結界となっていた。あの像がある限り、〈悪しきもの〉は地下に封印されるはずだった。

月明かりの下で、母子像の台座を爆破し、地下を掘り返そうとしている男たちは、母子像に隠された秘密を知っているようだ。

掘り返した地面に下りた男のひとりが、瓶を取り出し中身を撒《ま》くのが見えた。男の身体からは、邪気が霧のように滲み出ている。

「まずいな」

行人の声に珍しく緊張がこもる。およそ二十年、この職業に就くうちに、もともと冷静沈着だった行人は、岩よりも硬く、氷よりも冷たいと揶揄《やゆ》されるほどになった。

だが、今宵は別だ。

あの男たちは服装こそTシャツにジーンズの若者だが、ただの若者ではない。

——どうやら我々は後れをとったようだ。

「瑞祥、結界を張れ」

「御意《ぎょい》!」

瑞祥が手を振る。

配下の者たちが、四神を表す四色の房をつけた土鈴を配置すると、瑞祥が桃の木から彫り出した弓に、葦の矢をつがえて放った。

目には見えぬはずの結界だが、行人には、瑞祥の矢が天頂に届いた瞬間、四隅の土鈴からオーロラのように輝くひんやりとしたバリヤーが、壁のように地面から立ち上がるのがはっきりと感じ取れた。

四神は青龍《せいりゅう》、白虎《びゃっこ》、朱雀《すざく》、玄武《げんぶ》。桃と葦は呪力を持つとされる植物だが、この程度の結界では〈悪しきもの〉には間に合わないかもしれない。強い力を持つ鬼には、所詮、結界などままごとのようなものだ。

——母子像の台座を爆破し、〈悪しきもの〉復活を企むやつらがいる。

その一報を受け、行人たちは母子像の周囲に結界を張り直すために東京から丹後に駆けつけた。だが、ひと足遅かったようだ。

〈悪しきもの〉復活を企む相手は、まさかの生身の人間だった。行人らは人間相手の警察官ではない。鬼切丸も、人を斬るための刀ではない。

——行くか。

行人は足を踏み出し、声を張り上げた。

「こちらは警察庁特別調査課だ。両手を上げて立ちなさい！」

男たちが、思いもよらぬ闖入者《ちんにゅうしゃ》に動揺するのが感じ取れた。だが、おとなしく従う相手ではなかった。

確保しようと近づく調査課員に、無言で立ち向かう。素手だが心得があると見て取り、課員もむやみには飛び出さない。

「瑞祥、やつらの狙いは〈石〉だ。決してあれを、連中に盗まれるな！」

「御意！」

細身の瑞祥が弓を置き、スーツの下に隠した革の鞭をひらめかせながら、戦いの場に飛び込んでいく。二十歳を超えてもなお、少年のような体格と身軽さを維持する男だ。

通称トクチョーこと、警察庁長官官房特別調査課——この無味乾燥な名前を聞いて、職掌に思い至る人はなかなかいない。実態は、明治三年に廃止された陰陽寮《おんようりよう》の後継組織だ。明治政府に迷信と切って捨てられ、職業として陰陽師《おんみようじ》を名乗ることを禁止された陰陽師たちの、救済措置だったとも言われる。

だが、天文を読み気象を占い、国家の安寧を守る陰陽師の存在が役に立たなかったはずがない。特に、明治十年には——〈悪しきもの〉との激戦があったのだから。

服装を見て侮ったわけではないが、楽に勝てる相手と思った若者たちは、特別調査課と互角に戦っていた。古式空手のような武術を使い、調査課員もかんたんに近づくことができない。

行人は目を瞠《みは》った。

「——あれは何だ」

母子像の台座がぐらぐら揺れている。地震などではない。行人らの足元の地面は、びくとも動いていない。

爆破で開いた穴からひび割れが広がり、台座の下から何かが姿を現そうとしているのだ。無念の形相《ぎようそう》で台座に引っ掛かっていた間人皇后の像が、砂地に転がり落ちた。

「おおおおお！」

ひとりが髪を振り乱して穴に飛び込み、ざらつく歓喜の声を上げた。

「おおおお、俺の血を飲んでくれ！　俺に永遠の命をくれ！」

「どけ！　俺の血だ！　俺の血を飲め！」

ひとり、またひとりと穴に飛び込んでいく。暗い夜だが、目より行人の第六感がはっきり状況を摑んでいる。穴に飛び込む男たちの眼は、酔いと欲望に血走っている。全身から強欲の悪臭を放っている。

——まずい。

そこで起きていることは明らかだった。己の命を懸けてでも、阻止しなければならない「事件」だった。

「われらの目の前で、いい度胸だ！」

瑞祥が駆けていく。細身の鞭がしない、男の首にきつく巻き付いて引き上げようとする。

だが、間に合わなかった。

『俺様に飲まれたいか』

地の底から、猛獣のような唸り声が響く。同時に、大地がびりびりと震えた。トクチョーの配下たちが本能的に相手のパワーを感じ取り、戦慄している。

——これは、とてつもない。

行人は後じさりそうになる己を叱咤《しった》した。明治十年に東京で〈悪しきもの〉を封じたのは、トクチョーに配属された陰陽師の先達だ。その中には行人の先祖もいた。彼らが残した公的記録や手記を読み、目撃者らの話も伝え聞いてはいるが、実際に目の当たりにするのは初めてだ。

『俺様に食われたいか！』

すでに爆破で一部破壊されていた台座が、ぐらぐらと揺れ、まっぷたつに裂けた。瑞祥の鞭に捕らえられた男が、ずるりと台座の下に引きずりこまれ、消えた。鞭で男を吊り上げようとしていた瑞祥まで、引っ張られてたたらを踏んでいる。

「やったぞ、シュテン様が俺の血を飲んでくださる！　俺に永遠の命を——」

台座の下からくぐもった歓喜の声がほとばしり、次いでそれは、「ぎゃあああっ」という獣の断末魔に変わった。肉と骨を力ずくで引きちぎるような、耳をふさぎ、目をそむけたくなるようなおぞましい音が聞こえてくる。

「瑞祥！」

あやうく一緒に引きずりこまれそうになった瑞祥が、踏みとどまって鞭を取り戻した。いや、長かった鞭の先がちぎれている。

割れた台座の下から、むくむくと黒い影がふくらみ、見る間に人の形をとって立ち上がるのが見える。あたりまえの人間のように見えたそれは、行人らが見守る前で、どんどん巨大化しつつあった。

その手に握られている人形のようなものは、いま地下に引きずりこまれた男の胴体だ。くわえているのは、引きちぎられた男の左腕だ。ボリボリと骨ごと嚙み砕く音がする。

「いて……いてぇよう……」

息も絶え絶えの男が、弱々しく呻《うめ》く。

『俺様の血となれ！』

漆黒の影が咆哮《ほうこう》すると、びりびりと行人の周りの空気も震えた。男の肩から滴る血をすすり、肉を齧《かじ》るたび、影は巨大化していく。

『俺様の肉となって永遠に生きよ！』

「いかん――」

想定外の事態に行人は慌てた。

――ここまで後れをとるとは。

だが、このまま見ているわけにはいかない。影は、ひとりめの犠牲者を喰らい尽くすと、次の男を無造作に捕らえてボリボリと齧りはじめた。

目の前で仲間を食われながら、男たちはまるで催眠術にでもかかったかのように、その場で立ち尽くし影を見上げている。やつらはただ、〈悪しきもの〉の餌にするため何者かによって送り込まれたのだ。

「毒魔之中過度我身《どくましちゅうかどがしん》！」

行人は印を結び、胸ポケットから呪符を抜き出し空に放つ。

「急々如律令《きゅうきゅうにょりつりょう》！」

呪符から放たれた白熱の光線がその場を焼くように照らしだすと、母子像の台座に集まっていた男たちが、突然のまぶしさに目を覆った。

「出でよ、わが式神《しきがみ》！」

どこからともなく、鋭く大気を切り裂いて漆黒の影がこちらに向かって飛んでくる。その数は百とも、千ともつかない。

鳥の大群だ。

一瞬にして空を埋め尽くした大群の鳥は、いっせいに台座の周辺にいる男たちに襲いかかった。尖った嘴《くちばし》で体中をつつこうと攻撃する鳥に、男らが悲鳴を上げ、目を守ろうとしている。鳥たちは頭をつつき、指の隙間から鼻をつつき頬に穴をあけ、首筋に肩に背中にと、鋭い爪でがっちりと取りついて、全身を血まみれにしていく。

男たちは台座を駆け下り、砂地を転げまわって鳥の嘴から身を守っている。彼らは鳥が自分を攻撃していると考えているだろうが、逆だった。鳥は、彼らを台座から引き離すよう誘導しているのだ。

「今だ！」

行人はすらりと鬼切丸を抜いた。

雲間から、まるで刀を嘉《よみ》するような月明かりがさっと射し込む。神々に愛され、寿《ことほ》がれた名工が打った刀だ。鬼切丸の刀身が、ぬらりと濡れたように輝いた。

――刀も鬼の血を吸いたがっている！

今なら間に合う。行人は砂地に身を躍らせ、台座に向けて走った。地下から湧き出た不吉な黒い影は、月明かりに照らされてその異形をあらわにしていた。

人の生き血を飲み、たらふく肉を喰らったためか、影は驚くほど巨大化していた。

――大きい。

息を呑み、三階建てのビルほどの影を見上げる。こんなものが、あの台座の下に封印されていたというのか。

その顔。

まず角だ。額からにょっきりと飛び出した、異質な尖った二本の角が、影の「ひとでなし」を証明している。ぎろりとこちらを睨む大きな眼球と、ひくひくうごめく鷲鼻、耳まで裂けた真っ赤な口、にたりとまくれ上がった唇から覗く鋭い牙、ごつごつと岩のように硬い皮膚！　なにもかも、その影の正体が何者かを教えている。

行人は己の恐怖をむりやり腹の底に封じ込めた。

「――酒呑童子！」

斬らねばならなかった。まだ蘇って時の短い今この瞬間に、行人は酒呑童子を必ず斬らねばならなかった。

「覚悟せよ！」

鬼切丸を振りかぶり、砂地を蹴って叫ぶ。

眠りから覚めたばかりの、緩慢な動きで酒呑童子が輝く刀を見やる。その首を斬らねばならぬ。

酒呑童子の腿を蹴り、巨軀を駆け上がろうとする。

次の瞬間、刀が砕けた。

何が起きたのか理解できなかった。行人の振り上げた右腕は、刀身の中央で砕け散った鬼切丸の衝撃をまともに受け、骨が折れたかと思うほどの激痛に襲われた。

――鬼切丸が、折れた？

目の前にいる酒呑童子は、指一本たりとも動かしていない。ドーンという轟音と地響きとともに、酒呑童子の背後に何かが墜落し、ようやく行人も事態を把握した。何者かが鬼切丸に砲丸のようなものを投げつけたのだ。

――何者が？

酒呑童子の仲間の鬼か、あるいは台座を割って〈悪しきもの〉を蘇らせた人間どもの仲間か。

「行人様！」

はっと我に返った時には、左手後方から突進してきた瑞祥に、突き飛ばされていた。

『なんと久しいな、ぬしらは陰陽師か』

酒呑童子の真っ赤な口中から、黄色い唾液が滴り落ちる。その手は、行人の身体を摑もうとして果たせず、代わりに瑞祥の胴体をむんずと摑んでいた。

「瑞祥！」

行人を逃がすため、飛び込んできた瑞祥が犠牲になったのだ。

『ほう――女かと思った。だが、そちも男にしては旨そうだ』

酒呑童子の口から垂れる黄色い唾液に、瑞祥が白い顔をそむける。

「瑞祥！」

手の中には、半分に折れた鬼切丸しかなかった。だが、行人はそれを握りしめ、酒呑童子に向かって再び駆け寄ろうとした。

トクチョーの課員たちも、各々の武器を手に、酒呑童子を倒そうと駆けつけるが、今や巨大化した酒呑童子が空いた腕をひと振りすると、子どものように薙《な》ぎ払われた。

行人は砂地を蹴って駆け上がり、酒呑童子の額めがけて折れた鬼切丸を振り下ろす。

酒呑童子の丸太のように太い腕が、がっちりと刀を受け止めた。傷はついても、切り落とすことはできない。鬼切丸は童子の腕に食い込んで、刀を握った行人も童子の腕からぶら下がったままだ。

にたりと酒呑童子が耳まで裂けた口で笑う。

『口惜しいか』

大きい口で瑞祥を頭から齧ろうとする酒呑童子の腕に、行人はとっさに呪符を貼りつけた。

「吐普加身依身多女《とほかみえみため》、寒言神尊利根陀見《かんごんしんそんりこんだけん》、波羅伊玉意喜余目出玉《はらいたまいきよめでたまう》！」

三種祓《さんしゅのはらえ》をひと息に奏上する。天地人のすべてを祓う呪《しゅ》だ。

鬼など天地にのさばって良いはずがない。行人の父、祖父、曽祖父、そのまたずっと千年以上も遡《さかのぼ》れば、かの安倍晴明《あべのせいめい》にも行きつく先祖たちが、生涯かけて祓い続けた穢《けが》れが、いま行人の目の前にあった。

祓え！

祓え！

祓え！

穢れは祓わねばならない。穢れた鬼は封じねばならない。この世は清浄でなければならない。

『――愚かな』

酒呑童子の眼球がぎょろりと動き、こちらを憐れむように見下ろした。

『いまだ三種祓とはな。そのほうらの知恵は、千年昔のままなのだな』

――効いていない。

行人は愕然とした。三種祓は最強の呪だ。それがこの鬼にはまったく効果がない。酒呑童子はどこまで強いのだ。

瑞祥が必死に童子から逃れようとしているが、童子の右手はがっちりと彼の胴を握ったままだ。

その時、行人は近づいてくるローター音を聞いた。ヘリコプターがこちらに向かっている。ヘリから長い縄梯子が下がっている。

『シュテン！　それにつかまれ！』

拡声器を通したような、ひび割れた人工音声が響きわたった。酒呑童子が顔を向けた方角を、行人も見た。

像から東に渡した橋の上に、誰かが立っている。真っ黒な革のスーツをまとい、フルフェイスのヘルメットで顔を隠した細身の人間――手には砲丸を握っている。

――あんな遠くから、鬼切丸を折るほどの速度で投げただと？

ならばあれは、人間のように見えても人間であるはずがない。

革スーツの影が、ふたたび砲丸を振りかぶって投げた。狙いは行人だ。

「くっ」

鬼切丸は酒呑童子の左腕から抜けない。しかたなく、行人は刀の柄《つか》から手を放し、砂地に飛び降りた。砲丸は行人の頭があったあたりを飛び去った。

ヘリから下げられた縄梯子を、酒呑童子が摑んだ。瑞祥を捕らえたまま、童子の身体がゆるゆる上がっていく。トクチョーが張りめぐらした結界など、酒呑童子は意にも介していないらしい。

行人は酒呑童子とヘリを追って走った。何があっても見逃さないつもりだった。

その時、革スーツの後ろから走り出た影が、行人の前進を阻むように両腕を広げ、真っ赤な口をカッと開いて咆哮した。影がふくらむにつけ、身につけたシャツとパンツがビリビリ裂けた。その顔は、人間とはとうてい思えぬ異形だ。

「行かせんぞ、陰陽師！」

——酒呑童子の配下の鬼か。

もう刀はない。行人は舌打ちし、腰の特殊警棒を引き抜いた。鬼の頭めがけて振り下ろすと、ぐんと長く伸びたそれを避け、鬼が甲高く笑いながらこちらに向かってきた。

真っ赤な口から覗く、鋭く尖った純白の牙に、やられる、と行人が一瞬、立ちすくんだ。

鈍い発砲音がして、鬼の腹に穴が開く。自分の身体に起きたことが理解できなかったのか、鬼は血の噴き出す己の腹部を見下ろし、それから革スーツの影を振り返り、なぜか満足そうに笑ったように見えた。

「課長！　ご無事ですか！」

トクチョーの鋤田《すきた》が、銃を手に立っていた。

「鋤田、撃て！　あいつを撃ち続けろ！」

鋤田は一発の銃弾で満足してしまっている。行人の指令に、我に返ったように銃を構えたが、遅かった。鬼の身体は、急速に縮み始めている。両手、両足はするすると短くなり、目鼻立ちは埋没し、行人らの目の前で鬼は楕円形の真っ黒な巨石に変化しつつあった。

鋤田が慌てて狙いをつけ直し発砲したが、銃弾は金属音とともに、どこかに弾き飛ばされた。

「これは――」

鋤田が唖然とするなか、行人は酒呑童子を助けに来たヘリを見上げた。

ヘリはゆっくり東に向かい、途中で橋の真上を通過する際、砲丸を投げた革スーツの影が、酒呑童子の足につかまった。それが合図になったか、ヘリが高度を上げていく。

行人は歯がみして、怒りに燃えた目で見上げ、振り返った。

「鋤田！　地元警察に連絡し、あのヘリを追わせよ。酒呑童子を逃がすな。瑞祥を助け出すぞ」

「御意！」

トクチョーの課員がスマホで連絡を取り始める。行人には別にやることがあった。

式神の鳥たちは、まだ謎の男たちへの攻撃を緩めていない。血まみれになりつつ、彼らは必死で鳥の大群を追い払おうと両腕を振り回し、逃げ回っている。

行人が指笛を吹くと、鳥の動きがぴたりと止まった。

「もういいぞ。式神たちよ」

まるで言葉を理解したかのように、千羽近いと思われる鳥は攻撃をやめ、再び大きなひと群れになると、海のかなたに向かって飛び去った。

茫然とそれを見送る男たちに、行人は近づき、警察手帳を見せた。

「そのほうらに聞きたいことがある」

2

「久しいな、茨木《いばらき》」

ヒトガタに戻った酒呑童子が、ヘリのシートに腰かけ、にっと笑っている。これが酒呑童子の、人間だった頃の姿だ。

茨木童子は反応に迷っていた。

懐かしむ気持ちが、ないわけではない。

最後に会ったのは明治十年だから、あれから何年経つのだろう。

酒呑童子は陰陽師に封じられ、しばらくはどこに隠されたのか茨木にもわからなかった。

『──久しぶりだ。シュテン』

昔から、茨木は酒呑童子をシュテンと呼びならわしてきた。今となってはまるで外国人の名前のようで、目の前にいる赤っぽい茶髪で魁偉《かいい》な容貌の大男にぴったりだ。鼻は高くせり出して頬骨が高く、目は大きい。太い眉がきりりとして、大きな口を開くと、真っ白で尖った八重歯がやたら目立つ。

『起こすのが遅くなって悪かったな』

「なんの、よう寝たわい。なんだ、そのかぶり物は脱がぬのか」

『脱ぐと、その男に声を知られる』

茨木が囚われの陰陽師に顎をしゃくると、シュテンが「ははあ」と頷いた。

「茨木、そいつを生かしておくつもりだな」

『しばしの間はな』

立岩の上空で合流した後、茨木はシュテンの身体をよじ登って縄梯子に取りつき、先にヘリコプターに乗り込むと、酒呑童子と陰陽師ごと縄梯子をヘリに引っ張り上げた。

酒呑童子の身体は、入るべき場所のサイズに合わせて、自在に縮んだり伸びたりする。身体が縮んだ時に、左腕に刺さったままだった鬼切丸の半分が、ぽろりと外れて海に落ちていった。

ヘリに乗り込んで真っ先にやったことは、陰陽師の手足を縛って猿轡《さるぐつわ》をかませ、分厚い麻の袋を頭からかぶせて視界を奪うことだった。ヒトガタに戻ったシュテンや、自分の顔を見られたくなかった。

逆に、もし陰陽師がひと目でも自分の顔を見ていたら、生かしてはおかなかった。

声から人物を特定されやすいので、茨木がかぶっているフルフェイスのヘルメットは、音声変換装置がついており、男とも女ともわからぬ太い声に変換されている。自分の正体は、秘密にしなくては。

「若く肉の柔らかそうな陰陽師だった。血を飲んで、さっさと食ってしまおう」

陰陽師が身体をこわばらせる。

『それもいいが。せっかく捕らえたのだ。陰陽師との取引材料に使えるかもしれん』

「取引？　あいかわらず茨木は面倒くさいことを考えるのう」

ふん、と茨木は鼻を鳴らした。

『陰陽師。そなた、名は何という』

尋ねてから、猿轡をかませたことを思い出した。まあいい。

それより、シュテンだ。

江戸時代と明治時代のほぼ境目から、いっきに百五十年の時を超えたというのに、この男、あまり周囲の変化に驚いた様子もない。空を飛んだことなどないはずだが、ヘリにもすんなり馴染んで、落ち着いているのがいかにも小憎らしい。ヘリの窓から、真っ暗な外の様子を見ても平然としている。

何度も何度も百年単位で眠りについたために、復活のたび世の中が激変することに、慣れてしまったのだろうか。

ヘリのローター音はやかましいが、その騒音すらシュテンを煩わせてはいないようだ。

『シュテン、気づいたか。私たちがいるのは丹後だ。おまえは立岩のそばで眠っていたのだぞ』

さすがに、シュテンが驚く表情を見せた。

「――道理で。波の音が懐かしいと思うた」

平安のころ、シュテンや自分たちが塞《さい》を築き、我が物顔にふるまっていた大江山《おおえやま》は、車で一時間と少し。ヘリならひとっ飛びだろう。

立岩周辺なら結界を張りやすいと考えたのだろうが、あの場所にシュテンを封じた陰陽師たちは、思えば粋なはからいをしたわけだ。

『おまえの封じられていた台座を壊し、結界を解いた男たちは、何者だったのだ？』

「俺様が食ったやつらか？　知らんぞ。目が醒めたらいたんだ」

なるほど、シュテンが知らないのは当然だ。彼らは陰陽師の仲間ではなかった。陰陽師はシュテンを石のまま封じようとし、男たちはシュテンに血を吸わせ、復活させようと企んでいた。

――誰かが、シュテンの蘇りを企図した？

それが喜ぶべきことか、茨木にもまだわかりかねている。

彼が封じられていた間人皇后と聖徳太子の母子像を思い出す。茨木は、平成三年にあの像が設置された本当の目的を知ると、丹後まで飛んで像の様子を探った。

陰陽師はもともとシュテンを東京某所に封じたのだが、都内の再開発でその地が掘り返されることになり、別の場所に新たな結界を張って封印し直したのだ。

間人皇后は、蘇我《そが》と物部《もののべ》の争いが起きた時、戦から逃れて丹後に潜んだ。土地の者たちによくしてもらったと感謝し、この地に「間人」という自分の名前を贈ったという。そのまま村の名にするには恐れ多く、間人と書いて「たいざ」と読む今の地名になったのだ。

母子像は、その間人皇后と息子の聖徳太子をモチーフにしている。離れて見れば、温和な母と愛らしい息子の像だ。だが、台座に近づいて見上げた時、茨木はハッとした。

間人皇后は、厳しい表情で茨木を見下ろしていた。聖徳太子も幼いながら、豪胆さを秘めた顔をしていた。冷たい目つきと、強い意志を思わせる結んだ唇が、この像を建てたものたちの意図をはっきり伝えていた。

——怒りだ。

この下に封じられた〈悪しきもの〉から、必ずや世界を守り抜く。その意志だ。

母子像は強い結界に守られていた。おそらく、母子像と台座そのものが結界になっていたのだろう。だが、茨木がその時、母子像の下からシュテンを掘り出さなかったのは、そのためではない。その程度の結界など、茨木ならたやすく破れる。

『シュテン、今のうちにやっておくか。例のアレ』

「おう。そうしよう」

シュテンが出した手を、茨木は握った。

目を閉じ、腕の神経の電導効率を上げる。シュテンと自分の身体が、蛍のように淡く青白い光を放ち始める。

シュテンが目覚めるたび、ふたりで行う儀式だった。百年、二百年の時の差は、そうかんたんには埋まらない。だから、こんなやり方をいつしか編み出したのだ。

現時点ではまだ、この術を使えるのは茨木だけだが、本来は誰でも使えるのではないかと思う。人間の記憶は、脳に保存された電気信号だ。茨木のここ百五十年ほどの記憶を取り出し、電気信号としてシュテンに流し込む。百五十年分の記憶をすべて移植する必要もないが、シュテンの脳は貪欲にそれを飲み込み、必要な記憶だけをうまく意識に取り込んでいるようだ。

百五十年分の記憶を処理するのは、さすがに時間がかかった。

「——ほう。ほう、茨木。おまえ、うまくやったな」

目を開けたシュテンがにやりと笑う。どうやら、茨木童子が現在おかれている立場を正確に理解したようだ。

『シュテン。おまえが不在の間に、日本は世界大戦を二度もくぐり抜けた。今は平和だが、これからどうなるかはわからん』

「それはいいな。戦乱こそ、望むところだ」

昔から争いの中心にいたがる男だった。シュテンと一緒にいると、心が休まる暇がなかった。

——また始まるのか。

シュテンの帰還を喜ぶ気持ちも、もちろんある。だが、長い平和な時代を経て、茨木は戦乱に倦《う》み疲れた自分を感じている。

『茨木様。もうじき到着します』

ヘリの操縦席から、スピーカー越しに連絡が届く。本来ならまっすぐ大阪か京都に飛び、新幹線にでも乗り換えて東京に戻りたいところだった。

だが、陰陽師という招かれざる客がいる。立岩の前で戦った陰陽師たちは、間違いなくヘリを追う。このヘリで遠くには飛べない。近場で乗り捨てなければ。

『乗り物を替えるぞ、シュテン。追手を撒く』

「小うるさい陰陽師どもを追い払うのだな。任せるよ」

窓の外はあいかわらず真っ暗で、茨木の目にもこのヘリがどこに降りようとしているのかわからない。

だが、闇の底に、ちらちらと小さな緑の灯が動くのが見えた。あれが誘導灯だ。

ヘリが徐々に高度を落としている。

山の中に開けた平地で、まともなヘリポートではなさそうだ。

「茨木様。お待ちしておりました」

ヘリを降りると、虫の声に取り巻かれた。

丹波《たんば》のキャンプ場のそばだ。近くにはキャンピングカーとライトバンが停まり、茨木たちを待っている。

『五葉《いつは》、ヘリにいる男は陰陽師だ。人質だから、逃がさぬよう捕らえておいてくれ。目隠しの袋は外さないように』

「承知しました」

この蒸し暑さでも、涼しげに麻のスーツを着た五葉が、ライトバンのスライドドアを開けて恭《うやうや》しく頭を下げる。来いと言えば、地獄まで素直に飛んできそうな男だ。

『五葉。――七尾《なな お》が石になった』

シュテンと茨木を逃がすため飛び込んでいった七尾の姿を思い出し、唇を噛む。

五葉が微笑み、頭を下げた。

「茨木様のためなら、七尾も本望でしょう」

『――いずれ助け出そう』

石になっても、死ぬわけではない。眠りについているだけだ。

『シュテンは私とこっちだ。陰陽師は向こうのキャンピングカーに乗せていく』

「これが車か」

物珍しげにシュテンが呟き、乗り込んだ。

――もう、陰陽師に見られる気遣いもない。

ホッと息をつき、茨木はフルフェイスのヘルメットを脱いだ。まとめて束ねていた長い黒髪が、ばさりと背中に落ちてくる。

「ほう」

シュテンが目を細める。

茨木は車窓に映る自分を見て、乱れた髪を整えた。

漆黒のストレートな髪に、ほっそりした白く長い首。顔立ちはきりっと引き締まり、見ようによっては美青年のようでもある。小さな唇に、薔薇色のルージュが引かれていなければの話だが。

「では茨木様、東京でお待ちしております」

頭を下げた五葉が、ドアを閉じた。このバンは運転手に任せ、五葉自身はキャンピングカーを運転していくつもりらしい。

彼のことだ。きっと高速道路をサーキットのように飛ばしていくのに違いない。

「わかった。では東京で」

茨木は——世界的ファッションデザイナーとして著名な茨木瞳子《とうこ》は、つんと細い顎を上げて五葉に応え、大きなサングラスをかけた。

3

「課長、ヘリを見失いました」

こちらからの応援要請で、府警も周辺の県警と連携し、ヘリの発着情報を収集したようだが、どうやら間に合わなかったらしい。

日付が変わる頃になり、鋤田が疲れた表情で報告した。

府警に詳しい事情を明かせないこの状況では、後手に回るのもやむをえない。

行人は、手錠をかけ砂浜に座らせている八人の男たちを冷たく睨んだ。朝までこうしているわけにもいかない。

「——こやつらから話を聞き出すか」

この男たちを警察署に連行することもできなかった。彼らは母子像の台座を損壊した現行犯だ。だがそのあと、台座の下から現れた鬼に仲間を食い殺された。

——そんな話、どこの警察官がまともに取り合うのか。

「——おい」

端に座り、がくりと首を垂れている男に話しかける。

「君らのリーダーはどの男だ?」

おい、と言いながら肩を揺すってみても、男は首を前に垂らし、がくがくと揺さぶられるままになっている。

――だめだ、これは。

「――クさま……」

男が何か呟いた。

「何か言ったか?」

「――ジョフクさま……」

行人がハッとするのと同時に、鋤田も驚いた表情になった。

「この男、徐福《じょふく》と言いました――」

「おい! こちらを見ろ。君は徐福と言ったのか? 徐福とは何者だ?」

男はとろんとした目を上げ、だらしなく開いた口からよだれを流している。明らかに様子がおかしく、何らかの薬物によるトランス状態ではないかと思われた。

「徐福は君に何と言ったのだ?」

台座を割り、地下に飛び込みながら、自分の血を吸ってくれと口々に叫んでいた男たちを思い出すと、背筋に冷たいものが走った。

「え――えいえんの、いのち――」

うわごとのように呟いた男が、がくがくと身体を震わせると砂地に倒れ伏した。

「救急車を呼んでやれ」

鋤田に命じて、行人は男のそばを離れた。

星の多い町だ。砂地に並んで座らされている男たちの姿もよく見える。

波は夜になっても激しく、砂浜の奥深くまで洗っていく。

――永遠の命と言った。

しかも、徐福だ。あの男たち、見た目には十代後半から二十代だろうか。徐福の伝説が流行でもしているのだろうか。

「救急車を依頼しました」

鋤田が駆けてくる。陰陽師としての経験値では瑞祥と比較にならないが、真面目な警察官だ。向上心も強い。

「――課長」

腕組みし、黙然と星を見上げている行人を何と思ったのか、鋤田が話しかけてくる。

「母子像の下に封印されていたのは、何だったんですか。SNSを監視しているAIが、母子像の襲撃計画を察知したことは知っています。ですが私たちは、あの像が倒れると封印の効力が弱まるので、結界を張り直すとしか聞いておらず」

「――そうだったな」

真実を知っていたのは、行人と瑞祥だけだ。ふたりは代々、陰陽師の家系に生まれた。彼らの家では、最低ひとりの子どもはトクチョーに入ることを義務づけられている。

「あれは、酒呑童子だ」

「酒呑――童子」

警視庁に入り、トクチョーに引き抜かれるまでオカルトとは縁のなかった鋤田が、異なものを見たような目でこちらを見ている。

しかたがない。酒呑童子と言えば、御伽草子《おとぎぞうし》のような物語に登場する鬼だとしか、一般人は認識していないだろう。

大江山の鬼の巣窟に棲み、時おり夜陰にまぎれて都に現れ、姫君たちをさらい金品を強奪する。誘拐された姫君の親が帝に上訴し、帝の命で源頼光《みなもとのよりみつ》と藤原保昌《ふじわらのやすまさ》らが鬼退治に出かける——それが、一般的な現代人の知識に違いない。

「そんな顔をするな、鋤田」

「——とは言いましても」

「酒呑童子は実在する吸血鬼だ。大江山で源頼光たちに退治された後も、何度も蘇っては我らが祖先と戦い、封じられることを繰り返してきた。前回、最後に封じられたのは、明治十年」

鋤田が顔をしかめた。

「退治されたのに、なぜ蘇るのですか。それに——酒呑童子が、吸血鬼？」

「やつらは人間の血を吸う」

行人はふっと太い息を吐く。西洋風に言えば、ヴァンパイアだ。だが、肉も喰らう。

「西洋の吸血鬼は太陽の光に弱く、昼間は棺桶の中に隠れている。十字架とニンニクも苦手だし、銀の銃弾で撃つか心臓に杭を打ち込めば塵になって死ぬらしいな。だが、酒呑童子たちは同じ吸血鬼でも、そういったものは平気だ。宗教の違いなのか何なのか知らないが」

「太陽も平気なのですか——」

「そうだ。やつら、己の命が危うくなると、石に変化する。見ただろう、あれを」

銃で撃たれ、見る間に真っ黒な石となった鬼を顎で示すと、鋤田が青い顔で頷いた。

「あれは、死んだわけではないのですね」

「生きている。やつらを殺すには、やつらが石になる前に、一撃で完全に殺してしまわなければならないのだ」

「一撃で、完全に殺す」

そう言われても、腑に落ちないだろう。

「そうだ。一撃で殺さないと、やつらはあっという間にダイヤモンドよりも硬い石になる。源頼光たちが退治した時も、御伽草子などでは酒呑童子の首をはねたことになっているが、実際には硬すぎて斬れなかった」

伝説では、酒呑童子の首が重すぎて都まで持ち帰れず、老《おい》ノ坂《さか》に埋めたとされるのだが、実際は楕円形の石になった酒呑童子が重く、運ぶのを諦めて山中に埋めたのだ。

「石に血をかけると、吸血鬼が復活する。なぜそうなるのか、仕組みは知らん」

「さっき台座の下に男が撒いたのは、血液だったんですね」

「そうだろうな。蘇った鬼に、自分の血を吸わせようとしていた。血を吸われた者も鬼になる。不老不死の吸血鬼に」

「不老不死──」

鋤田が舌の上でその言葉を転がすように呟き、やがてそそけた頰になった。うっかり己が陶然としたことに気づき、戦慄したような表情だった。

行人は時おり、トクチョーに引き抜かれる警察官の本音が不安になる。この国の安寧を守る陰陽師の存在や、結界や呪術について、彼らは本心ではどう見ているのか。

単なる儀式か。おまじないか。

行人らはオカルトめいた秘儀で人心を惑わす邪宗の徒か。それとも——。

行人ら陰陽師には、時おり現れるはぐれ鬼や、誰かが中途半端な知識で起こしたために魔となった式神などが、存在として感じ取れるが、警察官たちの感じ方は一般人と変わらないはずだ。

「不老不死とは言っても、刀で斬れるし、傷もつく。血も流すのだ。だが、死にそうになると何かのスイッチが入って、石になることで、死なない」

途方もない話で、どう考えるべきかわからなくなったのか、鋤田があいまいに頷く。

「そう言えば徐福も、不老不死の仙薬を求めて日本に流れついたという伝説があるな」

秦《しん》の始皇帝《しこうてい》に、不老不死の霊薬が東方にあると奏上し、霊薬を取りにいくための船と財宝をまんまとせしめ、船出して帰らなかった方士だ。

虚構とされるが、日本の各地に、徐福が漂着したという伝説が残っている。佐賀、和歌山——いま行人らがいる間人《たいざ》の近くにも、伊根町《いねちょう》の新井崎《にいざき》という岬がある。新井崎神社には徐福が祀られている。

伝説によれば、徐福の船は新井崎のハコ岩に漂着し、徐福はそのまま住み着いて、やがて博識を讃えられ良い村長《むらおさ》になったという。

「——あの男たち、一服盛られたようだな」

砂地に座る男たちは、半数がまっすぐ座っていられなくなり、砂に顔を突っ伏したり、横に倒れたりしている。

こんな状態で警察を呼んでも、薬物でハイになって幻覚を見たと言われるのがオチだ。証言能力もないだろう。だからこそ、安心して救急車も呼べる。

——徐福か。

彼らの中に、リーダーと呼ぶべきものはいないようだ。ひょっとすると、先に酒呑童子に食われたのが、そうだったのかもしれない。

瑞祥が心配だった。

救急車のサイレンが聞こえてくる。

「鋤田、あの男たちの身元を調査しろ。薬物の影響が抜けて頭がはっきりすれば、事情聴取する。『徐福』とは何者か、何のために酒呑童子を復活させたのか、突き止めるんだ」

「御意」

だが、瑞祥をさらった酒呑童子が、徐福なる者と通じているかどうかはわからない。

「あの石も持っていこう」

行人は石になった鬼を指さした。

「何かの役に立つこともあるだろう。絶対に血液を近づけるな」

「御意。――課長」

鋤田が、ためらいがちに口を開く。

「那智さん――瑞祥さんは、課長の従兄弟に当たられると伺いました。ご心配でしょう」

彼が、衷心から行人を案じて言ったのはわかっていた。だが、行人はそっけなく頷いた。

「さらわれたのが瑞祥でなくとも、トクチョーの課員なら私は必ず助け出す」

鋤田が「は」と頭を下げる。

「鬼切丸の折れた刃が見つかったら、回収してくれ。柄の部分は酒呑童子の腕に刺さったままどこかに行ったが、刃が半分でも残れば、打ち直して短刀にする」

「探します」

救急車が近づいてきたので、鋤田はそちらに駆けていった。

――瑞祥。

行人は曇った眉を見られぬよう、月を見上げる。鋤田にはああ言ったが、胸が苦しい。那智一族の一員だから、だけではない。

それにしても、酒呑童子の復活とは――自分の代に、なんと禍々《まがまが》しいことが起きたのか。

「これ以上、凶事が起きなければ良いが」

誰にも聞かれぬよう小声で呟き、行人は静かに九字の印を切って魔よけとした。

4

酒呑童子と、生まれた時から呼ばれていたわけではない。

子どもの頃は、別の名があった。

伊吹山《いぶきやま》に捨てられたので、伊吹童子という。

酒呑童子は捨て子だった。

赤子の頃、山では犬や、猿や、狼や猪にも育てられた。不思議と、動物たちに助けられた。猪に乳を与えられ、歯が生えそろうと猿が木の実をくれた。冬場には、裸の赤ん坊を見かねたのか、犬や狼がぴたりと寄り添って、ごわつく毛皮で身体を温めてくれた。

よく覚えていないが、山には天狗もいたはずだ。動物に育てられている子どもを見て、天狗は人間の言葉と衣服を着ることを教えてくれた。伊吹山の捨て童子は、天狗に与えられたつぎはぎだらけの着物を着て、ずいぶんみっともない容子をしていたが、木の実や魚の捕り方も見よう見まねで習得した。

今の身体になったのは、十八の頃だ。

遠出をした海岸で、鬼に出会ったのだった。

「――シュテン？　寝てるのか？」

女の声に、目を開く。

――どこだったかな、ここは。

柔らかい寝台と羽毛の布団にふわふわと包まれ、気づくと背中が痛くなっていた。

――そうだ、茨木の屋敷だった。

「起きている」

むくりと起き上がると、大きな布がばさりと顔に当たった。

「それを着てくれ。サイズは合うはずだ」

まるで異人が着ていたような服だ。シャツとパンツというそうだ。

「こんなものを着ているとは、いよいよペルリの国の属国にでもなったのか？」

パンツを穿きながら冗談を言うと、茨木は肩をすくめた。もちろん、彼女も冗談だとわかっている。茨木の編み出した「記憶の交換」はとても便利だ。シュテンが眠っていた百五十年あまりの間に、何が起きて何が起きなかったのか、すでに彼はほぼ把握している。

シュテンが寝ていたのは、畳が十枚は広げられそうな、居心地のいい部屋だった。床には毛足の長い猫の毛皮のような、ふかふかした白い敷物が敷かれていて、大柄なシュテンが大の字になって転がっても余りある寝台が中央にでんと置かれている。

「なんだ、これはまた卑猥な衣装だな」

壁に姿見があり、シャツとパンツをつけた姿を映し、ぼやいた。時代が下ると、人間どもの品性も下がるようだ。

一歩下がって点検する視線を注いでいた茨木も、肩をすくめた。

「もうひとまわり大きいサイズが良さそうだ。また持ってくるから、今日のところはそれで我慢して」

今日の茨木は、身体にぴったり添う、漆黒のミニドレスを着ている。大江山に暮らしていた頃の、泥んこになって駆け回っていた茨木の姿も覚えているだけに、感慨深い。

――足りぬ。

ふと、シュテンは渇きを覚え、室内を見回した。この部屋には茨木とシュテンしかいないのに、なぜか人間の血の匂いがする。

「飲み足りないはずだ。ふたり分、飲んだだけだろう」

「うん、あと二、三人は飲みたいな」

石の眠りから醒めると、いつもひどい渇きに襲われる。茨木は心得ていて、シュテンの前にボストンバッグを差し出した。中は、血液を詰めたパックでいっぱいになっている。

「――何だこれは」

「飲んでいい。合法的に集めた血だ」

「こんなもの――」

生きた人間の首筋に牙を突き立て、動脈からあふれ出る生温かい血を吸いとるからこそ、こちらの精気になるのだ。顔をしかめたシュテンに、茨木はボストンバッグを押し付けた。

「もう、大江山じゃない。私たちが人間の血を吸えば、相手も吸血鬼になる。そうやって吸血鬼を増やすのが嫌で、シュテンは相手の肉を喰らいつくしてきた。そうだろう」

たしかにそうだ。吸血鬼ばかりになってしまえば、最終的に餌がいなくなる。吸血鬼を恐れる人間もいなくなってしまう。

茨木が一度こうと言いだせば、翻意させるのは至難の業だ。顔をしかめたまま、シュテンは血液のパックをひとつ取り出して、チューブの蓋を開け、口の中に絞り出した。

なんとも味気ないが、力は満ちていく。ひとつめが空になると、次々に新しいパックに手が伸びる。

「時間だけはたっぷりあったからね。いろいろ試したんだ。このやり方なら、血をもらった人間には影響を及ぼさない」

「あれからずっと、目を覚ましていたんだな」

質問ではない。シュテンはそれを知っている。茨木が頷いた。

「ひとりで百五十年。だが、あっという間だった」

「他の奴らも捕まったか。綱人形《つなにんぎょう》はどうした？　あれも捕まったのか」

「知らん。あれ以来見ていない」

なるほど、茨木の記憶を受け取ったのに、その知識がないはずだ。

「人間界でうまく立ち回れるのは茨木くらいだな。俺も含めて、他はみんなすぐ陰陽師の奴らに見つかるのに」

「目立ちすぎるからだ」

血液のパックがどれも空になった。

復活の直後は、大量の血液を身体が欲する。ふだんは月に一度、酒を飲むようにたしなむ程度だ。シュテンら吸血鬼はめったに死なないが、人間と同じように飯を喰らうし、眠る。飢えれば死にかけるので、また石になる。

「私はこの世界では、五十七歳ということになっている」

パックを片付けながら茨木がなにげなく言ったので、シュテンは目を剝いた。

「見た目は二十歳で、齢《よわい》千を超える鬼がか」

「メイクという便利なものが発達してな。五十代、六十代でもせいぜい二十代か三十代くらいにしか見えない女が大勢いる。だから、私も異常だとは思われない」

「そんなものか」

茨木に誘われるまま、部屋を出た。どこぞの城のように広い。部屋がいくつあるのか、数える気にもなれない。さぞかし従者が大勢いるのだろう。茨木が築いた富を想像させる。

階段を下りると、昨夜見た五葉という男が立ったまま待っていた。

「これは酒呑童子様、茨木童子様」

「シュテンでいい」

五葉からも鬼の匂いがする。シュテンに見覚えはないので、この百五十年の間に、茨木が仲間に加えたのだろう。

「シュテン、彼は五葉だ。まだ若いが、『トウ』を運営する企業のＣＦＯだ。五年ほど前に仲間にした」

「お見知りおきを」

五葉が深々と頭を下げる。

「『トウ』というのが茨木の会社か」

「デザイナーズブランドの名前だ。アパレルだけでなく、デザイナーズマンションや家具なども手掛けている。私ははじめ、モデルとしてファッション業界に入ったんだが、デザイナーに気に入られて養女になり、デザインの勉強も始めたんだ。時間は余るほどあるから。もっとも、私はコンセプトを考えるだけで、自分でデザインまですることはほとんどないけどね」

茨木を養女にしたデザイナーは老いて亡くなり、今は彼女がブランドを率いている。そこまではシュテンにも記憶が移植されている。

「モデルとは、人前に出て衣装を披露する仕事らしいな。茨木童子が、堂々と人前に出たのか」

茨木は昔からこういう、愉快で胸のすくことをする。渡辺綱《わたなべのつな》に腕を斬り落とされても、綱の乳母に化けて鬼の腕を見せてくれと頼み、油断した隙に腕を取り返して戻ってきた。そういう、機転のきくやつなのだ。

「しかし、そんなに有名になってしまって、これからどうするんだ？」

人間には寿命がある。いつまでもこの生活を続けていたら、誰かが茨木の正体を怪しむだろう。

「どうしようかな」

茨木がはぐらかすように言い、こっちに来いと手招きして大きな黒革のソファに腰を下ろした。

「昨日、捕らえた陰陽師だ」

茨木が見せたのは、薄い板のような画面だった。先ほどシュテンがいたのよりずっと狭い、灰色の固い壁と床に囲まれた部屋にいる若い男が映っている。目隠しや手錠は外され、寝台に腰かけ、禅僧のように目を閉じている。

「別の場所に監禁して、画面越しにこうして監視できるようにしている。これで話すこともできるぞ。音声は変えられる」

茨木が画面の隅をタップした。

「やあ、陰陽師」

画面の中で男が目を開け、どこから声がしたのかと胡乱《うろん》そうに見回している。シュテンが女と見間違えたのも無理はない。小柄で、まっすぐな黒髪を背中まで伸ばし、顔立ちは整って美しいと言ってもいい。

それに、驚くほど若かった。十五、六のように見える。少年と呼んだほうが良さそうだ。あれなら、パックの血液とは段違いに新鮮な味が楽しめるだろう。

「直接会って話さずすまないね。良かったら、君の名前を教えてくれないか。いつまでも『陰陽師』と呼び続けるのも不便なものだ」

茨木の声に、男がカメラを正確に見上げた。

『ひとの名を聞く前に、まず名乗れ』

茨木がニヤリと笑っている。

「陰陽師」

シュテンは身を乗り出した。

「そこはどこだ。今から俺様が食いに行く」

『酒呑童子か』

男の目に、嫌悪感とともに恐怖の色が滲んだ。それを怒りと覇気で打ち消そうとしているところが、むしろ可愛らしい。

「私が知りたいのは、君が何者で、なぜあの場にいたのかだ。昨夜は混乱していたからね。誰かに解説してほしいのだよ」

茨木が冷静に続けると、男は困惑ぎみに眉を下げた。『こちらが聞きたい』と、その眉が語っている。

「君は『トクチョー』の人だろう？」

『なぜその名を知っている』

「私たちだって、君たちの動静を観察しているからね。あの現場には、トクチョーの警察官が何人か来ていた。鬼切丸を持った奴もいたな」

　陰陽師が一瞬ひるむ。折れた鬼切丸でシュテンの腕に切りつけた奴のことだ。その男のことを、陰陽師はこちらに知られたくないらしい。

「賀茂《かも》――または土御門《つちみかど》。いや、明治に入ってから那智と改名したのだったか」

　茨木の声に、男がぎくりと肩を揺らした。

「那智だな。晴明の末裔か」

　何も言うまいという意思表示か、男が唇を引き結ぶ。茨木がこちらを見て、説明してくれた。

「安倍晴明の末裔は、江戸時代まで土御門という名前で幕府に仕えていただろう。明治に入り、特別調査課発足の際に、土御門本家からトクチョーに合流した者が、那智と改名したと聞いている。このものは、那智家の陰陽師だな」

「ほう。つまり、彼は安倍晴明の子孫なのか」

「そのようだ。時代遅れの陰陽師が、今も警察に雇われて、この国の治安を守っている」

　守ると聞いてシュテンは思わず哄笑した。

「晴明とは関わりがなくもないが、こやつらに守れるものなどあるのか？　千年前の呪術にしがみついている奴らだぞ」

「まあ、そう言ってやるな」

シュテンや茨木が強すぎるのだ。

「シュテンが晴明を知っているとは初耳だが、会ったこともあるのか」

「――まあな」

大江山の仲間たちに、隠していたわけではないが、あえて話していないこともある。

晴明の家柄はさほど高位の貴族ではなく、生まれ育ったのは比叡山《ひえいざん》のふもとにある小さな荘園だ。子どものころの晴明と会ったことがあると教えてやれば、茨木は何と言うだろう。

茨木は、目の前の陰陽師に注意を戻したようだ。

「では君の姓は那智だな。ひとまず呼び名はそれでよしとしよう」

目に怒りをたぎらせながら、那智は顎を引いた。

「シュテンに血を与えた、あの妙な男たちは何だ？　トクチョーの課員ではなさそうだな」

『知るわけがない』

「なんだ、君らも知らんのか」

しばらく考えていた茨木が、「では取引をしよう」と言いだした。

『取引？』

「シュテンは目覚めたばかりだし、私は静かに暮らしたい。無駄に世間を騒がせるつもりはないという意味だ。だが、あの妙な男たちは、シュテンに血肉を与えて復活させようとしていたぞ。いったい何のために？　私たちより、奴らのほうが君たち人間にとって危険ではないか？」

『奴らは人間だ』

「人間なら何をしても許すのか。うるわしき同胞愛か？　くだらん」

陰陽師がじっと考え込んだ。茨木の提案を検討するようにも見えた。

『――取引とはどういうことだ』

「私たちにかまうな。君だけでなく、仲間の陰陽師にも約束してもらいたい。同意するなら、君を生きた人間のまま解放するし、妙な奴らについて何かわかれば教えてやる」

声に出さず『生きた人間のまま』と唇を動かし、意味を理解したらしい陰陽師はぞっとしたように青ざめた。

『私にそんな言質《げんち》を与える権限はない。第一、おまえたち鬼が約束を守るとは思えない』

陰陽師の言葉に、茨木は肩をすくめた。

「――ふむ。『鬼神に横道《おうどう》なきものを』。鬼は嘘をついたり、約束を破ったりしないんだ。知らんのかね」

『それこそが嘘であろう』

「ずいぶん信用がないことだ」

くすりと茨木が笑いを漏らす。

「鬼は約束を守るが、君たち陰陽師はどうだろうな。まあいい。ゆっくり考えたまえ。約束するなら、君が他の陰陽師と連絡できるようにしてあげる」

茨木が画面をタップすると、若い陰陽師の映像がかき消えた。なんとも面妖な魔術だ。どのくらい離れた場所にいるのか知らないが、指先の動きひとつで、相手をここに呼び出したり、会話したりできるとは。

「本気か？　茨木」

シュテンは顎を撫でた。たしかに自分は目覚めたばかりで、この時代のことは茨木の知識を通して知るだけだ。

だが、世間を騒がせないなどと、約束はできない。自分のせいではない。シュテンが存在するだけで、人間どもが勝手に騒ぐのだ。

ふうむ、と茨木が首を傾げる。

「向こうの出方を見よう。この時代、鬼にも居心地は悪くない」

5

酒呑童子を蘇らせた八人の男たちは、丹後でトクチョーの事情聴取を受けたが、当初は何も喋らなかった。

病院で薬物検査を受けさせ、薬の影響が抜けるまで入院させたのだが、それで洗脳がすぐに解けるわけでもなかったようだ。

体内に残った薬物が麻薬系の化合物だったので、彼らを拘束する理由になった。母子像の台座の爆破についても聞きたい。

——奴らは何者で、酒呑童子を蘇らせる目的は何か。

そして、瑞祥はどこにいるのか——。

「酒呑童子に血を与えると不老不死になれる——そう教えたのは徐福だそうだな。それなら徐福は君たちを騙したのだ」

行人が自ら八人をかわるがわる尋問し、三日めにようやく彼らの口が開き始めた。

「先に穴に飛び込んだふたりは、酒呑童子に食い殺されたぞ。私が鳥を使って穴から遠ざけなければ、君たちも危なかっただろう。そんな結果になると知っていたか？」

知らなかった証拠に、彼らはふたりが殺された現場を思い出したのか、ぶるぶる震えたり、涙を流したり、中には嘔吐した者もいた。彼らが人間らしい感情を持っていると知って、行人は正直、ホッとしたものだ。

指紋を照会したところ、ひとりだけ三年前に窃盗で逮捕された前歴が見つかった。木村恵太《きむらけいた》、二十一歳。運転免許証の住所は東京だ。この男を重点的に調査することにした。

「木村君。死んだふたりとは、どうやって知り合ったのだ？」

もう死んだ人間のことなら、口を開きやすいだろう。行人の勘は当たった。

「道場で初めて会いました」

他の仲間と話す機会を与えず孤立させているので、心細くなってきたのか、木村は口を開くと意外に素直だ。

「道場に通っていたのか。空手かね」

トクチョーの課員に立ち向かった際に、彼らは何かの武術をたしなんでいるように見えた。

「古武術です。僕は気功を使いたくて」

「なるほど、気功か。徐福は古武術の師匠なんだね」

あいまいに頷く。

「あの場にいた十人とも、みんな古武術の道場に通っていたんだね。道理で強かった」

複雑な表情を浮かべ、「それほどでも」と蚊の鳴くような声で答える。

「あの像の下に、酒呑童子が封印されていたことは、徐福から教えられたのか？」

「――そうです」

覚悟を決めたのか、木村はもう口を閉ざすことはなかった。

話し下手な木村から全貌を聞き出すのは時間がかかったが、まとめるとこうだ。

徐福とは古武術の道場主で、正確な年齢はわからないが、七十代くらいに見える。道場の門下生たちに、「間人皇后と聖徳太子の像の下には吸血鬼が眠っていて、血を吸われたものは不老不死になる」と吹き込んだ。もともと、気功に憧れて入門した若者たちで、吸血鬼や不老不死の体と聞いて興味を持ったようだ。どこまで徐福の話を信じたのかはわからないが、ある門下生が発破の知識を持ち、ダイナマイトを手に入れようと言いだすと、面白がって参加を決めた門下生が何人もいた。徐福は彼らに飲み物を与え、吸血鬼を掘り出す前に飲むように指示したそうだ。

それを飲むと力が湧き、吸血鬼と対峙しても恐れは感じないと説明したという。実際に飲んだ木村たちは、多幸感があり、雲の上を飛ぶような感覚がしたといった。

木村が口を割ると、他の男たちも諦めたのか口を開き、話の裏を取ることができた。ある程度は、トクチョーが彼らの動きに気付くきっかけになった、SNSの隠語を使った書き込みからも、裏が取れた。

「禁止薬物を道場の練習生に飲ませた疑いで、徐福を逮捕する」

トクチョーの捜査は、丹後から東京に移った。

まずは薬物の線で徐福を逮捕し、本当の目的を聞き出す。そのつもりで五反田《ごたんだ》の道場に警察官をやったが、すでに空っぽだった。

酒呑童子を蘇らせた弟子たちが、トクチョーに捕まったと知り、逃げたに違いない。

徐福の道場はネット上に情報がなかった。木村たちも、口コミや張り紙で存在を知ったと言っていた。「徐福」という道場主については、彼らの語る以上のことはわからない。

推定四億円の価値がある五反田の道場は、九十歳になる資産家女性の名義になっているが、彼女は十年前から行方不明だ。家族はもうじき失踪宣告を申し立てて、死んだものとみなす予定だそうで、そうなれば道場は遺族が相続することになるだろう。

「怪しいな。何者だろう」

「まさか、伝説の徐福本人ではないですよね」

鋤田が、ぞっとしたような顔で報告書を読みながら呟く。

馬鹿な、と笑い飛ばせないのは行人も同じことを考えていたからだ。徐福は不老不死の仙薬を求めて日本に渡来したという。もし、本当に仙薬を見つけて彼自身が不老不死になっていたら？

酒呑童子が実在するなら、徐福だって実在してもおかしくない。

空き家になった道場を調べたが、荷物が残っていないだけでなく、弟子の指紋は見つかるのに、徐福のものと思われる指紋はひとつも出なかった。不可解な話だ。

だがこれで、酒呑童子と瑞祥を追う捜査は振り出しに戻った。

「ヘリはどうだった？」

酒呑童子ともうひとりの鬼をロープで吊り上げて逃げたヘリコプターは、山中のキャンプ場に乗り捨ててあるのを発見された。

石川県の企業のもので、盗難届が出ていた。

「給油しなくていい距離にあるヘリを盗んだのか。計画的だな」

「ヘリを盗んだ男が防犯カメラに映っているのですが、顔は隠しているし、ヘリポートまで車に乗らず歩いて行ったようで、身元を突き止めようにも情報が――」

鋤田が暗い表情で報告した。

キャンプ場で、酒呑童子らはヘリから車に乗り換えたようだ。周辺の防犯カメラをしらみつぶしに当たっているが、まだそれらしい車は見つかっていない。

驚異的と言ってもいい。

平安の昔に生きていた伝説の鬼が現代に蘇り、警察を翻弄している。

徐福の門下生たちは、酒呑童子を連れて逃げた連中は知らないと言っていた。

おそらく、あれは酒呑童子の仲間なのだ。

鬼に捕まった瑞祥のことを、行人は考えないようにしてきた。考えれば、自分が取り乱しそうで恐ろしい。

スマートウォッチが振動し、着信を知らせた。『大鳥《おおとり》』と表示された文字を見て、行人は表情を曇らせて通話に出た。

『瑞祥が鬼にさらわれたというのは本当か』

誰が父に知らせたのか。舌打ちしたくなるのをこらえ、「本当です」と答える。

『――あれも運のない子よ。つけた名が身のほど知らずに良すぎたのだ』

「父さん。今そんな話は」

現当主は行人だとはいえ、実質的な那智宗家の頭領が、行人のそんな抵抗で沈黙するはずもなかった。

『罪の子は罪の子だ。瑞祥のことは諦めよ。それより、美咲《みさき》の子どもが生まれるまで、おまえに何かあっては一大事だぞ』

「父さん。瑞祥もトクチョーの課員です。大事な部下ですから」

『――酒呑童子の復活か。厄介だな』

「父さん。三種祓が効かなかった。鬼切丸も折れてしまった」

あの強大な鬼の前では、陰陽道がかすむような気さえした。

『酒呑童子を倒すには、たくらみが必要だ。私も考えてみよう』

その程度で父が通話を終えたのは、酒呑童子の蘇りがよほどの衝撃だったに違いない。

だが、ほんの短い会話が、嫌でも瑞祥を思い出させた。

行人の、罪の子だ。だが、生まれてきた瑞祥に罪はない。

二十二年前、行人はさるやんごとなき女性の憑き物を祓った。聡明で、そこにいるだけで周囲に明るい光を放つような美しさを持つ女性で、行人はひと目で恋に落ちた。だが、彼女には夫がいたのだ。

困ったことに、彼女も行人に惹かれた。

責められるのは、自分だけでいい。行人はそう思っている。

生まれてきた子どもは、秘密裏に那智の分家の養子になった。行人は息子に、彼の誕生が吉祥となることを願って「瑞祥」と名づけたのだった。

――瑞祥。どうか無事でいてくれ。

行人の妻、美咲はこの冬、那智宗家の長男となる子を産むだろう。

だが、行人は瑞祥を諦めきれなかった。美咲は穏やかな性格でしっかりしていて、自分には過ぎた妻だと思う。だが、二十歳の頃の激しい恋情を忘れたわけではない。瑞祥の整った聡明そうな横顔を目にするたび、昔の自分が犯した過ちを肯定したくなる。

なんとしても、酒呑童子の行方を探らなければならない。

だが、情報は意外なルートで飛び込んできた。

6

渋谷センター街の脇に深紅のアルファロメオを停めさせ、車窓から眺める夜の景色は、茨木の目にもきらめいている。

街灯に街頭広告、車のヘッドライト、まばゆいモールの照明もある。まるで昼間と変わらない。隣に座ったシュテンは、屋敷を出てからずっと、子どものように生き生きした表情で外を見ていた。百五十年前には、夜はこれほど明るくなかった。千年前には、自分の鼻先も見えないほど真っ暗だった。

「その坂を上がって行った先で、男が死んでいるのが朝方見つかったそうだ」

スクランブル交差点と言えば世界的に有名だが、そこから文化村通りを上がった文化村の近くで、今朝未明に、若い男性が遺体で発見された。死因は失血死だ。ニュースによれば、身体には血液がほとんど残っていなかったそうだ。

「仲間の誰かが飲んだのか?」

シュテンが面白そうに尋ねる。外に出ても騒ぎを起こさないと約束している。

通行人で混雑する渋谷の街を見ても食欲を示さないのは、先にたらふく血を飲ませたからだ。満腹状態の吸血鬼は、飢えた猫より無害だ。

「少なくとも、私が把握している仲間に、それほど無軌道な行いをする奴はいないな」

自分たちが生きた人間の血を吸えば、吸われた人間はゆっくり吸血鬼になる。個人差はあるが、たいてい数日から一年かけて、鬼の身体に変成《へんせい》するのだ。失血死したということは、そうなる前に、全身の血を絞り取られて殺されたということだ。

この時代に生きて活動している同族は、茨木が知る限り十本の指で数えられるほどだ。彼らはみな、茨木の——ひいてはシュテンの——教えを守り、血を飲んだ後は食い殺す。むやみに同族を増やさない。証拠も残さない。

こんなに目立つ場所に、失血死した遺体をこれ見よがしに置き去りにするような馬鹿げた行為をする仲間はひとりもいない。

——奇妙なことが起きている。

失血死した遺体が路上で発見されるのは、これが初めてではなかったらしい。この数日で三件。みんな、若い男女だ。今朝の事件が起きるまで、ニュースにはならなかった。

そのせいか、今夜は街に制服警官の姿が目立つ。無線機を持ち、さりげなくパトロールをしている。

「この時代の人間は、栄養が行き届いてうまそうだな。おまけに清潔で、いい匂いがする」

周囲を通りすぎる若者らは、シュテンの熱っぽい視線に気づかない。

五葉を含め、この車にいる三人はみんな捕食者なのだ。車のドア一枚隔てたところに、周囲の全員をバリバリ食える鬼が潜んでいるとは、想像もつかないだろう。

いわば、この車は「予想外の死」のメタファーだ。

バランスが崩れ、天秤が傾いた時、突然の死が訪れる。だが、多くの人間が自分の死期を悟ることなく命の終わりを迎えることを思えば、これは自然なことなのだ。

茨木は、シュテンに「現代」を見せたかった。だから外にも連れ出すし、インターネットやラジオ、テレビに雑誌などまで使って、あらゆる情報にアクセスできる環境を作った。もともと好奇心が旺盛なシュテンも、まんざらではないようだ。

彼女自身はこの時代をかなり気に入っている。できればこのまま人間たちに溶け込んで、「茨木瞳子」の人生を最後までまっとうしたいとさえ考えている。

そのためには、シュテンにも同じ考えを持ってもらう必要があった。なにしろ、シュテンは目立ちすぎる。これまでも、シュテンの存在がいつも鬼退治のきっかけになってきた。

だが――今回は、誰かが吸血鬼の存在を明るみに出し、「狩り」を始めさせようとしているようだ。

制服警官のひとりが車内を覗き込み、運転席の窓をノックした。五葉が窓ガラスを下ろす前に、茨木はシュテンに「黙っていて」と合図した。

警察官は、制帽のつばに指をかけて頷き、後部座席の茨木とシュテンを見て驚いたような顔をした。服装や態度で、外国人の資産家夫婦に見えたかもしれない。

「すみません、このあたりに駐車されると通行の邪魔になりますので、移動してもらいたいんですが」

「申し訳ありません。すぐ出します」

五葉は、誠実で丁寧な態度を崩さない。

「ご協力ありがとうございます」

警察官はそれ以上なにも言わず、五葉が車を出すのを見送っている。もし、五葉が機嫌を損ねて指をひと振りすれば、警察官は自分の身に何が起きたのか気づくよりも早く、あの世に行っていただろう。知らないのは、幸せなことだ。

「茨木様、このまま屋敷に戻りますか?」

「いや、会社に行こう。シュテンに見せたいものがある」

かしこまりました、と五葉が運転に集中する。

「茨木。なぜ俺をここに連れてきた?」

勘のいいシュテンが尋ねた。

「さっき話した通りだ。血を失った男の遺体が、今朝ここで見つかった。三人めだ」

それで? とシュテンの目が先を促す。

「何者かが、私たちの存在を明るみに出そうとしている」

「なぜそう思う?」

「私たちの仲間は、食事の後でそんな無作法はしない。やったのは、私たちが知らない飢えた吸血鬼か、私たちをおびき出したい誰かだと思う。丹後でシュテンを復活させた奴らを思えば、後者の可能性が高いだろう」

「そいつらは、何のためにそんなことをする?」

「理由など知らないが、仲間に害をなすようなら捨ておけない」

シュテンがニッと笑った。

「同感だ」

茨木が守りたいのは穏やかな暮らしだった。戦乱にも騒擾《そうじょう》にもとうに飽いた。千年も戦い続けたのだ。

茨木は疲れていた。疲れ果てたと言ってもいい。シュテンや仲間の鬼たちが陰陽師との戦いに敗れて封印されても、茨木はそのたびうまく逃れて、ひとりぼっちで生きてきた。自由だったし、楽しくなかったわけではないが、異端の吸血鬼がひとりで生きるためには、何かと心を削られる経験をしなければならなかったのも事実だ。

茨木瞳子としての生涯を終わらせる時には、いっそ吸血鬼としての命も終わらせようか。自裁した吸血鬼の話など聞いたこともないが、初めのひとりになってもいい。

近ごろ、そんなことまで考えている。

だが、シュテンを復活させたり、吸血鬼のしわざにしか見えない死体を転がしてみたりと、誰かが茨木を再び騒乱のただなかに追いやろうとしている。

——気に入らない。

茨木は赤い唇を噛んだ。

己の命の終点を見据えるほど疲れていても、茨木は反骨の塊だった。

トクチョーの守りは堅いが、内部の情報はひそかに入手している。渋谷で見つかった遺体の件では、彼らも大騒ぎしているようだ。

「ここが茨木の会社か?」

南青山《みなみあおやま》の骨董《こっとう》通りに面した、瀟洒《しょうしゃ》だが小さなビルの前で車を降りると、シュテンが不思議そうな顔をした。

周囲の高層ビルに比べ、貧相だと思ったのかもしれない。

「ここは事務所だ。デザイナーはほとんど自宅で仕事をしているし、ここに集まるのは月に数回、打ち合わせや仕上げをする時くらいかな。縫製工場は別にあるしね」

いま何もかも教える必要はないと思っているが、茨木は別に系列の化粧品会社も持っている。

駐車場まで運転していく五葉を残し、シュテンと四階の茨木の部屋に上がる。

「陰陽師どもの動きを報告させていてね。報告書が上がってきたので見せたかった」

応接のソファを勧め、タブレットを立ち上げる。

「これだ」

内通者は、トクチョーの課員が東京に戻るとすぐ、何人かが制服姿の警察官とともに五反田の古武術の道場に向かったと報告していた。この内通者のおかげで、何者かが聖徳太子母子像を破壊しようとしており、トクチョーが阻止に動くこともわかったのだ。

「なぜトクチョーがここに向かったのかはわからないが、シュテンを蘇らせた男たちと関係があるかもしれない」

内通者は捜査を終えた警察やトクチョーが帰ると、道場を調べ、周辺の家にも聞き込みを行ったようだ。

「道場主の名は、徐福というそうだ。写真があれば良かったんだが、誰も持っていないらしい。シュテン、何か心当たりはないか——」

顔を上げるまでもなかった。

前に座ったシュテンから、こちらの肌が熱さを感じるほどの高熱が放散された。いっきに、室内の温度が五度は上がった。

「徐福——」

驚愕し、充血した目を据えたシュテンの顔と身体が、みるみる変化していく。

肌がカッと赤くなったかと思うと、岩肌のようにひび割れて盛り上がった。そのひび割れた皮膚の奥からは、マグマのように赤黒い血管がめきめきと現れて脈を打ち、今にも血が噴き出しそうだ。眉間がぐんぐん盛り上がり、唇はまくれ、むき出しになった真っ赤な歯ぐきから鋭い牙が伸びてくる。牙と同時に、額から銀色に輝く二本の角が飛び出してきた。

容貌の変化だけではない。ただでさえ筋骨たくましく背の高い身体が、三倍の高さには膨らみ、座っていても角が天井板を突き破らんばかりになっている。シュテンが腰かけていたソファは重みに耐えかねてぺしゃんこになり、茨木が与えたジーンズやシャツは、細かく引き裂かれ床に散らばった。

「ジョフクゥ――――！」

驚きと怒りが、シュテンをいっきに鬼化させている。

御伽草子にいわく。

酒呑童子がその姿は、色薄赤くせい高く、髪は禿《かむろ》におし乱し、昼の間は人なれども、夜にもなれば恐ろしき、その長一丈（三・〇三メートル）余りにして、たとへていはん方もなし。

いやいや、一丈どころではない。立ち上がれば、天井など楽に突き破るに違いない。

シュテンが、爪の伸びた拳を怒りにまかせて応接のテーブルに叩きつけた。茨木お気に入りの、英国から取り寄せた猫脚の美しいマホガニーのテーブルが、まっぷたつに割れて床に転がる。

「シュテン、よせ！」

「ジョフクだと――！　そんなはずはない。あいつは死んだはずだ！」

「徐福を知っているのか？　初めて聞いたが、何か関わりがあるのか、シュテンと？」

「あるとも――――」

炎のように熱い息を吐き、シュテンが天井を仰ぐ。

「あいつは俺様を吸血鬼にした張本人！　だが俺様が殺した！　たしかにあの時、この手で殺したはずだ！」

なんだと――。

茨木は、シュテンを茫然と見上げた。

茨木はずっと、シュテンが「最初の鬼」だと思っていた。

茨木童子も、金熊《かねくま》童子も星熊《ほしくま》童子も、みんな大江山に捨てられた子どもたちで、成長したあるとき、シュテンが鬼の仲間にした。

シュテンを鬼にした「最初の鬼」が別にいたというのだ。それが、徐福——。

「どうしてそいつが、今頃になって現れ、シュテンを蘇らせるのだ——」

真っ赤な裸体をぶるぶると震わせ、シュテンが獣のように咆哮する。低く、地中から轟く雷鳴のようなその唸り声が届けば、それだけで気の弱い人間なら気絶してしまいそうだ。

鬼に姿を変えて怒りを放散するシュテンを見つめ、茨木は自分がふたたび、腐った魚をぶちまけた地面に取り残されたような、とんでもない面倒に巻き込まれたことを悟った。

7

シュテンは、獣と天狗に育てられた捨て童子だった。

だが、天狗——と思っていたが、年経《ふ》りた山伏だったのかもしれないが——が人らしく衣を整え、言葉を使って意思の疎通をはかるすべを教えてくれたおかげで、十五歳になるころには、旅人のふりをして里に下りて大根や瓜を盗ったり、漁村に干してある魚を盗んだりもできるようになった。

あの夜も、棲《す》み処《か》の伊吹山から遠く離れた丹後の貧しい漁村で、食い物を漁っていたのだ。伊吹山の近くを荒らすのは自分で禁じていた。棲み処が知られれば、都の検非違使《けびいし》たちに捕まるかもしれない。それは避けたかった。

まだ、人間だったから。

風が強く、波が荒い日だった。

もやってある漁師たちの小舟が、波に翻弄され、互いの舳先《へさき》や艫《とも》をぶつけていた。砂浜に、小舟が一艘、打ち上げられているのも見かけた。

妙な視線を感じたのは、小屋のそばに干して、取り込み忘れられている魚をつまみ食いしている時だった。

ねばっこいような、ひんやりと湿気るような、おかしな感覚がした。人の気配などしないのに、獣でも近くにいるのだろうか。

そう考えた時、何かが背後からシュテンの首筋に齧りついてきたのだ。

獣か！

相手は大きく重く、当時十八歳だったシュテンよりも、ずっと体格に優れていた。首筋に深々と食い込む牙の痛みに驚き、とっさに握っていた魚の串を、相手を確かめもせず勢いよく刺した。

深夜に森で鳴いている怪鳥のような悲鳴を上げたやつに、シュテンは突き飛ばされた。

（やるではないか、こわっぱ）

獣と思った相手は、人の形《なり》をしていた。

白髪と白い鬚を長く伸ばした、シュテンが見たこともない奇妙な衣をまとった老人だ。年齢はわからないが、百歳と言われても信じただろう。顔はこまかい皺に埋もれ、太い串は相手の太ももを貫通していた。

もちろん、人ではない。生臭い鼬《いたち》のように素早く、気づけばシュテンのそばにいて、首筋に太い腕をかけられていた。

（わしは方士・徐福だ。おまえなど指一本で殺せるのだぞ――）

だがそこで、何かに気づいたようにクンクンとシュテンの臭いを嗅ぎ、そいつはしのび笑った。

（まあいい。面白い。生かしてやろう）

次の瞬間、シュテンの視界は閃光が走り真っ白になった。深々と牙が首に刺さり、恐ろしい勢いで自分の血が飲まれていくのを恐怖とともに感じていた。怖ければ、相手を突き飛ばしてでも逃げればいいのに、身体がびくとも動かなかった。何が起きたのかわからない。しばし、シュテンの記憶はない。

次に目を開くと、波間に映る三日月が見えた。砂浜に膝をついた自分と、そのそばで満足そうに唇を舐めている老人にも気づいた。

めまいと悪寒がして、ふわふわとした浮遊感も覚えていた。何か、とんでもなく大事なものを失ったような、それでいて充足感もあるような、おかしな感覚だった。

シュテンは腰に巻いた紐に、いつも山刀《やまがたな》を吊っていた。天狗が与えてくれた文明の利器だ。捕まえた猪をさばいたり、ウサギの首をはねたりする時に使うものだ。

瞬間、何も考えなかった。頭の中が真っ白なまま、ただ山刀を抜き、振り向いて見もせずにそれを老人の胸に突き立てた。

それは、深々と老人の薄い身体を貫いた。

一度では気がおさまらなかった。

恐怖のせいだったろう。

よろめきながら立ち上がり、砂浜に倒れた老人に馬乗りになって、何度も何度も山刀をその胸から腹にかけ、抜いては刺し、抜いては突き刺しした。シュテン自身がくたびれ果てて、もう刀を振り上げることすらできなくなるまで、刺し続けた。

老人はぽかんと口を開けて、砂浜に倒れて死んでいた。自分が刺されたことも、このまま死んでいくことも、何もかも理解できない、納得がいかないと言いたげな顔だった。

もちろん、石にもならなかった。

それは大事な点だ。

息はなく、脈もなかった。老人は死んで、ただぽかんと真っ暗な空を見ていた。砂浜は老人の血を吸って、真っ黒に濡れていた。

——たしかに死んでいた、のだ。

シュテンは今、千年以上の時を経て、再び徐福の名前を聞いた。

徐福という方士が、中国の皇帝の命により、不老不死の仙薬を求めて日本に来たことは、後になって知った。この時はただ、老人の死を確かめ、急いで逃げたのだ。

漁村の住人が物音に気づいて起きだせば、自分は人殺しと呼ばれることになる。

徐福と格闘している間、シュテンは波の音を聞かなかった。急いでその場を離れた後、激しい波の音を聞いて、そう言えば今夜は海が荒れていたと思い出した。

徐福は、荒れた海を船で渡ろうとして、丹後の浜に打ち上げられたのかもしれない。

何日かして、シュテンは様子を見るために、同じ漁村に向かった。殺した老人の骸《むくろ》を、埋めもせず放置したので気にかかっていた。

だが、彼が見たのは焼け落ちた集落の残骸だった。もともと、ほんの七軒ほどの小屋が肩を寄せ合うような貧しい村だったが、すべての小屋が真っ黒に燃えて、柱は折れ、軒は落ちていた。

近くの村で尋ねると、火災が起きて、住民はみんな焼け死んだようだと言われた。老人の遺体がどうなったのかなど、聞くことすらできなかった。

――生きていたのか？

あの老人は鬼だった。

鬼に血を吸われた人間は、ゆっくり時間をかけて鬼になる。シュテンもそうだ。

血を吸われてから鬼になるまでの日数は、個人差があるようだ。シュテン自身は十日もすると身体が重くなり、舌が変わったのか食い物がまずくなり、ひどく渇きを覚え、ひと月後には、気づくと手近にいた獣たちを片端から殺して血を飲み、肉をむさぼり喰らっていた。親のように育ててくれた山犬と狼も、ハッと自分を取り戻した時にはすでに、ごわつく毛皮と空っぽになった頭蓋を残して食われていた。

自分の獰猛《どうもう》な食欲には嫌悪感しか湧かなかった。

――あれほど親切で温かかったのに。

毛皮に手のひらを当て、戸惑うシュテンの耳に、伊吹山の森の奥から天狗の哄笑が聞こえたものだ。

二度と天狗にも会えなかった。山の動物たちも、二度と彼に近づいてはこなかった。

シュテンは、ひとりぼっちになった。

徐福と会わなければ、自分は今ここにはいない。だが徐福と会ったせいで、シュテンが失ったものは大きい。

徐福と会った時から、シュテンは人間でなくなったのだから。

8

新宿大《おお》ガード下に、巨大な丸石が三つ転がっている。どれも黒光りしていて、黒曜石のようだ。行人はそれを見ても眉をひそめただけだったが、トクチョーの課員たちはそわそわと落ち着きを失った。

——殺すと石になるヴァンパイア。

それが、こんなに東京にいたというのだ。

今朝、渋谷で男性の遺体が見つかった。身体中の血液を一滴残らず絞り取られた、異様な死に方だったそうだ。それでトクチョーも調査に乗り出していたのだが、今度はこれだ。

——いったい、この国はどうなってしまったのか。

「課長、あれは」

ガード下の壁面にスプレーで描かれたグラフィティを見て、違和感を覚えたのは間違いではなかった。文字の上に、真っ赤な飛沫《しぶき》が飛んでいるのは、ペンキではない。

あれは、血だ。

「課長、こちらです」

先に現場に到着していた鋤田が、こちらの姿を認めて呼びに来る。時刻は午後九時、すっかり日は落ちたが、都会の夜は昼間のように明るい。街灯と店舗やビルの照明が、街を照らしている。それでも暗がりがないわけではないので、警察の投光器が各所に置かれ、闇が作業の邪魔にならぬようにしている。

「生存の見込みがある被害者は、先に救急車で病院に運ばれたそうです」

鋤田の報告を聞いて、行人は思わず舌打ちした。

――それはまずい。

新宿駅の西口から半径五百メートルほどのエリアは現在、数十台のパトカーと千人を超える警察官によって封鎖されている。

ニュースやネットで、「新宿大ガードに近づくな」と何度も警告が出されているにもかかわらず、周辺にはスマホを握りしめた野次馬があふれていた。血なまぐさい事件が起きた現場だというのに、いや、だからこそなのか、異様な熱気があたりに充満している。

――夕方、新宿西口側の大ガード下で、人が襲われていると一一〇番通報があった。一件ではない。付近からいっせいに、二十件を超える通報が入ったそうだ。パトカーが駆けつけると、現場は阿鼻叫喚《あびきようかん》の巷《ちまた》と化していた。

血まみれで、折り重なるように何人もの人が倒れている。そこに、悪鬼の形相で文字通り被害者の身体にかぶりついている何者かが三人いた。いや、「三人」という言い方が適当かどうかすら、現着した制服警官らには判断がつかなかった。人間と呼ぶには、その三体の何者かはあまりにも異様だった。

目撃証言によれば、三体は通りかかる人を次々に襲い、血を吸い、肉を食っていた。少なくとも、そのように見えた。

あまりの状況に警官すらも動転したが、彼らは手順通りに三体に警告を発し、携帯した拳銃を抜き、撃った。一発の銃弾ではそれらを止められず、完全に動きを止めるには、一体につき三発の弾が必要だったという。

だが、撃ち殺したと思ったその三体は、見る間に縮んで真っ黒な石になってしまった。

「なあ、犯人どうなったん?」

行人の耳に、野次馬の声が入る。

「あれだけ撃たれたら、死んだでしょ」

「でも死体は?　なくない?」

「いや、さっき警察が運び出してたはずだ」

幸いなことに、彼らは犯人が異形で、死んだはずのそれらが石になったところまでは見ていない。目にはしたかもしれないが、きっと理解が追いついていないのだ。

「被害者は七人だそうです。現場で死亡が確認されたのが三人、あとの四人は病院です」

「四人も、血を吸われて生きているのか」

鋤田は青い顔で頷いた。

その四人、生き延びたとしても、鬼になる。

トクチョーには特別任務がある。これまで長年、実際に発生したことはなかったが、これが久々の任務になるのは間違いない。

「課長。四人のうち、ひとりは七歳の女の子です」

鋤田が吐きそうな顔で告げた。

——鬼め。

部下の手前、平静を装って行人は頷き、三つの石を厳重に封印して持ち帰るように鋤田に命じた。四人の生存者の始末を、部下に任せることはできない。能力を買われてトクチョーに来たとは言っても、一般の警察官だ。行人や瑞祥のように、陰陽師の家に生まれたわけではない。

「こんなタイミングで、吸血鬼騒ぎが起きるなんて。復活した酒呑童子が、仲間を増やしているのでしょうか」

鋤田が額の汗をぬぐった。さほど暑くないのに、行人も肌が汗ばんでいる。酒呑童子、と聞いただけでじっとりと嫌な汗をかくのだ。

それより、行人にはもっと心配なことがあった。

「鬼たちの写真は、誰も撮っていないのか？　防犯カメラは？」

「確認します。防犯カメラはありそうですね」

恐ろしい想像が脳裏から離れない。

もし、映っているのが鬼に変化した瑞祥だったら。あの子がもう、酒呑童子の仲間にされてしまっていたら。

ぎゅっと目を閉じ、嫌な想像を払い落とす。

「奴らを撃った警官は？」

「──そこに」

課員が指さすほうを見れば、パトカーのそばに立ち、混乱した表情で上司に事情を説明しているふたりの制服警官の姿が見えた。

「失礼、警察庁特別調査課です」

割り込んだ非礼を詫び、ふたりと会話させてほしいと申し出ると、上司はあっさり引き下がった。人を食う鬼だの、それが石になっただのという、奇怪な証言に辟易《へきえき》していたようだ。

「那智といいます」

行人はふたりの警官に向き合った。ひとりは四十代とおぼしいが、もうひとりは若い。高校を出て警察官になったばかり、そんな初々しい顔つきだ。そんなふたりが、何者だろうと不審げに行人を見つめている。

「街を守ってくださり、ありがとうございます。あなたがたが撃ったのは、人間ではありません」

駒田《こまだ》と若林《わかばやし》と名乗ったふたりが、ハッとしたように背筋を伸ばす。年上の駒田は、薄々気づいていたと言いたげに、何度も頷いた。ふたりの表情に、驚き以上に安堵が滲んだ。

自分たちが見たもの、撃ったもの。

その異様さに、心をかき乱されていたのに違いない。あんなものを見たなんて、あるいは見たと思い込むなんて、自分はどうかしてしまったのだろうか、と。

「あなたがたが撃ったのは、鬼です。吸血する鬼は、実在するのです」

「鬼――ですか」

「はい。千年もの昔から、私たちは鬼と戦い続けています。やつらは命が危険にさらされると、死ぬ代わりに石になります。あなたがたが、やつらを死の淵に追いやった。それで石に変化したのです。思いきって連射したのが良かった。でなければ、被害者の数がもっと増えたはずです」

ふたりが戸惑いながら互いの顔を見やる。

「見たものを、誰かに話しましたか」

「上には報告しましたが」

信じてなかったけど、という言葉を彼らは飲み込んだようだ。

「他の誰にも言えるわけはありません。言ったところで、信じてもらえないでしょうから。嘘つきやバカだと思われるのは嫌ですよ」

「――かもしれませんね」

行人は微笑んだ。

「信じてもらえないかもしれませんが、私たち特別調査課は、人でないものを相手にする仕事をしています。もしよろしければ、あなたがたをスカウトさせてください」

「スカウトといいますと」

「トクチョーに入ってもらいたいのです。鬼の動きが活発になってきました。誰かが退治せねばなりませんから」

ふたりの警察官は、一般人が見てはいけないものの目撃者だった。見れば目がつぶれる。気がふれる。

「即答しなくていいです。ゆっくり考えてください。あなたがたなら、即戦力になります」

行人は微笑んで会釈し、ふたりを残して立ち去った。彼らは茫然とこちらを見ている。

鬼だの吸血鬼だの、そんな話を一般に流布されるのは好ましくない。たとえ家族であってもだ。口止めするのは逆効果だった。言うなと言われれば、むしろ語りたくなるのが人情というもの。だからいっそ、まずい光景を見られたからには、「こちら側」に取り込むに限る。

特に今は、酒呑童子が復活し、やつらとの全面戦争が予想されるのだ。

今のふたりに状況を正確に伝えれば、怖気づいてしまうだろう。だが、いつかは話さなくてはならない。

「課長！　ありました。防犯カメラの映像です」

鋤田がさっそく、小型のタブレット端末に取り込んだ映像を見せようとしている。爪が掌に食い込むほど固く拳を握り、行人は頷いた。

ここです、と鋤田が見せたのは、ガード下に向かう奇妙な三人の男たちだった。今どきのカジュアルな服装をした若者だ。睨むような目つきで周囲を見回しながら、ガード下に向かっている。何かを探すようでもある。

「先頭の男が、たまたまガード下で身体がぶつかった若い男性に、真っ先に咬みついたそうです。そこから惨劇が始まったそうで」

「そこは映っていないんだな」

三人は、どう見ても瑞祥とは似ても似つかない顔立ちだ。年齢もずっと上のようだ。そうと見て、行人は緊張を解いた。瑞祥を取り戻すための策を、ひとつ思いついた。

「今日の石を、丹後で捕獲した石と一緒に、トクチョーの倉庫に送る。そのことを、うまくリークできないか」

「囮《おとり》にするんですね」

鋤田は察しがいい。酒呑童子が復活した時、実にタイミングよく仲間の吸血鬼が丹後に現れたのは、トクチョーの動きが彼らに漏れているからではないかと考えられる。それを逆に利用してやるのだ。

陰陽師は千年前の知識のまま取り残されていると酒呑童子は嘲笑したが、そうではないところを見せてやる。

「わかりました。やってみます」

「頼んだぞ。私は別の用がある」

一瞬、鋤田の顔に戸惑いと恐怖と、そして珍しいことに憐憫《れんびん》とが何層にも入り混じった、複雑な表情が浮かんだ。彼はきびきびと敬礼し、次いで頭を下げた。

「承知しました。どうぞお気をつけて」

「うむ」

「四人の生存者ですが、七歳の女の子は病院に着く前に亡くなったそうです」

「――そうか」

それで気が晴れたとはとても言えないが、わずかに心の重しが軽くなったのは確かだった。行人は頷いた。

「では行く。後はよろしく頼む」

行人は病院に向かわねばならない。今夜の犠牲者、吸血鬼に襲われた生き残りの三人に会う。そして――。

あまり、考えたくはなかった。

今はまだ、ニンゲンなのだ。だが、鬼に血を吸われると、早ければ数日後には新たな鬼に変化してしまう。そうなるともう、退治するのは困難だ。殺しても、殺しても、石になる。これがまた、壊すこともできず、傷をつけることすらできない。

だから、自分が彼らに人間としての生をまっとうさせるしかない。

――人間のうちに、死なせる。

那智家で最後にこの任務を行ったのは、曽祖父だと聞いている。昭和三十一年、「もはや戦後ではない」と好景気に浮かれる東京に「はぐれヴァンパイア」が出現した。曽祖父は被害者を見舞うふりをして、ひそかに殺害した。

明治十年の酒呑童子との大戦争では、那智家六代前のご先祖が、数百名にもおよぶ被害者を斬りまくったそうだ。かよわき者も、子どもたちも大勢含まれていた。その結果、ご先祖は心を病んだ。眠ると、その時に斬り殺した被害者の顔が夢に次々現れる。だからなるべく眠らないよう、立ったまま休んだ。つかのま眠る。夢も見ない眠りだ。

結果的に心の臓を患い、短い人生だったそうだ。今にいたるも、そんな話がいくつも那智家には伝わっている。

それが、那智宗家の宿命だった。

行人はそれを粛々と引き受けるしかない。

9

「あの建物だ」

茨木は小さな単眼鏡を目に当て、三階建ての目立たないビルを観察しながら呟いた。

午前三時、近隣のビルの窓は、ほとんどが真っ暗だ。

陸上自衛隊立川《たちかわ》駐屯地のそばだった。

駐屯地の西側には昭和記念公園があるのだが、東側には立川市役所があり、広域防災基地もあって、警視庁の多摩備蓄倉庫がある。警視庁の機動隊、航空隊や、消防庁の寮、各種の国立研究所、裁判所なども立ち並ぶエリアだ。万が一の大規模災害発生時、政府の緊急災害対策本部が設置可能な予備施設ともなっている。

目的のビルは、その近くにひっそりとまぎれている。表札や看板のないそれが警察庁特別調査課の建物であることは、法務局の登記簿謄本でも調べない限りはわからないだろう。

茨木とシュテンがいる四階建ての屋上から、そのビルはよく見えた。

周囲の建物は、午前三時ともなると人の気配がなく、灯火も消えているが、トクチョーの建物だけは窓から光が漏れている。陰陽師どもが何かを待ち構えているのだ。

茨木は、身体にぴったりと添う黒革のスーツに、軽くて細いランニングシューズを履いてきた。長い髪はひとつにまとめてネットにおさめ、フルフェイスのヘルメットを持参している。武器はショルダーバッグに詰めた、重さ五キロの砲丸だ。

「あそこに徐福が現れるのか？」

不機嫌なシュテンが太い腕を組んで尋ねる。徐福と名乗る何者かが、彼を復活させたと知って以来、シュテンはずっと唇を結び、機嫌を損ねているのを隠そうともしない。

そう名乗っているだけで、本当にその男が千年以上も前にシュテンが殺したはずの「はじめの鬼」かどうかわからないというのに。

「さあ、どうかな」

茨木は肩をすくめた。

「新宿で事件が起きた後、石になった吸血鬼があの建物に運ばれたそうだ。われらの監視者が顚《てん》末《まつ》を見届けて、連絡をよこした。トクチョーの管理下にある建物のようだ」

ふむ、と呟いたきりシュテンは何事か思いめぐらしている。衣服の替えが間に合わず、ひとまわり大きなサイズのスポーツウェアを一時しのぎに着せているが、シュテンが鬼化すればまた破れるのは間違いない。

血を抜かれた死体が発見されたり、新宿で吸血鬼が大暴れしたりと事件が続くが、茨木の仲間は誓って関与していない。

茨木も知らない、別の鬼がいるのだ。

それが、「徐福」かもしれない。

「徐福」が何者かは不明だが、石になった仲間を救出に来るとは思えない。

新宿の事件は、血に飢えた吸血鬼の所業ではなく、仕事に就けず恋愛にも破れ、自暴自棄になった複数の「無敵の人」が意気投合して起こした通り魔事件として報道されている。

吸血鬼を撃ち殺した警察官や、目撃者の証言は秘匿されている。

だが、実際には鬼に変化したばかりで腹をすかせた連中が、無節操に手当たりしだい、餌を喰らったというのが真相だろう。

新宿のような人目のある場所で、偶然、複数の鬼が同時に変化を完了させたりするはずがない。何者かが鬼を放ったのだ。あの鬼たちは、人の耳目を引くための罠、新宿大ガード下は恰好の舞台装置だった。

――使い捨てにした鬼を救出に現れるような奴ではあるまいよ、「徐福」とやらは。

茨木はそう見ている。

ひるがえって陰陽師は、復活したシュテンが新宿の事件を引き起こしたと考えている可能性がある。かの有名な鬼の頭目、酒呑童子が蘇った。その直後に吸血鬼がらみの事件が続いたのだ。

「あの建物には、七尾もいるかもしれない」

七尾は、シュテン復活の折に、茨木たちを逃がすため犠牲になり、石と化した。陰陽師は、シュテンの仲間と見られる石を、すべてこの場所に集めたつもりではあるまいか。

どのみち陰陽師は、石になった七尾に、封じる以上の害をなすことはできない。だから、茨木はほとぼりが冷めるまで、石を放置するつもりだった。

――だが。

陰陽師は、シュテンが仲間を取り戻しに来る可能性に賭けている。

シュテンが現れるなら、「徐福」も現れるかもしれない。「徐福」がシュテンを復活させた理由は、シュテンに会うためではないか。

だから、茨木はここに来た。「徐福」に会い、彼の正体と目的を問いただすために。

そして、あわよくば七尾を取り戻すために。

「なんだ。ややこしいな」

説明を聞いて、シュテンは怒りをおさめ、代わりに覇気を漲《みなぎ》らせている。

「ややこしくはない。ここに私たち鬼と徐福と陰陽師が集まるだけだ。シュテン、徐福に会ったらどうする？」

「引き裂いてやる」

迷いのかけらも見せず、シュテンが吠える。その口は耳まで裂けて真っ赤な肉と白い牙がのぞいているが、鬼化せずヒトガタを保っているのだから、自制心は残っているらしい。

「シュテンはいつも怒っているな」

今は自分を鬼にした徐福に、千年分の怒りをたぎらせているようだが、大江山では都の貴人たちに怒っていた。飢えと流行り病が村々に蔓延していたのに、都の貴い人々は、庭の池に映った月を眺めて歌を詠み、輝くような錦を身にまとい、舞や蹴鞠《けまり》に明け暮れて、うまい飯と酒で腹を満たしていたからだ。柔弱《にゅうじゃく》で上品で冷酷だった。

だから貴人たちの財宝を盗み、美しい娘をさらい、血を飲んで肉を喰らっても、何の痛痒も感じなかった。貴人たちはシュテンが何に怒っているのか、気づきもしなかっただろうけれど。

シュテンはずっと怒っている。

茨木を含め、シュテンにつき従っていた鬼たちは、シュテンの怒りに感応していたのだ。

シュテンがいなければ、大江山はなかった。

「いつも怒っているわけではないぞ」

シュテンが憮然と顎をかく。

「怒るときには理由があるし」

「ならばなぜ、それほど徐福に腹を立てているのだ。シュテンを鬼にしたからか？」

茨木は、自分を鬼にしたシュテンに腹を立てたりはしない。

シュテンのぼさぼさの髪が、帯電したように逆立ち、目が吊り上がった。

「そうだとも！　あいつは無責任だ。勝手に人を鬼にして、死んだふりをしたんだぞ」

「シュテンが刺したからだ」

「そうだ、俺はあいつを殺したつもりだったんだ！　だから千年もの間、あいつのことなど忘れていた。あいつのせいで伊吹山の仲間をみんな失ったことも、自分の中で封印した」

ギリギリと歯を鳴らす。

ふいに、全身が鳥肌立つような感覚に襲われ、茨木は身震いした。

――これはまさか。

シュテンが腕を組み、顎を上げて周囲の気配を感じ取ろうとしている。

「来たな」

――そうだ、来た。

茨木が感じるのは、大勢の同類の鼓動だ。数十人――いや、百人近くはいるヴァンパイアが、茨木とシュテンのいるこの建物を包囲するように、じわじわと迫り来ている。ひとつひとつの鼓動がアリの吐息のようにつつましやかなのは、鬼化して間もないヴァンパイアたちだからだ。

誰かが最近、大勢の人間どもをヴァンパイアにしたのだ。

「――許せんな。そこらの有象無象をヴァンパイアにするとは」

茨木のつぶやきに、シュテンが鼻で笑う。

「生まれたての鬼など、百人いようが二百人いようが、踏みつぶすまでよ」

シュテンならやりそうだ。

『茨木様、聞こえますか』

茨木が身につけたスマートウォッチから、五葉の声が流れてきた。無線機の代わりにしているのだ。五葉は少し離れた高層マンションの屋上から、望遠鏡で周辺を観察している。

「どうした」

『大勢の男たちが、近づいてきます』

「そのようだな」

茨木たちは早くから異様な雰囲気を感じ取っているが、五葉にはまだそこまでの力がない。鬼の神通力は、おおむね生きた年月の長さに比例する。仲間内でもっとも強いのがシュテンなのは、もっとも古い鬼だったからだ。

『なんだか妙な連中です。黒ずくめで、動きはバラバラ――統制が取れていない』

――にわか仕立ての「徐福」の手下だからな。

茨木はヘルメットをかぶり、音声の変換装置のスイッチを入れた。

「やっと暴れられる」

シュテンが牙をむき、舌なめずりした。暴力の予感に嬉々としている。

『行こう、シュテン』

茨木は屋上の柵をひょいと乗り越えた。落ちて行きながら、下の階の窓枠に雲梯《うんてい》のように次々に手をかけ、勢いを殺しては、また落下する。

軽々と地面に着地して屋上を見上げると、シュテンが勢いよく飛び降りるところだった。

「うおおおおおおお」

ズシーンと凄まじい地響きがして、ぐらぐらと茨木の身体も揺さぶられた。近くに人の気配がないからいいようなものの、そばの警察署では、すわ地震かと騒いでいるかもしれない。見れば、シュテンが落ちた場所のアスファルトには大穴が開いている。

『シュテン！　大丈夫か！』

慌てて声をかけると、何事もなかったかのようにシュテンが穴から這い上がった。

「来たぞ、やつら」

シュテンが赤い舌をべろりと出し、平然と口の周りを舐めた。

足音が迫ってくる。怒濤のようでもあり、ミツバチの羽ばたきのようでもある。大勢の鬼たちが、シュテンと茨木に向かって、まっすぐやってくる足音だ。

当初ちんたら歩いていたやつらは、途中で駆け足に切り替えたようだ。ドドド……と、競走馬のように規則正しい足音で駆けてくる。

シュテンが鼻を鳴らし、両手を大きく開いて、まるで彼らを抱きとめようとでもするかのように、待ち受けている。

――見えた。

幅広な東京都道一五三号線、いわゆる立川昭島《あきしま》線の向こうから、黒い影がいくつも現れ、徐々に大きくなってくる。

影は、トクチョーの建物になど何の関心も示していない。やはり、石になった仲間を救出する気などないに違いない。

目的は、シュテンだ。

茨木は通信機の向こうにいる五葉を呼んだ。

『始まるぞ。かねて打ち合わせた通りにやってくれ』

『承知しました』

通りの向こうから現れた連中の肌は青白く、目が異様な光を帯び、荒い息を吐いている。鬼に変化したばかりで、わけもわからず飢えに支配された哀れなやつらだ。

何を思うのか、シュテンは遠くを見る目でやつらを待ち受けている。

その口が、カッと耳まで赤く裂けた。

「そこにいるな、徐福！」

シュテンの目は、有象無象の鬼など見ていないのだ。彼は徐福を待っている。自分を鬼に変化させた、千年昔に会ったきりの異国の鬼を探している。

その一喝が、鬼の群れを分けた。

モーゼの前に紅海《こうかい》が割れたように、シュテンの前で鬼の群れがふたつに割れた。

その向こうに、ちんまりとした老人が立って、にこにこしている。

——あれは、何だ。

茨木は息を呑んだ。目に見えるものしか見ない人々なら、そこにいるのは背丈が百六十センチほど、小柄で痩せっぽちで杖を突き、シュテンがひとひねりすればぽきりと手足ばかりか胴体も折れてしまいそうな、かよわい老人だと思ったかもしれない。

まるで『三国志《さんごくし》』の中から現れたような服装だ。袍《パオ》というのだろうか、膝下丈の着物のようなものに股引のようなものを穿き、帯を結んでいる。長い白髪はひとつにまとめて白い布で結んである。好々爺《こうこうや》然とした笑みを浮かべた、しわくちゃの顔に長い顎鬚。

だが、そこに茨木が感じたのは、信じられないほど圧縮された濃い瘴気《しょうき》だった。

宇宙のブラックホールは、高密度で重力が高いために、光すらも脱出できないのだという。たとえて言うなら、徐福に感じた瘴気がまさに、ブラックホールのようだった。

茨木ほど長生きした鬼だからこそわかる。これは、とてつもなく長命な鬼だ。こんなに濃厚な気配なら、何キロも先から感じ取れたはずなのに――と茨木が訝《いぶか》しんだ瞬間、ふっとその重苦しく禍々しい気配が消えた。そこに立つのは、ただの小柄な老人と化した。

――こやつ、已の気配を自在に操れるのか。

「久しいな、童子よ」

シュテンの目が溶岩のように、怒りで赤く燃え始めた。茨木は彼の暴発を抑えるべく、腕に手を置いた。

――怒りのままに暴れるのは、まだ先だ。

「丹後などに封印されておったとはな。知った時には小躍りしたわい」

『そちらが徐福どのか。私はシュテンの一派、茨木童子だ。伺いたいことがある』

ほう、と老人がこちらに向き直り、頷く。

「いかにも私が徐福だ。茨木どの、お尋ねの件とは何でござるかな」

『なぜシュテンを目覚めさせたのか。目的を伺いたい』

老人は「はて」と小首をかしげた。

「それは、じき明らかになるであろう」

老人がねじくれた枝のような杖の先で、トンとアスファルトの地面を突いた。

「誰か酒呑童子を倒してみよ！　倒したやつには、好きなだけ血を飲ませるぞ」

彼のひと声で、道路にあふれた鬼たちが、我先に前に進み出る。茨木には、目をそむけたくなるほど哀れな光景だった。

おそらくは徐福の手で、鬼にされた若者たちだ。男も女も、鬼の気配などほとんどしないところを見ると、鬼として生まれ変わって、まだ数日しか経っていないはずだ。

――徐福は、血を吸った相手を鬼化する日数を制御できるのだろうか。

不思議なのはそこだ。

茨木が血を吸った者たちは、早ければ数日、遅くとも一年で鬼に変化した。だが、見たところ、目の前にいる新米の鬼たちは、鬼になってからまだ血をもらえていないようだ。あさましいほど、腹を空かせている。

こんな状態で一年も、百を数える鬼たちを閉じ込めておけたとは思えない。

ひょっとすると、この数日で血を抜かれた遺体が数体、見つかったことと関わりがあるかもしれない。それでも、そんな血の量では間に合わないだろう。

ここ数日のうちに、こいつらはいっせいに鬼になったのだ。徐福はそのタイミングを、意のままにできるのか。

飢餓状態の鬼に、分別などなかった。彼らは目をぎらつかせ、雲霞のようにシュテンに群がり、その身体に喰らいつこうとした。

シュテンが動かない。

茨木は慌てた。

うつむいたまま、シュテンはその身に哀れな鬼たちを取りつかせ、齧られ、ぶたれ、揺さぶられるのに任せている。

――シュテン、何やってる！

だが、シュテンの〈気配〉は、どんどん濃くなりつつあった。

「俺様を舐めてるのか、徐福――！」

シュテンは怒りに震えていた。

――あっ、まずい。

茨木は、とっさに跳躍してシュテンから離れた。こんな光景は、もう百万回も目にしている。

何かが爆発したようだった。

シュテンの身体から閃光が放たれ、眩しさに鬼たちの目がくらんだ時、そこにいた大柄な人間の男は消えて、三階建てのビルのような鬼が立ち現れた。シュテンがぶるんと身体を震わせただけで、「なりたての鬼」たちは米粒のようにパラパラと路上に落ちた。

シュテンに踏み潰された鬼たちは、二度と起き上がってこない。石にもならない。

吸血鬼を殺すには、ただ一撃で命を奪うこと。でなければ、石に変化する。決して壊せず、封印するしか手がない巨石に。

ズシン、ズシンと徐福に向かって突進するシュテンが、吸血鬼たちを殺している自覚があるかどうかはわからない。ただ、彼の足元でアスファルトはひび割れ、踏まれた吸血鬼はぺちゃんこになり、永遠の命を謳歌《おうか》することなく死んでいく。

鬼たちは喜んでシュテンの前に身を投げ出し、踏まれようとしているようにも見えた。さては、己のあさましい変化に嫌気がさして、酒呑童子に命を捧げようという魂胆か。シュテン自身は、「なりたての鬼」など見えてすらいないかもしれない。

茨木は、前進するシュテンを見守った。容貌魁偉、巨大だ。「なりたての鬼」とでは、圧倒的なパワーの差がある。みるみるうちに、あれほど道路を埋め尽くしていた鬼が数を減らしている。

「徐福――――!」

シュテンが吠え、鋭い爪が伸びた手を、徐福に伸ばした。シュテンに比べると子どものように小さく見える老人が、呵々《かか》と笑った。

「その強さよ、童子!」

シュテンが訝しげに動きを止める。

「二千年以上のあいだ多くの鬼を見てきたが、おぬしほど強い鬼は見たことがない。その強さがいま欲しいのだ、酒呑童子よ!」

鬼の強さは、生きた歳月の長さに比例すると、茨木は考えている。シュテンが強いのは、千年以上も生きているからだ。

それなら二千年生きて、シュテンを鬼にしたという「はじめの鬼」の徐福は――。

徐福は方士姿の老人のまま、〈気配〉を増幅させつつあった。さながらそこに、圧倒的な密度を持つブラックホールが生まれたかのように、茨木の目も引きつけられる。

シュテンと徐福は、屹立《きつりつ》するふたつの異形の塔のようだった。シュテンは若く荒々しく、徐福は老獪《ろうかい》だ。だがどちらも、計り知れぬ〈気配〉の強さだ。

「――どういう意味だ、徐福」

シュテンが不機嫌な声を出す。

「言葉通りぞ。おぬしも見ただろう、その足元に身を投げ出して死んでいく鬼どもを。永遠の命など与える価値もない、虫けらのような雑魚《ざこ》を。あれがおおかたよ。これまで何百、何千と人間を鬼にしてきたが、まともな力を持てたものなどほとんどいなかった。おぬしひとりが別格だ」

「だから、どうした」

シュテンが傲然《ごうぜん》と顎を突き出す。

「それがお前を殺さぬ理由になるか」

「童子よ、わしを殺すつもりか？」

徐福が大笑した。

「小童《こわっぱ》め増長しておるわ！」

ビリビリと大気が震え、周囲が電気を帯びたかのように、茨木の産毛も逆立っている。良からぬ事態が始まりそうだ。

――逃げるか？

シュテンが我を忘れれば、そばにいる茨木も巻き添えを食う恐れがある。自分がシュテンにかなわないことは知っている。

その時だ。

投光器のまっすぐな光が顔に向けられ、シュテンは眩しげに目を細めた。

「撃て！」

その声と同時に、小太鼓を叩くような連射音がして、シュテンの腹部に小さく光るものがいくつも食い込んだ。だが、シュテンが掌でざらりと腹を撫でると、銃弾は金属音とともに地面に転がり落ちた。シュテンの腹には、ぽつぽつと赤みを帯びたくぼみができただけだ。

ハッと見やると、いつの間にか中央分離帯の緑地に投光器が設置され、その足元にふたりの狙撃手が腹ばいになっている。シュテンと徐福のやりとりに気を取られ、周囲に気を配らなかった自分に怒りを覚える。狙撃手に命令しているのは、スーツ姿の細身の中年男だった。丹後で、酒呑童子復活を阻止しようとした、陰陽師のリーダーだ。

彼は怒りに燃えた目で、シュテンを見上げている。その顔に、ふと茨木は違和感を覚えた。どこかで見覚えがある——と思えば、茨木が捕らえた若い陰陽師に似ているのだ。

——こいつも安倍晴明の末裔か。

「なんだ、陰陽師か」

シュテンがにやりと笑った。

「また妙な得物《えもの》を持ち出したな」

とりあえず、シュテンにアサルトライフルは効いていない。茨木が安堵したのもつかの間、陰陽師がさっと右手を振ると、今度は反対側の歩道から、いくつもの光の矢が飛んだ。シュテンの素足に矢は刺さり、次の瞬間、電気が流れてびっくりしたようにシュテンが飛び上がった。テーザー銃だ。

だがそれも、シュテンが顔をしかめて足を振っただけで、針が外れて地面に転がった。陰陽師ども、三種祓が効かぬと知ると、いきなり現代的な兵器に切り替えたようだが、シュテンの身体的なサイズとパワーを計算に入れていなかったようだ。まだ、陰陽師が背負う長剣のほうが、効果を上げるに違いない。

『茨木様。七尾の救出完了です』

無線で五葉が報告する。石のまま持ち出すのは面倒なので、血液パックを持参して、かけてやれと言っておいたのだ。

『わかった。おまえたちは脱出しろ』

鞄から砲丸を摑み出す。

『くらえ！』

腹ばいになった狙撃手めがけて投げつけた。ひとりめは、悲鳴も上げずに地面に突っ伏し、ふたりめは避けようと転がったが、ふたつめの砲丸が腹部に落ちて、げえげえと芝生に吐き始めた。

陰陽師がキッとこちらを睨んだ。

「とんだ水入りだな」

徐福が苦笑いし、顎鬚に手をやった。

「童子よ、近いうちにまた会おう。話がある」

「こっちはないぞ」

「増上慢め」

にやりと唇を歪め、徐福が杖を再びトンと突くと、「なりたての鬼」の生き残りが、今度は陰陽師に殺到した。

「貴様らも鬼か！」

眉を吊り上げた陰陽師が、呪符を天に投げ呪文を唱える。月を覆うかのように空に現れた真っ黒な雲は、羽音とともに鬼たちめがけて飛空した。真っ黒な蝙蝠《こうもり》の群れだ。

何匹もの蝙蝠が顔に貼りつき、鬼たちが腕を振り回して追い払おうとするが、離れない。

気づくと、徐福の姿は消えていた。

シュテンは八つ当たりのように、テーザー銃を構えたトクチョーの課員たちに近づき、丸太のように太い足で、ざっと薙ぎ払った。課員たちは何メートルも吹っ飛び、アスファルトの路面に全身を打ち付けて、痛みに呻いている。

次の瞬間には、鬼のシュテンはヒトガタに戻っていた。少しは気が晴れたのか。

『――行くぞ、シュテン』

茨木が手近なビルの壁面を駆け上り、現場を離脱しようとシュテンを手招きした時だ。

「待て！　――いや、待ってくれ！」

三階の窓框に手をかけて見下ろすと、先ほどの陰陽師が必死の形相で見上げていた。端整な顔立ちが心痛で歪んでいる。

「部下を返してくれ！　こちらで預かっているそちらの仲間と交換しないか！」

――ほう、ほう、ほう。

茨木はヘルメットの中で微笑した。

この陰陽師、あの若者と特別なつながりがあるようだ。

『悪いな、陰陽師。こちらの仲間は救出済みだ』

驚愕と絶望が、陰陽師の夜目にも白い肌に上ってくる。

手遅れだ。もう取り返せない。

己の不手際、己の愚かさ。自責の念が陰陽師の背後からのしかかり、彼をいっきに十も老け込ませたように茨木には見えた。

『だが、他に交換できるものがある。また連絡しよう』

シュテンが大きな裸の猿のように、窓から窓へと飛び移り、重力に逆らって建物の屋上に向かっている。

茨木が屋上にたどりつくと、シュテンは路上の陰陽師をじっと見下ろし、何か不思議なものでも見たような表情を浮かべている。

『どうしたシュテン』

「この前は、光のない夜だったから気づかなかった。あいつ、晴明に似ているな」

『安倍晴明か？』

千年前の先祖にそっくりな末裔が生まれたのだろうか。シュテンの視線は、どこか下界を憐れむようでもあった。

「千年経っても、ヒトはまだ殺し合いをやめられない。哀れなものよ」

『百五十年前は、明治維新直後の殺伐とした世の中だったしな。だが、私たちもまた、殺し殺される生き方を続けているぞ』

「それはしかたがない。俺たちは鬼だからな」

にたりとシュテンが笑う。

「騒乱のあるところに鬼がいる。戦で死にかけている奴らは、血に飢えた鬼のよい餌だ」

『少なくとも私たちは、殺した餌を無駄にはしない』

「食ってその身に取り込むからな。昔、応仁《おうにん》の乱に巻き込まれて死んだ百姓の女と、女の一歳になる赤子を見た。赤子は泣き叫んでいて、哀れだったから俺様が食ってやった」

シュテンが真っ赤な口を開け、ぺろりと舌で唇を舐めた。

「だが、その母親を殺したのは誰だ。赤子をひとりで生きていけぬ状況にしたのは誰だ。俺たちは千年生きたが、人間は代が替わっても何も変わらんということだな」

――そうだ。私たちは鬼だ。

茨木は、シュテンと徐福の手下の戦場となった路上を見下ろした。

酸鼻な光景が広がっている。

シュテンに頭や胸、腹を踏み潰された数十体もの鬼が、死屍累々と路上に横たわる。死んだ鬼は、死んだ人間と見分けがつかない。西洋に残るヴァンパイア伝説のように、塵になって消えるわけでもない。血を流し、醜い屍をさらしている。

しかも、彼らはつい最近まで本当に生きた人間だったはずだ。

大勢の若者の変死体。彼らを案ずる家族や友人、仲間たちは、そんなふうに突然の死に捕まったと聞かされても納得できない。鬼になっていたと聞かされても、さらに納得できないだろう。

ほんの一瞬、よく理解できない徐福の目的のために、身勝手にも吸血鬼に変えられた百人ほどの若者の、人生を想像しかけた。

だが、千年以上も生きるうち、茨木は人間的な感情をとっくにすり減らしてしまった。

人は必ず死ぬ。どんな死に方をするかはその人しだいだが、好人物が幸せな死に方をするとは限らない。

ひとりひとりの人生に心を痛めてもしかたがない。どのみち人間は、茨木よりずっと短い命しか生きられないし、茨木にとって人間は極論すればエサなのだ。

それに、式神にもてあそばれてきりきり舞いしている、生きた鬼がまだ数十名いる。無分別で飢餓状態に置かれた鬼だ。生きた人間を見れば、何も考えず襲いかかるに違いない。

――この後始末、どうつけるんだか。

すぐそばに陸上自衛隊の駐屯地や警察署があり、機動隊の宿舎や東京消防庁の寮もある。戦闘の最中にひとりも出てこなかったのは不自然だが、きっとトクチョーが手を回したのだ。

ならば、この阿鼻叫喚の地獄絵図も、彼らが始末するのだろう。

――私の心配することではないな。

苦く笑い、次の建物に向かっているシュテンの後を追いかけた。

10

私は何をしようとしているのか。

――考えてはいけない。

行人は背中に回した長剣をすらりと抜いた。

鬼切丸は丹後で折れて失ったが、那智宗家に伝わる銘刀「風切《かざき》り」を持ち出したのだ。

一歩、革靴で路上に踏み出すと、潰れた内臓や血で靴底がぬるりと滑る。同時に、生ぐさい臭気がむっと鼻の奥を刺す。

――感じてはいけない。

嗅覚を遮断するのだ。

蝙蝠が鬼たちの目をふさぎ、小さな顎で咬みついている間に、行人にはすべきことがある。

「――課長……！」

テーザー銃で酒呑童子を捕縛しようと試みて果たせなかった鋤田が、額から血を流しながら血を吐くように叫んでいる。

だが、自分はやらねばならないのだ。

――いったい、何十体いるのか。

何人、ではない。あれは既に鬼だ。ことの経緯や、人間であった頃の素性など、もはや知る必要もないし知らないほうが良い。

あれは、鬼なのだ。

風切りの柄は、行人の手にしっくりと馴染む。撫でるように鬼の首を胴体から切り離す。ほんの一瞬だ。自分の身に起きることを見なくてすむように、蝙蝠の式神がやつらの目を隠している。胴体から離れ、ぽーんと飛んだ首は、そのまま路上に落ちてころころと転がる。蝙蝠が飛び去ると、びっくりしたように目を見開いた首がその場に残っている。

一撃で命を絶たれた鬼は、石にならず息絶える。それしか、鬼を殺す方法はないのだ。

鬼が痛みを感じるかどうかは知らない。先ほど、酒呑童子はアサルトライフルの弾すら硬い皮膚で撥《は》ね返してしまった。奴なら、銃弾など「かゆい」と言いそうだ。

踊るように、風に流されるように、行人は路上を滑走し、風切りが唸る。行人の心を読んだのか、風切りは、風が泣くようにびょうびょうと音を立てて首を斬る。

次々に斬る。

行人は数えない。どのくらい斬ったのか知りたくもない。行人が斬るのではない。風切りが斬るのだ。

その対象が「ヒトだった」モノだとは、考えたくもない。

これは鬼だ。ヒトに害悪をなす鬼なのだ。だから斬るしかない。

そう心の中で呟きながら――祈りながら――ひたすら剣をふるっている。

残り三体となった時だ。

――あと、三体。

果てしない苦行だった。ようやく終わりが見えてきた。さしもの行人も、刀を握る腕がひきつり、指が震えはじめていた。あと少し。あと少しで終わるのだ――。

そう思った。

次の鬼は青年というより少年に近かった。人間だった頃の年齢は、十八か九だったろうか。色白のなで肩で、どこか瑞祥を思わせる女性的な美しい面立ちをしていた。

いや、見た瞬間に行人は「瑞祥」と思わず声を漏らし、式神の蝙蝠を顔からどかし、別人だと確認せずにはいられなかった。

行人の切っ先が首筋に迫った時、その鬼は天を仰ぎ、

「おかあさん」

と奇妙に静かな、か細い声で呟いた。

――あっ。

しまった、と思うより先に、風切りは鬼の首にずぶりと埋まり、喉笛を搔き切っていた。

ポーンと飛んだ首は、穏やかで美しい死に顔で、唇はまるで微笑んでさえいるかのようで、とても鬼とは思えなかった。

――ああああああ。

俺はいま、何を斬ったのか?

風切りの切っ先が走るままに、いま行人が命を奪ったのは、本当に鬼だったのか。

行人の迷いが風切りに乗り移ったのか、唸りをあげて鬼に向かっていた銘刀は、そこでぴたりと動きを止めた。次いで、式神の蝙蝠たちが、なぜか苦しみもだえて地面にぽとりぽとりと落ち始めた。行人の力が弱ったせいかもしれない。

残り二体の鬼からも、蝙蝠が離れた。

自分は何を臆しているのか。行人は右手に風切りを握り、左手で己の顔を覆った。

これは陰陽師の宿命だ。先祖代々、鬼と戦い続けてきた那智宗家の、避けられない葛藤だ。

この数時間前、行人は新宿大ガード下で起きた吸血鬼事件の三人を、殺害した。

まだ、人間だった。

吸血鬼に血を吸われ、息があるうちに救急車で病院に運ばれた人たちだった。彼らが鬼に変化するまで、数日から一年までの時間差があるはずだったが、行人は黙って見ているわけにいかなかった。

目の届く範囲にいるうちに。

自分のコントロールが及ぶうちに、殺す。

それが那智宗家の掟だ。

だから、行人は千枚通しをスーツの内側に忍ばせ、鋤田が調べてきた病院を訪れた。生存者は四人だったが、そのうち七歳の女の子は、病院に運ばれるまでに亡くなった。

残り三人だ。

行人はひとりずつ病室を訪問し、誰も見ていない隙を狙い、ある者は酸素吸入の管を止め、ある者は千枚通しを耳に刺し通し、ゆっくりと自然に見えるよう死なせた。

被害者は吸血鬼に身体の半分以上、血を吸われた後だったので、そういう意味では罪悪感を覚える必要はないはずだった。

二十七歳の男性。両親は北海道でまだ到着しておらず、婚約者の女性が付き添っていたが、彼女がコーヒーを買うために少し席を外した隙に、病室に入り酸素吸入器を止めた。ゆっくりと血中の酸素濃度が下がり、苦しいのか一瞬うつろに目を開けて、それからこの世を去った。

四十七歳の男性。失血がひどく、生きているのが不思議だと医師に言われるほどだった。生きていたのは、恐るべき速さで鬼化が進行していたからだ。

彼はまだ病室で目を閉じていたが、八割がた、吸血鬼になっていたと言ってもいい。

妻が横須賀《よこすか》から新宿の病院に駆けつけるまでの短い間に、行人は男の点滴に毒物を注入し、強制的にこの世から退場してもらった。

それを後悔してはいない。もし放置していれば、彼は今ごろ完全に吸血鬼になり、被害者を増やしていたことだろう。

最後は二十二歳の女性だった。

大学四年、病室には両親と、大学の友人たちが詰めかけていて、処理する隙がないかもしれないと恐れた。

だが、患者の容体が好転し、帰宅する友人たちを見送るために両親が病室を離れた隙に、行人は女性の耳に千枚通しの先を突き立てた。

彼女は自発呼吸が可能で、酸素マスクの管を止めても意味はなかった。点滴に細工をする時間もなかった。

だから——。

行人はそこでふらつき、膝をついて路上に吐いた。疲労の限界だった。今日はほとんど食事を口にすることもなかったから、吐いたのは黄色い胆汁だけだった。

——自分に何ができるというのか。自分は神ではない。

だが、行人はもう気がついている。

あれは殺人だった。鬼化を防ぐために、人を殺した。どうしようもないと言いながら、己の手で人を殺したのだ。

今も――。

銃声がした。

物思いにあまりにも深く沈み込んでいた行人は、ハッと顔を上げた。

残る二体の鬼が、路上に倒れた鋤田ともうひとりの課員を襲おうとしていた。

「くそっ」

罵声しか出ない。よろめきながら、どうにか立ち上がる。風切りが重い。

意識のある鋤田はテーザー銃を投げ捨て、なんとか身体を起こして座り、実銃を抜いて応戦している。もうひとりの課員は、酒呑童子に薙ぎ払われた際に、気絶したようだ。

鋤田は自力でなんとかできる。

そう見て取り、行人は気絶した課員の救援に向かった。鬼は白いTシャツにフードつきのパーカーを羽織り、ジーンズ姿だ。服装だけ見れば、繁華街を歩いている若者と何も変わらない。首筋に薬品で皮膚が爛《ただ》れたような咬傷があり、白いTシャツの首回りが乾いた血で茶色く汚れていなければの話だ。

自分では走っているつもりだったが、よろよろと鬼に近づいているだけだった。

「おい！　お前の相手はこっちだ！」

鬼が振り向く。振り向いても、ただの若い男だ。うつろな目をしている。

行人は風切りを両手で握り、鬼の背中に斬りつけた。重い。腕が限界を訴えている。何人もの肉と骨を斬ったせいで、風切りの切れ味も鈍ってきた。背中をぱっくりと割られた鬼は、ゆっくり肩越しに自分の背中を見つめ、じろりとこちらを睨んだ。

一撃で首を落とせなかった。

鬼が赤い口をカッと開いて両腕を上げ、こちらに向かってくる。怒りの矛先が行人に向いた。

行人は舌打ちし、最後の力を振り絞り、風切りで鬼の首を狙った。だが、斬ったのは鬼の両腕だった。

「ひいいいいいい！」

悲鳴を上げ、鬼はみるみる縮んで石になる。しまったと思ったが、殺せなくとも、とにかく石にしてしまえば他人を襲うことはない。

ほっとひと息つき、鋤田を振り返った。

鋤田は最後の鬼を倒していた。先日教えた通り、一発の銃弾で満足せず、鬼がこときれるまで銃弾を撃ち込んだのだ。撃たれた鬼は、まるで鋤田を抱きしめるかのように彼の身体に向かって倒れこんでいた。

――良かった。

鋤田は身を守れると、とっさに考えた自分の判断は正しかった。安堵のあまり全身から力が抜けて、行人が風切りを取り落とし、両膝を路面についた時、鋤田が殺した鬼の死体がごろりと地面に転がり、鋤田の顔が見えた。

彼は茫然としていた。

その頬に赤い咬み傷があった。今も血が流れ、スーツの肩を汚している。

「鋤田、おまえ――」

違う。これは鬼の咬み傷ではないと言ってくれ。

鋤田が傷を確かめるかのように、左手を上げ、自分の頬に触れた。べっとりと血で汚れた掌を見つめ、彼の身体が震えはじめる。

「課長、これ――」

「鋤田、早まるな。よく考えるんだ。咬まれただけか？　そいつに血を飲まれたか？」

自分でも何を言っているのかわからない。馬鹿げている。鬼に咬まれた人間が鬼化するシステムは、ほとんど何も解明されていないのだ。血を飲まれずとも、咬まれただけで鬼になるかもしれない。

ぼんやり考えていた鋤田が、ふと気づいたように、自分が撃ち殺した鬼の顔を確かめた。行人の位置からもそれは見えた。鬼の唇は、鋤田の血で真っ赤になっていた。

鋤田の表情がゆがみ、嗚咽《おえつ》をこらえようとするかのように、震える手で口を押えた。その手に涙がぽろぽろとこぼれ落ちる。

行人も茫然とその様子を見守った。どうすればいいのかわからない。もう鋤田を救うことはできないのか。トクチョーの課員から鬼の被害者を出したのは、行人が課に入ってから初めてだ。

しかも、瑞祥がいない今、トクチョーのナンバー2として自分を支えてくれている鋤田が――。

自分の手で、鋤田がヒトのうちに死なせてやらねばならない。陰陽師としての理性がどこかに残っていて、行人にそう囁《ささや》いている。だが、無理だと思った。

自分はもう、疲れすぎている。風切りを持ち上げることすらできない。そして、それが言い訳だということも、知っていた。

「もう、どうしようもないんですね？」

鋤田が濡れた目でこちらを見つめる。

彼は、行人が新宿の被害者を始末したことを知っている。今また、行人が何人もの鬼を斬り捨てるのも目撃した。

なんとかできるものならば、そんな所業を行人がするはずないではないか。

そんな、鬼のような所業を。

「――課長、申し訳ありません」

鋤田が声を絞り出すように言うと、銃口をしっかり咥えた。その奥に、生命維持をつかさどる脳幹があるのだ。

「よせ、鋤田――」

銃声が響き、鋤田の身体がゆっくり横倒しになるのを、行人は瞬きすらできず見つめていた。

――なぜだ。

なぜこうなるのだ。

ふと顔を上げる。

月光が白々と路上を照らしている。自裁した鋤田と、鋤田が撃った鬼。酒呑童子や他の鬼に襲撃されて重傷を負い、気絶している課員たち。その向こうに広がるのは、百を数える鬼たちの死骸だ。

酸鼻をきわめる光景を、月の光はただ照らすのみだ。

11

「あらためてご挨拶申し上げます、酒呑童子様。茨木童子様の二番弟子、七尾太蔵《たいぞう》です」

五葉から大量の血液パックを受け取り、ご満悦の七尾が陽気に言って頭を下げる。カーゴパンツに、大きめの襟つきシャツをゆるっと着た若者だ。

「僕、お役に立てましたか？　酒呑童子様が復活されたと見て、矢も盾もたまらず現場に飛び込んでしまいましたよ」

七尾はまるで、飼い主に撫でてもらおうと尻尾を振る犬のように、茨木に目を輝かせた。

「うん。七尾の機転で、陰陽師を足止めできた。よくやった」

「石になるのは初めての経験でしたが、こんなに早く復活させてもらえるとは思いませんでした。僕を復活させたということは、五葉だけではそろそろ手が足りなくなったということでしょう？　わかってますとも茨木様、なんでもご用命くださいね！」

よく回る舌に、シュテンは呆れたようだったが、やがて茨木に告げた。

「よく喋るやつだな。星熊に似ていないか」

「――そうか？」

星熊童子は大江山時代からの仲間だ。今もまだ石のまま眠っている。

「まあ、二番弟子ってのは七尾の冗談だが、あらためてシュテンにもふたりを紹介するよ。トウの五葉融《とおる》と、七尾太蔵だ。復活したからには、手足となって働いてもらうさ」

「なんでもどうぞー」

七尾が血液パックの蓋を開け、トマトジュースでも飲むような健康的な雰囲気でごくごくと飲み干している。

「まだ飲むつもりなのか。もうしばらく眠らせておけば良かったな」

五葉がぼやいている。エリートビジネスパーソン風の五葉と、大学生のような七尾とは、性格も見た目も正反対だが、いいコンビだ。

「石になったのは、僕にとっては貴重な経験でしたよ！　有機物の塊である人間が石になるとはどういうことなのか？　今でも疑問符だらけですが、当事者の中ではなんていうか、石になる時ってのはゆっくり意識が薄れていくだけで、復活するときは普通に目が醒める感覚なんですね。ほんとにびっくりです！」

「いいから七尾、しばらく黙ってなさい」

五葉が困惑ぎみに七尾を黙らせる。

たぶん、七尾は復活の興奮で酔ったようになっているのだろう。

五葉が停めた車まで走り、茨木の家に戻ってきた。今夜、徐福と対面できたのは収穫だったが、茨木にも予想外の展開になった。

「あの徐福とやらいう方士、何を企んでいるのだろうな」

茨木の問いに、シュテンは興味なさそうにあくびをする。

「放っておけ。用があるなら、向こうから近づいてくるだろう」

「だが、あれだけ多くの鬼を生み、コントロールしていたんだぞ。計画的だ」

「丹後で襲撃してきた連中は、徐福の古武術道場に通っていましたね」

五葉が口を挟む。

「その通りだ。推測だが、何年も前から徐福は準備を進めてきた。だが――目的は何だ？」

古武術道場の弟子たちや、百名の鬼を作ったのは、目的を果たすため手下が大勢必要だったのだろう。そのために、人間の血液も必要になり、死人も出た。だがシュテンが蘇り、徐福は気づいたのだ。

――数百人の弱い兵隊を育てるより、千人力のシュテンがひとりいればいいのだと。

「もっと情報が必要だな」

茨木が思案していると、シュテンが「よせよせ」と軽い口調で言った。

「徐福など、放っておけばいいんだ。今夜は、そっちの若いのを助け出す目的があったが、好んで徐福や陰陽師と関わり合いになる必要もないだろう？　相手にしなければ、向こうもそのうち諦めるだろうよ。俺はむしろ、徐福が陰陽師と潰し合ってほしいね」

「陰陽師が徐福を倒せるかな？」

今夜の様子を見る限り、シュテンに太刀打ちできないようだった。長く生きるほど力が強くなるのなら、徐福はシュテンより強いかもしれない。

「さあなあ」

シュテンが肩をすくめる。

「だが、陰陽師はひとりじゃない。千年以上続く組織だ。それだけ続くということは、それなりに力があり知恵が回るということさ」

シュテンはそう言うが、そうかんたんに徐福がシュテンを諦めるとも思えない。徐福に居場所を知られぬよう、息をひそめて隠れていられるシュテンでもない。

「陰陽師と取引しよう」

茨木は心を決めた。

「例の捕らえた陰陽師を使うのですね」

五葉は話が早い。

あの若者は、顔立ちが陰陽師のリーダーとよく似ていた。どちらも安倍晴明の末裔のようだ。

親族、もしかすると親子かも。

「取り返したがっている。その熱意を利用させてもらう」

「陰陽師を捕まえたのですか？」

七尾が目を輝かせている。彼は理系の大学院生で、バイオ関連の研究室に所属していることもあって、鬼の身体に起きる変化を科学的に解明したがっているのだ。陰陽師とも会ってみたいと言っていた。

「それはぜひ、話してみたいものです。常々考えていたのですが、我々の身体も物理や化学の法則から逃れられないはずなのに、不老不死とか石化とか、いろいろと不可解なんですよね。現代の科学もまだ万能ではないし、わからないことも多い。いずれ、解明される謎のひとつなのかもしれませんが」

「七尾、そんな話を敵の陰陽師にするのはやめてくれないか」

五葉がうんざりした様子で腕を組む。

「敵を利するようなことは言わないよ」

「物理化学の法則とは、何の話だ？」

シュテンが興味を覚えたのか、身を乗り出した。鬼になった時に、着ていたスポーツウェアが破れてしまったので、今は茨木が用意した男物の浴衣を着ている。

「おっ、酒呑童子様、ご興味おありですか？　たとえばですね、質量保存の法則ってのがあるんですよ」

七尾が生き生きと目を輝かせて話しだす。

「たとえば――この部屋にはいま、私たち四人と、椅子とかテーブルとかの家具があるわけです。

ドアや窓が閉まっていて、気体や液体を含む物質の出入りはできない閉鎖系だと仮定します。この部屋は閉ざされた空間なんです、いいですね？」

シュテンは面白そうに聞いている。

「この閉鎖された空間の中にある物質は、状態が変化しても総質量は変わらないんです。重さが同じはずなんですよ。ところが」

七尾の目が真ん丸になり、シュテンをまじまじと見つめる。

「酒呑童子様、鬼になると巨大化しますよね？　僕、五葉に逃がしてもらった後、ビルの隙間からちらっと見たんですけど」

シュテンの身長は、ヒトガタの時の三倍以上にはなっていただろう。

「巨大化すると、体重も増えますよね？　ということは、酒呑童子様は何か別のものから質量を奪っているはずなんです」

「よくわからんな」

「はい、僕にもわかりません。何が起きているのか知りたいですけどね」

けろりとした表情で七尾が応じ、飲み干した血液パックをまとめて袋に投げ込んだ。

「鬼が死にかけた時に石になるのも、よくわからないんです。石になって、復活するとまた元気になってるでしょう。どうしてそんなことが起きるんですかね？　茨木様は、クラゲと一緒じゃないかと言われてましたけど」

シュテンと七尾の目がこちらに向いたので、茨木は苦笑した。

「クラゲってのは何の話だ、茨木」

「不老不死の生き物が他にいないか、探してみたんだよ。そうしたら、クラゲの中には不老不死と言われる種類がいたんだ」

「あの海にいるクラゲか」

「そうだ。まだ研究が始まったばかりのようだから、私の知識はその受け売りだけどね。ベニクラゲという、一センチくらいの小さな赤いクラゲなんだ。それが、傷ついたり老化したりすると、退行してポリプというクラゲの子どものようなものに若返るそうだ。ポリプは再びクラゲに成長するので、結果的にそのベニクラゲは死なない」

「若返る——」

「まあ、思いつきのようなものだけど。私たちが死にかけると石になるのも、いったん幼生に戻って、再生を待つのだと思えば似ているじゃないか」

「そのクラゲも血を飲むのか？」

シュテンが興味を抱いたようだ。

「飲まないと思うよ。ベニクラゲが赤いのは、アスタキサンチンという色素を持っているからだそうだ。鮭や鯛と同じ色素なんだって」

「ふむ——」

「さあ、この話はこれで終わりだ。それより、もう朝になる。みんな眠っていないから疲れているはずだ。しばらく眠って、起きたら捕虜にした陰陽師と話してみよう」

放っておくと、シュテンが「鮭や鯛も血を飲むのでは」と言いだしそうだったので、急いで茨木は話題を変えた。鬼の体質については、まだわからないことばかりだ。七尾が言う通り、科学で解明できていないことも多い。

なぜ鬼が人間の血を吸うと、飲まれた人間も鬼になるのか？

なぜ鬼は年を取らないのか、そもそもなぜ血を飲むのか。

だが、今それを考えてもしかたがない。

科学は世界のすべてを解明できたわけではない。これから少しずつ明らかになるだろう。

「そうだな」

シュテンは若干不満そうだったが、素直に立ち上がると伸びをした。

「この世界、たしかに鬼にも居心地は悪くない。気に入ったよ」

シュテンが部屋に引き取ると、七尾と五葉も客室に向かった。この時刻から、自宅に帰すのも気の毒だ。

「——茨木様」

客室に入ったと思った五葉が、そっと戻ってきた。

「どうした」

「お話がございます。どうぞこちらへ」

二階のシュテンの部屋から遠ざかるようにか、一階の玄関近くの小さな応接間に手招きしている。茨木が部屋に入ると、五葉は誰かが近づけばすぐわかるように、ドアを開いたままにした。

「どうしたのだ、五葉」

腕組みして突っ立ったまま、なかなか話を始めようとしない五葉に首を傾げる。

「これから私がお話しすること、お怒りにならず聞いていただけますか」

「私が軽々しく怒るように見えるか」

「——では申し上げます」

五葉が小さく唇を噛む。

「酒呑童子様は、卓越したパワーの持ち主です。今夜、あらためてそう感じました」

「そうだな。昔から、シュテンは誰よりも力があった。石になる時は、騙し討ちに遭った時だ」

「茨木様も、卓越したパワーをお持ちです」

「私の力など、シュテンにはとうてい及ばないのだよ」

「腕力、体力の問題ではありません。現代社会では、頭脳がすぐれた者が他に勝るのではありませんか」

茨木は口を閉じ、五葉が何を言おうとしているのか、耳を傾けることにした。

「酒呑童子様が死にかけて石になるのは、騙し討ちに遭った時と言われました。でも、そんな危機ですら、茨木様はちゃんと危地を逃れておられる。私ごときが無礼を申しますが、酒呑童子様より茨木様のほうが賢明だからではありませんか。今回の復活においても、茨木様がもし丹後まで奪還に行かれてなければ、酒呑童子様は再び封じられた可能性が高いのではありませんか」

茨木は小さく吐息を漏らした。

「――まあいい。続けなさい」

「徐福が何を企んで酒呑童子様を復活させたのか、まだよくわかりません。酒呑童子様が復活なされてから、茨木様は彼を首領のように立てておられる。しかし、会社がここまで大きくなったのは、茨木様の才覚です。逃げたり隠れたりせず、堂々と私たちが生きていけるのは、茨木様のおかげです。むしろ、酒呑童子様が復活されてからのほうが、悪運続きではありませんか。茨木様の様は、酒呑童子様と袂《たもと》を分かつことは考えないのですか」

「――五葉。そのこと、他の者に話したか？」

「いいえ。いま初めて茨木様に申しました。酒呑童子様が復活されてから、茨木様が他人のしりぬぐいに奔走されているようで、見ていて辛いのです」

ふむ、と茨木は応接間のソファの、ひじ掛けに浅く腰をかけた。

「シュテンとは千年以上のつきあいだ。私を鬼に変えたのもシュテンだし、捨て童子の私を大江山で生かしてくれたのもシュテンだ。五つで食われてもおかしくなかったのだがな。もはや家族のような、あるいは一般に言う家族以上の存在だ。だから、五葉の目には奇妙に映るかもしれないが、何があっても私がシュテンを見捨てることは、まずない」

五葉が暗い目でうつむいている。

「それにな、五葉。お前はまだ、シュテンの本当の力に気づいてないと思う」

「本当の力――ですか」

「うん。それこそ、腕力や体力の話ではない。いずれお前にもわかるかもしれない。今はただ、見守っていてくれ。何があっても、悪いようにはしないさ」

「茨木様が、そうおっしゃるならば――」

五葉は静かに頭を下げ、亡霊のように足音もなくするすると茨木の前から消えた。

――困ったことだ。

茨木は螺旋《らせん》階段で二階に上がる。寝室の隅に設けたシャワー室で水を浴び、騒乱の末に浴びたホコリと、血と肉のかけらを落とした後、自分のベッドに向かった。

天蓋つきのダブルベッドにしたのは、特に意味はない。今でもきっと、積み上げた藁の上でも平気で眠れると思う。いや、この贅沢な暮らしに慣れて、つましい生活に戻れなくなることのほうが怖い。

もし、茨木瞳子が鬼だと知られてしまったら、この暮らしは消えるのだ。五葉の危惧も、わからないではない。

茨木はふと、ベッド脇のテーブルに向かった。水差しやグラスの奥に、小さな厨子《ずし》を置いてある。金属製で、扉を固く閉じている。

——科学で解明できていないと言えば、こっちもそうだ。

指の先でそっと厨子の扉を開くと、中から緋縅《ひおどし》の鎧と兜を身につけた美々しい武者人形が現れた。

「——のう、綱どの」

人形はきりりとした細面の美男で、涼しげな切れ長の目をしている。凜々しい表情で長い弓を背負い、右手には刀を握って前方を見つめる姿は、まるで本物の若武者のようだ。

シュテンにこの綱人形のありかを尋ねられた時、とっさに知らないと答えてしまった。記憶の共有をするから、基本的に茨木が知っていることはシュテンも知ることになる。シュテンに嘘をついたり、隠し事をしたりはできないはずなのだが——茨木は「記憶を上書きする」ことで、シュテンに嘘をつく手を覚えてしまった。何もかもは無理だが、ひとつ、ふたつなら隠し事もできるわけだ。

シュテンから隠したのは、そろそろこの人形が哀れになってきたからだった。

——渡辺綱。

大江山の鬼が都で無法を繰り返すので、帝は陰陽師の奏上を容れ、軍事貴族としての源氏、源頼光に退治を命じた。

頼光は彼の四天王——渡辺綱、碓井貞光《うすいさだみつ》、卜部季武《うらべのすえたけ》、坂田公時《さかたのきんとき》——を集め、山伏姿に身をやつし、大江山に潜入した。

山伏姿の頼光と四天王を見て、あれは渡辺綱だとシュテンに教えたのは茨木だった。都で見かけた綱の、美々しい若武者ぶりに惹かれて油断し、片腕を切り落とされたことがあったのだ。腕はすぐ取り返したものの、綱の姿を見忘れるはずもない。

そんなわけで、山伏たちが頼光一派だとシュテンは最初から知っていたのだ。

だから——山伏たちをもてなす酒に、素知らぬ顔でシュテン自身の血を混ぜた。

頼光と他の武士たちは、鬼の酒を恐れて飲んだふりをした。まじめで融通のきかない綱だけは、本当に飲んだ。綱が最後に盃を受け取ったので、飲まずにシュテンに返すことができなかっただけかもしれない。

鬼の血を飲んだものは、何年、何十年もの時間をかけて、ゆっくりゆるやかに、鬼の〈人形〉になる。人形は鬼の木偶《でく》だ。老いず、死なず、呼べば鬼に使われる。陰陽師が使役する式神のようなものだった。綱たちに飲ませたのは、シュテンのいたずら心だったろうか。

なぜそうなるのか、茨木も知らない。七尾が言うように、いつか科学が解明してくれるのかもしれない。

大江山の後、綱は四十年ほどかけて人形になった。大江山の鬼は退治されて多くが石になり、埋めて隠されたが、茨木はいつものように要領よく逃げていた。何年か後、綱が頼光とともに土《つち》蜘蛛《ぐも》を退治したという噂を聞いた。綱ときたら、その時すでに人間離れした強さだったそうだ。

それに、年を取らない。

「渡辺綱ともあろうものが、哀れなものだな」

人形に話しかける。

シュテンに綱人形のありかを教えれば、また何かに使おうとするだろう。シュテンときたら、綱人形を便利な道具と思っている節があり、陰陽師に追われて危なくなると呼び出すのだ。命令されれば、人形は鬼に従うしかない。

それが近ごろ哀れになって、茨木は綱人形をシュテンから隠したのだった。そのことを悔やんではいないが、知らないと言った以上、もうシュテンに渡すわけにもいかない。

ため息をつき、厨子の扉を閉める。

隠し事は嫌いだ。特に、シュテンに嘘をつくのは嫌いだ。

——なるようになるか。

明かりを消し、ベッドに転がると、茨木は夢も見ない眠りに沈み込んでいった。

12

眠れないと思っていたが、とろとろと浅い眠りが得られたようだ。

夢の中で行人は、瑞祥と鋤田に鬼の倒し方を一生懸命に教えていた。奴らを一撃で倒したければ、首を斬るのだ。鋤田が熱心に頷いている。鋤田が——。

飛び起きた。

午前十一時を過ぎている。

行人は、トクチョーの応接室のソファにいた。昨夜——今朝と言ったほうが正確だが——は、機動隊の応援を頼み、真っ先にやったのは死闘の現場に一般人が立ち入らないよう、現場を封鎖することだった。

それから救急車を呼んで、トクチョーの課員たちを病院に運ばせた。もちろん、彼らが鬼に咬まれていないか、確認した後で。

砲丸で後頭部に重傷を負ったのがひとり、腹部に砲丸をくらったのがひとり。テーザー銃で酒呑童子を撃ち、薙ぎ払われて全身打撲と脚の複雑骨折を起こしたのがひとり。鋤田はもうこときれていた。潔い最期だった。

それだけではない。

トクチョーの保管庫で石を見張っていた三人の部下は、侵入者と戦い、重傷を負って意識のない状態だった。鬼による咬み傷のないことだけが不幸中の幸いだ。石はひとつだけ、消えていた。きっとそれだけが、酒呑童子の仲間だったのだ。

機動隊の隊員らに、これは鬼の死体なのだと説明するのがひと苦労だった。人間のように見えるが、もはや人間ではないのだと言っても、あの殺戮の現場を見て、その言葉を素直に受け止める者などいないだろう。

行人は当初、大量殺人の容疑者として事情聴取を受けるところだったのだ。

警察庁長官からトップダウンで命令が下り、ようやく行人の言葉がまともに通るようになった。それから、なんとかして朝までに、百を超える鬼の死体を収容する必要があった——。

数十台のトラックをフル稼働させ、死体はひとまず警視庁の体育館に分散して収容し、写真を撮影し、指紋とDNAサンプルを収集して、ざっと検視もして、あとは焼却するよう指示を出した。

この数では、もはやそれ以上の対応を秘密裏に行うのは不可能だった。検視官は、鬼の死体を見て、それが人間そっくりなのに、人間とは異なる器官をもつことに驚いていた。宇宙人だとでも考えたかもしれない。何体か解剖に回すことにしたようだ。

――あの鬼たちにもきっと、どこかに家族がいるだろう。

若い男女が百人以上、姿を消しているはずだ。行方不明者届がすでに出ているかもしれない。いずれ騒ぎになる。どう対処するべきか？

半数は踏み潰され、半数は首を斬られた異様な状況だ。彼らが鬼になっていたと言われて、家族が納得するはずもない。

これだけの作業を手伝わせた機動隊員たちは、厳しく口外を禁じられているものの、全員がこのまま口を閉じていられるだろうか。いくら、これは鬼だと説明されても、想像もできないほど恐ろしい光景を見てしまったのだ。黙っていることで、精神を病む者もいるのではないか。

それに、マスコミが事態を嗅ぎつけているかもしれない。昭和記念公園のそばで、夜半に奇妙な喧騒があった。深夜から早朝にかけ、区域を立ち入り禁止にして、トラックや救急車、パトカーが何台も静かに出入りし、何かを運び出した。

戦争中の不発弾が道路下に埋まっていることが発覚したと、公表させてはいる。だが、深夜の突然の不発弾処理を、鵜呑みにするだろうか。

――トクチョーは、もうおしまいだ。

行人はソファに起き直り、立てた膝に顔を埋めた。瑞祥はさらわれ、鋤田は死んだ。課員のほとんどが重傷を負い、まだ働けるのは昨夜非番だった者や、トクチョーに配属されたばかりであまり役にも立たない課員だけだ。

もはや、まともに動けるのは自分ひとりで、その行人自身もくたびれきっていた。

もう無理だ。

風切りを探すと、応接室の隅に立てかけてある。今朝は、風切りを杖のように突きながら、この部屋まで戻ってきた。疲れすぎて、ふつうに歩くことすらできなかった。
気がつくと、いまだに手が震えている。重い風切りをふるい、鬼を斬り続けた。肉体と精神の限界まで斬った。その代償だ。

——だが。

まだ、瑞祥がいる。

瑞祥を救わなければならない。昨夜、酒呑童子と一緒にいたのは、丹後で酒呑童子を連れて逃げた鬼だった。革のスーツにヘルメット姿で、音声変換装置を使っていた。

あの鬼は、瑞祥と何かを引き換えにできると言っていた。瑞祥が無事に戻るなら、行人は何でも与えるつもりだった。

そのためには、あの鬼となんとかしてコンタクトを取らねばならない。

ソファに無理な姿勢で眠ったせいで、身体がこわばっている。動かない身体をどうにか動かし、髪を撫でつけて風切りを手に取り、ようやく呼吸を整えた。

応接室のドアを開くと、わずかに残った課員たちが、異様な空気を漂わせるのが感じられた。

「遅かったな、行人。少しは眠れたのか」

行人の課長席に、誰かが座っている。

驚いて見やると、それは行人の父——引退した前任の特別調査課長、那智大鳥だった。

「父さん、なぜここに——」

「私を見くびるな。昨夜の情報は得ている」

引退した大鳥は、着物姿でくつろいでいることが多かったが、今日はそれにインバネスコートを重ねていた。近頃ではあまり見たことのない、鋭い眼光と厳しい表情だ。

「不発弾処理の件は、すでに警視庁からマスコミ各社に連絡済みだ。液漏れが見つかり、緊急を要する事態だったので、深夜に対処したことにしてある。案ずるな」

言葉が出てこない。

「不覚を取ったようだな、行人」

「いえ、それは――」

「課員に死人を出すようでは、不覚だ」

ぐうの音も出ない。

自分ひとりでは手に余る事態なのは確かだった。助けを求めたかったのも本当だった。だが、いったん自分が責任をもって引き受けたことを、父親に甘えてしまっていいのか。

「酒呑童子は、ここしばらくの敵とはレベルが違う。おまえが悪いわけではない」

そうじゃない。酒呑童子が問題なのではない。あの場で異様な気配を放っていたのは、酒呑童子ではなく、徐福と名乗る小柄で無害そうな老人のほうだった。

「疲れてるな、行人君」

背後から声がして、ハッとした。穏やかな笑みを浮かべてトクチョーのフロアに入ってきたのは、鶴のように痩せて背の高い、飄々とした白髪の老爺だった。身体にぴったり添う細身のスーツと、白いパナマ帽が似合っている。

「賀茂さん――！」

陰陽師の一派、賀茂家の賀茂東陽《とうよう》だ。跡継ぎとなる子どもがおらず、トクチョーに後嗣の陰陽師を派遣することができないまま引退した。大鳥とは今も会っているようだが、もう七十歳にはなるはずだ。

「トクチョーの危機と聞いて、この老いぼれも馳せ参じたよ。最後のご奉公だな。使ってやってくれ」

「しかし――」

「行人」

大鳥がデスクに身を乗り出す。

「今はお前の自尊心を気にかけている場合ではない」

行人は唇を閉じた。プライド――たしかに、そんな心情もないわけではなかった。

「トクチョー始まって以来の危機だ。この百五十年、酒呑童子を封じた後は、たまに出現する鬼など、所詮は雑魚ばかり。それが、酒呑童子が復活したとたん、ウジがわくように鬼たちがわいている。このまま放っておけば、この国は鬼の国になってしまうぞ」

「酒呑童子に結界は効かぬようだな」

賀茂が目を細めている。大鳥が頷いた。

「効かぬな。あのクラスの鬼に、なまじの結界では太刀打ちできない」

「ではどうするか――三種祓も効かぬとな。百五十年前はたしか、童子を罠にかけて首を斬ろうとしたのだったかな」

「そうだ。結局、斬り損ねて石にしてしまったらしいのだがな。酒呑童子を倒すには、たくらみが必要だ」

「神便鬼毒酒《しんべんきどくしゅ》のような――だな」

源頼光たちが大江山の鬼を退治するため山に入ると、住吉《すみよし》大社、石清水八幡宮《いわしみずはちまんぐう》、熊野《くまの》大社の三社の神が三人の翁に姿を変えて出現し、頼光一行にこの酒を渡したという。鬼が飲めば毒となり、頼光たちが飲めばむしろ薬となる酒だ。そんな都合のいいものがあるなら、喜んで使うのだが。

「そうだ、それから明治十年に我らの祖先が使ったという、光の縄」

「うむ、それな」

老人ふたりが言葉を交わすなか、行人は思わず「待ってください」と声をかけた。

「問題は酒呑童子だけではないのです。徐福というものがいて、これが酒呑童子に対抗しようという魂胆か、若者を言葉巧みにたぶらかし、百体もの新しい鬼を生んでいたのです」

大島と賀茂が、眉をひそめて話を聞いている。そこに、電話が鳴った。

「あのう――」

配属されたばかりで、昨夜も派遣をまぬがれた若い課員が、大島と賀茂の姿に圧倒されたか、おそるおそる行人に声をかけた。

「課長にお電話です。代表電話から転送されてきました。那智瑞祥と名乗っていますが」

青天《せいてん》の霹靂《へきれき》だった。酒呑童子の仲間がかけてきたのではないかと疑った行人が固まっている間に、大島が「こちらに回しなさい」と促した。

「父さん――」

慌てる行人に、「いいから」というように大島が頷き、受話器を取った。

13

陰陽師を捕らえているのは、今は誰も使っていない倉庫の一室だ。

倒産した会社の素材倉庫だったので窓がなく、コンクリートを打ちっぱなしにしたそっけない建物だ。鍵のかかる小部屋に、生身の人間が暮らすのに必要なものを入れただけで、そろそろ陰陽師も限界だろう。

五葉が若者を小部屋から出し、広々としてはいるが、似たような何の飾りもない部屋にパイプ椅子だけ置いて座らせた。

逃げようとはせず、無言で周囲を観察しているのは、若いがなかなかの胆力だ。

「なるほどな。お前が晴明の血を引いているのは、見ればわかる。血筋とは異なものだ」

シュテンが近づき、四方八方からまじまじと若者を眺めて呟いた。五葉と七尾は腕組みして、茨木の背後に仁王立ちしている。

『トクチョーに電話をかけたいのだ』

茨木は携帯端末を若者にぽんと投げた。茨木と五葉、七尾の三人は、ヘルメットで顔を隠している。顔を見せるのは、この若者を殺す時だと茨木は腹を固めている。

無防備なのはシュテンだけだ。

『君、かけてくれないか』

若い陰陽師は、こちらの正気を疑うかのような目をして携帯端末を取り上げ、迷わずナンバーを押した。

電話をかければ、逆探知できる。そう考えているのだろうが、茨木もそんなことは承知の上だ。この電話は、ある役所の回線を経由して接続されるため、トクチョーが逆探知しても役所の番号がわかるだけだ。

『スピーカーホンにしてほしい』

茨木の言葉に、陰陽師が慎重な目つきで言われた通りにした。

受付が出たので、警察庁の代表電話にかけたのだとわかった。

「那智瑞祥です。特別調査課の課長につないでください」

本当に慎重な若者だ。トクチョーの直通番号は教えない。課長の名前も教えない。こちらに漏らす情報を、極力少なくしようと考えているらしい。

そういう賢明さは、茨木は嫌いではない。

だがこれで、若者の名前が瑞祥だと知れた。

『特別調査課だが』

昨日の男が電話に出るかと思ったが、もっと年配の声が流れてきた。

「——あなたは」

瑞祥が戸惑っている。

『瑞祥だな。大鳥だ。息災か』

「大鳥様——」

向こうが名乗ったのは、名前を呼んで良いという証《しるし》のようだ。瑞祥は恐縮したようにパイプ椅子の上で頭を下げた。

「申し訳ございません。未熟でした」

『どこにいる』

相手がそっけないのは、周囲に敵がいると考えてのことだろうか。

茨木が話す番だった。

『そちらは特別調査課の課長どのか。昨日とは違う方のようだな』

『那智大鳥だ。君は誰だ』

『私は酒呑童子の配下』

『――茨木童子か？』

星熊や金熊が石になり、今も自由に動けるのは茨木ひとりと彼らも知っているのだろう。

『この若者にはいっさい手を出していない。ヒトのまま返してもいいが、条件がある』

『――条件だと』

『徐福と名乗る者について、情報交換したい。私たちはこの現代で穏やかに暮らそうとしているのに、徐福がその邪魔をしている』

『それはまた虫のいい提案だ。いま起きている騒動は、酒呑童子のせいではないと言うのか』

『その通りだ』

相手はしばらく何か考えていた。

『――交換条件にならんな。ヒトのまま返すと言うが、本当にヒトのままか見ただけではわからない。瑞祥はすでに鬼かもしれない』

瑞祥が鋭く息を吸い込んで、そのまま凍りついた。横顔の美しい若者だ。

『では交渉決裂か』

『決裂だ』

電話の向こうで、誰かが悲鳴を上げるのがかすかに聞こえた。瑞祥と叫んでいるようでもあった。昨日の男ではないかと思ったが、通話は途中でぷつんと切れた。大鳥が切ったのだ。

『君の上司は非情だな』

茨木の皮肉に、瑞祥は平静を装っている。

「那智大鳥と言ったな」

シュテンが瑞祥に顔を近づけた。

「——ふむ。声の振動が、昨日の男と大鳥、お前、三人とも似ている。みんな晴明の末裔か。ひょっとして今のはお前の祖父か？」

瑞祥の手がびくりと震えた。

「——違う」

「違う？　それならなぜそんなに震えている？」

「大鳥様は宗家の頭領だ。私は分家の子だ」

「お前の祖父ではないと？」

「違う」

「嘘をつけ。そうか、わかったぞ。お前も捨て童子だな」

シュテンが目を細めた。

シュテンは、伊吹山に捨てられた童子だったそうだ。詳しいことは知らないが、長者の娘のもとに通ってきた美しい男が、実は伊吹山の蛇神だったとも聞く。シュテンは赤子の時から怪力で、恐れをなした長者が孫を伊吹山に捨てたのだ。

茨木童子や、星熊童子、金熊童子も、みんな大江山の捨て童子だった。シュテンは捨て童子に親切だった。居場所と衣服を与え、子どものうちは人間の食べるものをくれた。

そして、時がくると童子を鬼にした。

「お前の祖父はお前を見放した。そういう子どもを、捨て童子というのだ」

「私は子どもではない」

瑞祥は、自分は捨てられていないとは言わなかった。茨木も、瑞祥は大鳥と濃い血縁関係があるというシュテンの洞察が正しいと思った。今まで自分のことは名前すら明かそうとしなかった瑞祥が、大鳥が宗家で自分は分家の子などと明かしたからだ。言わねばならないと考えたのだ。

『那智瑞祥というのは、良い名だ。誰がつけた？』

茨木の問いに、瑞祥の表情が動いた。

「――父だ」

ぽつりとつぶやく声に、どこか誇らしげな響きがあった。その「父」が、先ほど瑞祥の名を呼んだ、昨夜の男か。

『陰陽師、那智大鳥。特別調査課の前の課長だ。特別調査課は陰陽師が率いる特殊な部署だ。実質、那智宗家の世襲だろう？』

「では、この若いのが那智宗家の跡継ぎか？　――面白い」

シュテンがくつくつと笑いだす。

「良かろう、瑞祥。鬼になりたければいつでもこの酒呑童子に言え。かなえてやる」

「誰が！」

瑞祥の目が燃えた。女性的にも見える若者だが、芯の強さは安倍晴明の末裔ならではだ。

「陰陽師、なぜそれほどに鬼を嫌う？」

シュテンが瑞祥の前にかがみ、目の高さを合わせた。

「大江山では、都から人をさらい、血を飲んで肉を食ったさ。だが、それも理由あってのこと。なぜ陰陽師は、そこまで鬼を憎んでいる？　大江山から千年以上が経ったのに？」

「そのほうらが鬼だからだ」

ほう、と言ったシュテンが首を傾げる。

「鬼は人間を殺し、食うばかりではない。人間を鬼にする。ヒトの尊厳を奪い、人間の血を飲み、肉を食わずにいられない、あさましい生き物に堕《お》とすからだ」

「待て、待て。お前たち人間も、人間を殺しているぞ。数で言えば、鬼の比ではない。俺たちなど可愛いものだ。自分の手足で殺せる者しか殺していないからな。だが、人間はどうだ？ 俺様が眠っていた百五十年の間に、ミサイルだの爆弾だのドローン兵器だの発明し、原子爆弾などという凄まじいものも使われたそうではないか。鬼が尊厳を奪うというが、そういう兵器で殺された人間が、尊厳を奪われていないとでも？」

「それは別の話だ。戦争や兵器は私だって憎んでいる。早く地球上から消えればいいと思う。だが、陰陽師は人間相手の戦争ではなく、鬼や妖魅との戦争を選んだ。それだけだ」

シュテンが大きな口を開けて笑った。

「待て、待て。お前はそれで答えたつもりか。陰陽師が、鬼や妖魅と戦争する道を選んだ理由を聞かせろと言っているのに。一般論はどうでもいい。お前はなぜ鬼が嫌いなのだ。人間をあさましい姿にすると言うが、お前の周りにそんな被害者がいたのか？」

瑞祥が戸惑ったように目を瞬いた。

「陰陽師は代々、被害者の話を語り伝えているからだ――」

「つまりお前は、自分が見聞きしたことではなく、前の世代に教えられるままに、鬼を憎み嫌っているというわけだな。自分の頭で考えたわけではないということだ。お前が教えられた鬼の姿は、本当の鬼の姿なのか？ 偏った心が生んだ妄想ではないか？」

いつになく執拗に、シュテンが若い陰陽師に絡んでいる。瑞祥はむきになって、憤然とシュテンを睨んだ。

「では聞く、酒呑童子よ。お前も鬼になる前はヒトだったはずだ。見たぞ、丹後で蘇った時の醜い鬼の姿。ヒトだった頃と比べて、あさましいとは思わないのか」

「俺様は鬼だ」

シュテンがにんまりと笑った。

「もはやヒトではない。あれが俺様の本当の姿だ。あさましいとも、醜いとも思わない。俺様は俺様だからな。お前は世界で最も醜いと言われる生き物を知っているか？」

「何の話だ、いったい！」

「ブロブフィッシュというそうだ。ぶよぶよのゼリーのような奇妙な魚だ。だがそれを見て醜いと思うのは人間の勝手で、ブロブフィッシュ自身が己を醜いと思うか？　それと同じことよ」

瑞祥は言葉を失い、シュテンを見上げた。

「鬼が醜いなどと、決めつけぬことだ。お前はお前自身の目で、鬼を見てみよ」

シュテンがちらりとこちらを見た。もう話は終わったということらしい。

茨木が五葉に目で合図すると、彼はあっさり瑞祥の腕をとらえ、椅子ごと個室まで引きずって行った。またしばらく、窮屈な思いをしてもらうことになりそうだ。

——だが、どうしたものか。

トクチョーとスムーズに情報交換ができると期待したわけではないが、ここまで門前払いされるとも思わなかった。

「案ずるな茨木」

シュテンが微笑した。

「いつも言うだろう。なるようになる。徐福も、陰陽師も捨てておけ。俺たちは俺たちだ」

「シュテン――」

シュテンは失うものがないからだ。

そう抗うのはやめておいた。

大江山の頃から今にいたるも、彼は欲がない。欲がないから失うものを持たない。その時、その時で必要なものさえあれば満足で、風のように水のように生きている。陰陽師にあやうく殺されかけて、石になっても蘇ればそれで満足だ。

その恬淡《てんたん》とした生き方をうらやましいと思うこともあるが、茨木はもっと現実的だった。

静かに目立たないように生きてきたのに、徐福とやらがその努力を無駄にしてくれた。

万が一のことを考えて、備えは万端だ。あとは、脱出のタイミングを間違えないことだ。

14

「落ち着け、行人」

大鳥の冷ややかな視線に、行人は手近な椅子を引き、崩れるように座り込んだ。

――瑞祥を取り戻すチャンスだったのに。

「鬼と取引などするな」

大鳥の言葉は一般論だ。テロリストと交渉はしない。それと同じだ。だが、本当にそれでいいのか。正しいのか。

「お前はこの件について、冷静な判断ができない。だから私が電話に出た。鬼が全面降伏するならいいが、鬼と交渉や、取引はできない。たとえ人質に取られたのが瑞祥であってもだ」

「しかし――」

話くらい聞いても良かったのではないか。

大鳥が行人の言葉を遮る。

「問答無用だ。それよりも、瑞祥の居場所を探る。逆探知はどうだった」

「区役所の番号でした」

トクチョーの課員が、パソコンを睨みながら答える。無駄に決まっている。あの悪賢い鬼たちが、電話の逆探知くらい知らないはずがない。

「よし。ここしばらくの吸血鬼関連の事件は洗い出したか」

それは、行人がすでに命じてあった。物憂い身体で行人が振り向くと、若い課員がすぐフォルダを渡してきた。それを、そのまま大鳥に渡す。

「ここ三年、吸血鬼事案はなかった。連続して始まったのは、酒呑童子が復活してからです」

「やはりな」

丹後で復活した酒呑童子を取り返しに現れた鬼。六本木、代々木、渋谷で見つかった、血を抜かれた若者の遺体。新宿大ガード下に現れた三体の鬼。そして昨夜の、酒呑童子と徐福、百体の鬼。事件が密に発生している。

「行方不明者は調べたか」

「都内で届けが出たものはリストアップしています。順次、首都圏の届けも集めます」

あれだけ多くの鬼が発生したのだ。各地で行方不明になっている若者がいるはずだ。だが、家族や友人もしばらくは警察に行方不明者届を出さずに様子を見ている可能性がある。全員の身元がわかるまで、数日はかかるだろう。

「血液は調べたか」

大鳥の問いに、行人は戸惑った。

「血液とは――」

「酒呑童子の仲間が、これまで騒ぎを起こしていないのは不思議だ。鬼には血が必要だ。鬼に血を飲まれた人間は鬼になる。今頃そのあたりに鬼が溢れていてもおかしくないのに、なぜそうなっていない？」

「酒呑童子の一派は、血を吸った後、人間を食うのだと――」

「それなら行方不明者が増えるはずだ」

全国で行方不明者など常に出ている。その中に、鬼の被害者も交じっているのだと思っていた。

「茨木童子の言葉を聞いただろう。『この現代で穏やかに暮らそうとしている』と言った。あれには何か意味がある。やつら、合法的に血液を手に入れるシステムを作ったのではないか」

大鳥の言葉に、行人は息を呑んだ。

御伽草子の酒呑童子のイメージに囚われすぎてはいけないのか。やつらは利口に現代に馴染んでいる。怪しまれず、人間に交じって暮らしているというのか。

だが――。

それなら、なぜ自分たちは酒呑童子を退治しなければならないのか。

鬼は人の血を吸う。

鬼は人を喰らう。

鬼は人を鬼にする。

だから、鬼は退治しなければならない。

そう行人は子どもの頃から教えられてきた。陰陽師の、那智宗家の宿命だった。

そのために自分の心を殺し、昨日は数えきれないほど多くの鬼化した若者の首を斬り、そして鋤田が自害するのを止められなかった。己の手で命を絶ってくれた鋤田を、どこかで称え、感謝すらしていた。自分の手を汚さずにすんだから。

——あれは本当に必要だったのか。

ざわりと背筋に山ほどの毛虫が這い回ったような、気色の悪い感触がした。

「合法的に血液を手に入れると言っても、たとえば献血された血液を盗んでいるのかもしれない。献血センターを調べてみろ。奴らの仲間が潜んでいるかもしれない。あるいは、生活が苦しい人間から、血を買っているかもしれない。一九六〇年代まで行われていた売血を知っているだろう。そういう裏が、必ずある」

言われてみれば、大鳥の推理は当然だった。自分がその結論にたどり着かなかったのは、鬼のイメージに固着しすぎていたからだ。

「これは特別調査課だけでは手に余るな。警視庁の協力を要請しよう。どこかで血液を盗んだ奴がいないか。ひそかに血を買い入れている奴がいないか。捜査を依頼する」

「父さん——」

行人は震える指を無理に抑えた。

「酒呑童子と仲間が、本当に人間に迷惑をかけず静かに暮らすつもりなら——それでも斬らねばなりませんか。そのためにこちら側にもどれだけの被害が出るかわかりませんが」

「行人」

大鳥の目は、凍てついた氷河のようだった。情などどこかに置き去りにした目つきだ。

賀茂が後ろで呟き込んでいる。

「鬼は存在そのものが穢れだ。私たちは穢れを祓うために存在する。百五十年前、先祖は酒呑童子を滅するのに失敗して、石になった奴を封じるしか手がなかった。今回は失敗しない」

酒呑童子を斃すのだ。

「御意」

陰陽師の存在意義に、抗う力は行人にもない。穢れは祓わねばならない。子どもの頃から刷り込まれた言葉は、今も行人を縛り続けている。

大鳥が、スマホを出した。着信している。

しばらく話していたが、すぐ立ち上がった。

「行くぞ、行人。総理から呼び出しだ」

大鳥は今も、この国の政をつかさどる人々とつながっている。その人脈の濃さは、父から特別調査課を引き継いだばかりの行人などでは、太刀打ちできないものだ。

「どうやら、昨日の騒ぎが総理の耳にも入ったようだ。説明が必要だな」

「大鳥さん。私はここにいて、警視総監に連絡するよ。例の血液の件、早く進めたほうがいいからね」

トクチョーに残ると宣言した賀茂を置いて、行人は大鳥を追った。風切りは持参するが、騒ぎにならぬよう車に残すしかないだろう。

総理からは、わざわざ黒塗りの専用車が回されていた。運転手つきだが、会話が漏れないように運転席との間には分厚いガラスが張られている。あるいは、防弾ガラスだろう。

「行人。昨日の事件で、迷いが生じたか」

後部座席に座るなり、ずばり尋ねられ行人は困惑して正面を見つめた。

「――いえ」

「嘘をつくな。昨日は、百五十年前の先祖もかくやの大活躍だったそうだな。お前が立派に完遂してのけたのは重畳《ちょうじょう》だ」

「――ありがとうございます」

複雑な内心を押し隠し、行人は頭を下げる。

「行人。陰陽師とは何だと思う」

「――は」

正面切って尋ねられると困った。

この国の安寧を守るもの。この世の穢れを祓うもの。呪術と式神を操り、妖魅と対峙するもの。

だが、大鳥があらためて自分に求めているのは、そんな言葉ではないようだ。

「陰陽師は、天文と暦をつかさどる。平安時代の陰陽寮は、四つの業務をこなしていた。卜占《ぼくせん》、暦、天文、漏刻。占いというと迷信のようだが、天体観測や気象の観測から、自然界で次に起こることを予測する。これは立派な学問だ」

「陰陽師は学者――ですか」

「その側面もある。今では一般に陰陽道といえば、式神を使役したり、呪符を使うもののイメージが強いが――。それは、業務の一環として酒呑童子のような『人でなし』に対応せざるをえなかったことにもよろう」

「しかし、酒呑童子を実際に退治したのは源頼光と四天王で、安倍晴明は大江山に鬼が巣くっていることを奏上しただけでしたね」

「そうだ。私が言いたいのもまさにそのことよ。本来、陰陽師は実力行使部隊ではなかった。実力行使は頼光のような武士たちの役目だったのだ。平安時代から江戸時代までずっと、そうだった。それが、明治以降、武家社会が終わってしまった。武士がいなくなったから、陰陽師がそういう役割も担わざるをえなくなった。それが特別調査課だ」

この話がどこに向かっているのか、行人がひそかに危ぶみ始めたころ、車は首相官邸に到着していた。総理が執務を行う官邸のほうではなく、居住空間として利用される公邸に案内された。

「私は、いずれ晴明の時代のように、特別調査課にも実力行使部隊を別に作るべきだと考えているのだ」

低い声で話にけりをつけるように囁く。大島は何度も公邸に来ているため、勝手知ったる様子で進んでいく。

元は官邸として使用されていたが、現在の新しい官邸が使われるようになり、二〇〇五年からこちらは公邸になった。

公邸は昭和四年竣工の、フランク・ロイド・ライトを思わせる作風の美々しい建物だ。官邸として使用されていた名残《なごり》か、部屋数が多く、装飾も見事だ。出迎えてくれた秘書官が扉のひとつを開けると、黒革のアームチェアから立ち上がる私服の総理が見えた。

「よく来てくれました、那智大島どの」

岩村典弘《いわむらのりひろ》総理は、一見、相撲取りのようにも見える大柄な身体を揺すり、両手を前に差し出して大島にソファを勧めた。

「こちらがご子息ですか」

「倅《せがれ》の那智行人です。特別調査課を引き継ぎました」

「それはご苦労様です」

自分にまで頭を下げられ、恐縮する。

任期が短いことで知られるわが国の政権だが、トップが交代しても大鳥と陰陽師たちの存在は申し送りがされるらしい。

明治三年に陰陽寮が廃止され、陰陽師は表向き公的な場から姿を消した。とはいえ、東京都の都市計画にも、山手線の設計にも、陰陽師の手が入っている。シンガポールの都市設計が風水に頼っていると言われるように、わが国も陰陽道の力を借りているのだ。ただし、秘密裏に。

明治七年、東京警視庁設立の際には、陰陽師の存在も特別調査課として慎重に組み込まれた。それからは、明治二十七年からの日清戦争、明治三十七年からの日露戦争、昭和十二年からの日中戦争、その後の太平洋戦争――と、鬼に対抗する警察力としてのみならず、陰陽師が本来得意としてきた天文、気象に関する知識を駆使し、国政に尽くしてきた。現在のように警察庁の組織に組み込まれたのは、戦後、昭和二十九年になってからだ。

政をつかさどる国のトップは、孤独なものだという。それは政治の門外漢の行人にも、なんとなく感じ取ることができる。誰にも相談できず、国家の行く末について最後は己の判断に責任を持たねばならないというのは、非常な重圧だろう。

トクチョー――すなわち陰陽師らは、ご維新以後も百五十年以上、陰から彼らの判断を支えてきた。

二年前に総理に就任した岩村は、中でも陰陽道に関心が強く、何か迷うことがあれば大鳥の意見を聞きたがるそうだ。

大鳥が岩村のそばに腰を下ろしたので、行人はその隣に座った。おそらく公邸の中では小さい部類の応接室だと思われるが、奥にはマントルピースがあり、さらに奥に、昔は使用人の控室でもあったのか、天鵞絨《ビロード》のカーテンで仕切られた小部屋がある。アラベスク模様の特徴ある壁は、壁紙ではなく布張りのようだ。調度類の隅々まで贅を凝らした部屋だった。

「昨夜、由々しき事態が発生したそうですね」

大鳥が重々しく頷く。

「さよう。幸い、倅が対処しました」

「おお、ご子息が」

岩村が大げさにのけぞる。

「だが、総理に不快なご報告をせねばなりません。百五十年ぶりに酒呑童子が蘇りました」

「聞きました。本当だったのですね」

「特別調査課の職員が一名、殉職し、他にも数名、重傷を負いました。取り逃がした酒呑童子の行方はわかりませんが、現在、居場所を調査しています」

「まだ手がかりは摑めませんか」

「まだですが、心配は無用です。鬼の考えそうなことはわかります」

「それは心強い。さすが大鳥どの」

岩村総理は何度も頷いた。

「今後、酒呑童子の居場所につながる情報があれば、官邸にもお知らせ願えますか。明治以来のこの国の危機ですから」

「もちろん、ご報告いたします」

扉がノックされ、「来客中にご無礼を」と駆け込んできた秘書官が、フォルダにまとめられた書類を総理に差し出した。無言で読みくだした総理は表情こそ変えなかったものの、ふくよかな頬に硬い膜のようなものが張りつめたのを、行人は感じていた。

「あわただしくて申し訳ない。近頃は何かと事態の展開が速くて」

そろそろ立ち去れということだ。

そう言えば、陰陽師は鬼との闘いに集中しているから忘れそうになるが、今は国際情勢がたいへん厳しく、世界各地で戦争が起きているだけでなく、アジアでも何かと騒がしくなっている。わが国もいよいよ隣国同士の争いに巻き込まれる恐れがあるとも囁かれている。

——そんな時にこの、百五十年ぶりの酒呑童子の復活か。

「我々こそご心配をおかけして申し訳ございません。どうぞご自愛のほど」

総理と挨拶して席を立ちながら、行人はふと、奥の小部屋に目をやった。

天鵞絨のカーテンが、風もないのにわずかに揺れたような気がした。

「警察庁までお送りします」

秘書官がすぐに現れた。

来た時と同じ車で送るという。帰りの車内では、大鳥も無言だった。行人も黙り、これからのことを考えていた。

15

しばらくは、茨木も会社の業務にかまけていた。「トウ」の運営も、五葉に任せる部分が大きいとはいえ、経営者としての責任もある。

シュテンはこの際、自分が封印されていた百五十年間の変化を動画でつぶさに知ろうと考えたらしく、客室に引きこもってタブレットと格闘している。物覚えはいいし集中力も凄まじいので、好奇心のおもむくまま、情報を渉猟しているらしい。

七尾の姿が見えないので、研究室に戻ったのかと思ったら、三日後の夜にふらりと茨木の自宅に現れた。茨木は熱海《あたみ》に建設予定のデザイナーズマンションの、最終計画を五葉と検討しているところだった。

「徐福がどうやって鬼の子分を集めたのか、気になりましてね。調べていたんです」

白衣の代わりにジャージを引っかけたような姿で飄然《ひょうぜん》と現れた七尾は、茨木のデスクの前に椅子を引きずってきて腰かけた。

「あの気の毒な鬼たちの正体がわかったのか?」

思わず茨木も計画書を置いて話に釣り込まれた。あれほど多くの人間が鬼化して退治されたというのに、いまだニュースにもなっていないのが不思議だったのだ。

「だいたいわかりましたよ。若い奴らばかりだったでしょう。『黄金武塔《むとう》』と名乗る宗教団体みたいなものの信者だったんですよ」

「武塔?　武塔天神《てんじん》か?」

武塔天神は、牛頭天王《ごずてんのう》の別名であり、素戔嗚尊と同じ神とも言われる。『備後国風土記《びんごのくにふどき》』に記載された蘇民将来《そみんしょうらい》説話に登場する、異国の疫神《やくじん》だ。

武塔天神が嫁とりに現れた時、貧しい兄の蘇民将来は丁寧に接したが、金持ちの弟は冷遇した。武塔は兄を見逃し、弟を殺す。

「ええ、まさに。『黄金武塔』は武塔天神を祀る宗教団体で、首都圏の各地に道場みたいな合宿施設を抱えていて、熱心な信者はそこで寝泊まりするんです。どちらかというと宗教団体というよりは若者にアピールする自己啓発目的の団体という印象なんですけど」

茨木はため息をついた。丹後でシュテンを復活させようとした連中は、古武術の道場に通っていたそうだ。道場の師範が徐福という老人で、彼にそそのかされシュテンを復活させたのだ。

「『黄金武塔』も徐福が主宰しているのか」

「だと思います。ホームページに顔写真が出ているのは別の人間ですけどね。信者は十代からせいぜい二十代で、学生も多いです。合宿で知識を深め、修行すると全能感を得られるんだそうです。どこかで聞いたことのあるような話でしょ？　おまけに合宿所に入るときは親兄弟との縁を切らせるそうで、家族が警察に訴えたりして、問題になっていました」

「家族と縁を切らせるのは、何かあった時に家族が騒ぎ始めるまでの時間を稼ぐためか。だが、何日も連絡が取れなければ、警察に訴えたりしている家族ならなおさら、騒ぐんじゃないのか」

「僕がこの情報をどこから得たと思います？　その警察ですよ。立川の事件、後片づけはトクチョーだけでは無理な規模でしょう。近隣の警察署や機動隊を動員したんじゃないかと思いましてね、あちこちに様子を聞いてみたんです。そしたらまあ、あれ以来、欠勤している機動隊員の多いこと」

七尾が肩をすくめた。

「警察官たって、ひよわな現代の若者ですからね。平安朝の鋼《はがね》のメンタリティで鬼と戦う陰陽師なんかと一緒にされた日にゃ、病人続出でしょうよ。探し出して少し水を向けてみたら、まあ涙ながらに話すこと話すこと」

「事件がマスコミで報道される日も近いな」

茨木は眉をひそめた。

あれだけの大虐殺が起きたのだ。隠し通せるわけがないとは思っていた。だが、事件が事件だけに、報道の結果どんな騒動が起きるか見当もつかない。

五葉が、何かに気づいたように顔を上げた。

「七尾。『黄金武塔』という団体は、まだ存続しているのか？　つまり、徐福がそこに隠れている可能性はあるかという意味だが」

「うん。僕もその可能性を考えて、団体の拠点をリストアップしてみた」

ほらほらと言いながら、七尾が紙を広げる。

「東京に二か所、埼玉に一か所、千葉に一か所です。ただ、立川の事件に信者のほとんどを投入したんですかね。道場は四か所とも、もぬけの殻でした」

「そうか――」

「徐福以外に表向きの代表者がいると言ってたでしょう。そいつの自宅は見つけました。もし徐福がそこに潜んでいたら、僕なんか近づいただけで察知されて殺されそうですからね。近づきませんでしたけど」

七尾がぶるっと身体を震わせる。彼は徐福を直接見てはいないが、五葉とふたりで近くにいただけでも、あの異様な瘴気を感じたのだろう。

「賢明だ」

茨木は頷いた。もし七尾が近づいていたら、今ごろ殺されていたか、徐福に気づかれて逃げられていただろう。

――さて、どうしよう。

「放っておけよ」

声がしたので驚いて見やると、仕事部屋の入口にもたれ、腕組みしているシュテンがいた。

「『黄金武塔』のことは警察も摑んでいるんだろう。なら、陰陽師どもが調べるさ。連中に任せておけばいい」

シュテンの言葉にも一理ある。だが、茨木はトクチョーの内通者から別の情報を得ていた。

「トクチョーは、徐福を重視していないようだ。彼らの仇敵、酒呑童子しか見えていないから、徐福と『黄金武塔』の関係がわかったとしても、陰陽師たちが退治に乗り出すとは思えない。一般の警察官に任せるだろう」

「一般の警察官だぁ?」

シュテンが目を剝き、腕組みを解いてこちらに近づいてきた。七尾が椅子から飛び上がるように立ち上がり、さっとシュテンに自分の椅子を差し出す。五葉は、スマホの着信に気づいたらしく、断って部屋を出て行った。

「いいよ、お前さんが座ってろ」

シュテンは気にした様子もなく手を振り、七尾をふたたび座らせた。

「一般の警察官なんか送り込めば、徐福の餌食になるだけだ。何を考えてるんだ?」

「私たち酒呑童子一派はこの千年、たびたび世の中を騒がせてきたが、徐福はそうじゃない。陰陽師の守備範囲外なんだろう」

茨木の説明に、シュテンが呆れたように頭を抱えた。

「あいつら、徐福のヤバさがわかってないな」

「陰陽師も人間だ。あの瘴気を感じなかったのかもな」

――陰陽師たちがもう少し、聞く耳を持っていれば。

自分たちなど、現代社会にとって脅威でも何でもない。シュテンがへそを曲げれば脅威になる可能性はあるが、今のところは現代を楽しみ、科学の進歩の恩恵をこうむる準備ができていると言っていい。

むしろ、危険なのは徐福だ。

陰陽師が自分の言葉に耳を傾けるなら、茨木は酒呑童子一派と現代社会の共存について説く自信がある。彼らが耳を傾けさえするなら――。

「茨木様、三輪《みわ》から良くない知らせです」

退室していた五葉が、スマホをしまいながら戻ってきた。

「どうやら、陰陽師が我々の血液の入手方法に気づいたようです。警察官に監視されているようなので、しばらく行方をくらますと言っています」

「もう三輪が目をつけられているのか?」

茨木は目を細めた。もの問いたげにしているシュテンに説明する。

「私たちは、合法的に人間の血液を手に入れるルートを作ったと言っただろう。血を吸って食い殺すのではなく、大量の血液が必要な病人がいると説明して人間の協力者に献血してもらうんだ。見返りに金銭を支払っている。その窓口が、三輪という看護師だ。今は鬼だけど、採血の腕はいい。ちなみに、日本ではお金を払って血液を買うことは禁止されているから厳密には合法でもないけど、罰則はない」

「その看護師を、陰陽師が見張っているのか。――兵糧攻めとは、藤吉郎《とうきちろう》を思い出すな」

シュテンが遠い目をして、顎を撫でた。七尾が目を丸くしている。

「藤吉郎って、秀吉《ひでよし》のことですか？　酒呑童子様は、秀吉にも会ったんですか」

「おう、会った。茨木だって会ったぞ」

「えーっ」

「今はその話はいいから」

茨木はふたりの脱線を遮った。このふたり、波長が似ているのか脱線が始まるとどこまでも遠くに走って行きそうだ。

「五葉、今月みんなが飲む分くらいは、在庫があるだろう？」

「あります。ですが、ご存じのとおり血液は長期保存ができませんから――」

来月はない、ということだ。

輸血用の血液も、赤血球は採血後二十八日、血小板は四日、血漿は冷凍して一年と有効期間が決められている。だから毎日、街角で献血を募らなければならないのだ。

「陰陽師は愚か者だな。血液の供給を断たれれば、俺たちは街に出てヒトを襲わざるをえなくなる。奴ら、ヒトを襲わせたいのか？」

シュテンが仏頂面でデスクに尻を乗せ、脚をぶらぶら揺らした。シュテンは正しい。陰陽師は忘れているのかもしれないが、この世界は一歩外に出れば、鬼の餌で溢れている。彼らは自分が被捕食者だと理解しているのか。

「血液の行方から私たちにたどりつけると考えているのかな」

「こちらも採取した血液の貯蔵や運搬には注意しているので、実際のところは難しいでしょうね。ただ、三輪が動けないのであれば、至急、別の手段を講じる必要はあります」

以前、どうやって協力者を集めているのか、三輪に尋ねたことがある。区役所や市役所を訪ね、生活保護の窓口に現れる子連れの若い女性を探して声をかけるのだと言っていた。小さい子どもがいると、仕事を探すのも大変だ。シングルマザーならなおさら困難で、金額を聞くと喜んで採血に協力してくれる人がいるそうだ。

ネットで協力者を探すことも考えたそうだが、依頼が漏れる可能性があるし、証拠が残りやすい。警察にバレて、採血の現場に踏み込んで来られたりすると、大問題に発展するだろう。

「三輪は、定期的に協力者に会っているんです。証拠を残さないよう、氏名や連絡先を控えた名簿などは作らない。それでも必ず会うために、決まった日の決まった時刻に決まった場所で落ち合うんです」

五葉の説明を茨木は考えた。

そういうことなら、監視されている三輪の代わりに誰かが待ち合わせ場所に行けばいい。だが、問題はなぜ警察が三輪の存在に気づいたのか、という点だ。

「協力者から、売血の話が漏れた――ということは考えられないか？」

「――かもしれないと思ってますよ。三輪は病院で働く普通の看護師ですし、警察の注意を引くほど特別なことはないはずです。協力者が誰かに売血について話し、それが警察に漏れたと考えれば筋が通ります」

同じシングルマザーのママ友が経済的に困窮していたら、助けたい一心でつい喋ってしまうかもしれない。

「それなら、現在いる協力者はもう使えないな。誰が警察に話したのかわからない以上、面会場所も監視されている可能性がある」

三輪が大事に作りあげた協力者網だが、捨てるしかない。気の毒なのは、何の罪もない協力者だ。三輪からの定期的な収入をあてにしている人もいる。困窮しているから三輪の誘いに乗ったのだ。突然、三輪と連絡が取れなくなれば、絶望するかもしれない。

茨木は、怒りよりも虚しさに囚われた。

「——陰陽師たち、そこまで考えていないのだろうな。われわれ鬼を憎むあまり、仲間の人間を苦境に陥れても平気なのだ」

「茨木、そう嘆くな。どのみち陰陽師など、昔から都の貴族や上臈《じょうろう》どもを物の怪で脅して、金品を巻き上げるような奴らだったさ」

シュテンにそう言われると、千年前を思い返して苦笑いするしかない。

「たしかにそうだ。——五葉。監視者の目を盗んで、三輪をここに連れて来られるか。そうと決まれば、新しい協力者を作らなくてはいけないだろうし」

「承知しました。では、しばしお時間を」

優雅に一礼し、五葉が部屋を出て行った。五葉なら、任せて問題ない。きっとうまく三輪を連れて戻るはずだ。それより——。

「シュテン。私は正直、これからどう動くべきか、考えあぐねている。あなたならどうする?」

茨木に倣うように、七尾もシュテンを見守った。シュテンは「ふむ」と呟いた。

「大江山にこもっていた俺たちは、陰陽師が俺たちの居場所を見つけ出し、源頼光たちに襲撃させるまで、特に何を仕掛けるでもなく待っていた。あれはたしかに失敗だったな」

もはや、懐かしい気分すらする昔ばなしだ。だが、シュテンが言いたいことは理解した。

「攻撃は最大の防御なり——か?」

にやりとシュテンが笑う。

「それよ。誰が言ったのか知らんが、うまいことを言うものだ。できれば会いたくもなかったが
——徐福の爺さんは、俺に話があると言っていた。だから、その場を作ろうじゃないか」

「徐福をおびき寄せるのか？」

「あれだけの騒ぎの後だ。徐福もしばらくは穴倉に隠れるつもりじゃないか。だから、やつのほうから俺たちに会いたくなるように仕向けよう」

「——どうやって」

シュテンが赤い舌でぺろりと唇を舐めた。

「あの陰陽師。トクチョーと言ったか、刀で鬼を斬りまくったやつよ。あいつをさらう」

「さらう？」

「そうだ。本当に追うべきは徐福だと話す」

七尾があっけにとられた様子でシュテンを見上げている。だが、茨木は頷いた。

「私もそれがいいと思う。警察の様子を探っている協力者が、トクチョーの課長と話すべきだと言ってきた。いま、私たちの話に耳を傾ける可能性があるのは、その男だけだと」

「ほう」

シュテンがにやりと笑った。

「おまえの情報源は、なかなか深く警察内部にまで食い込んでいるようだな」

茨木はそれには答えず、七尾を見た。

「七尾、トクチョーの課長は那智行人という陰陽師だそうだ。彼の動静を探ってくれ。穏便に面会できるならよし、無理ならさらう」

「合点です。任せてください」

七尾はいたずらっ子のように顔を輝かせ、ぴょんと跳ねるように椅子から立ち上がる。

「酒呑童子様、僕は茨木様に鬼の命をいただきましたから、僕の親は茨木様です。茨木様のご命令なら、何でも聞く所存です。ですけど、その茨木様を鬼にしたのは酒呑童子様ですからね。僕にとっては親の親。何かお役に立てることがあれば、遠慮なく命じてくださいね！　茨木様のご命令に反しない限り、何でも全力で尽くしますから。では」

七尾が竜巻のようにベラベラ喋り、突風のように飛び出していくと、シュテンがぷっと吹き出した。

「面白い。茨木が選んでくる若いのは、いつも愉快だな」

言われるまでもなく、茨木が鬼にしたメンツは大江山に連れて行って他の鬼たちと並べても、少しも見劣りしないだろう。五葉、七尾、三輪、精鋭ぞろいだ。

「――シュテン、ひとつ聞きたいことがある」

「どうした」

「徐福のことだ。私たちは、自分を鬼にしたもの――『親』の命令には逆らえない。五葉や七尾たちは気づいていないようだが、私の言葉には絶対に逆らえない。そして私は、シュテンの言葉には逆らえない。――そうだよな？」

逆らうつもりもないが、と茨木は心の中で付け加えた。

これまでにシュテンが自分を無理に従わせようとしたことがあったかどうか、知らない。だが、茨木は一度、抵抗する若い鬼を無理に従わせたことがある。嘘のように、そしてまるで別人のように、従順になったものだ。

「シュテンの『親』は徐福だ。本来、シュテンは徐福にだけは逆らえないはずだ。だが、立川では徐福の言葉に操られていなかった」

平気で罵っていたし、むしろ徐福の側に苛立ちが見えた。あれは、シュテンが徐福のコントロールを受け付けなかったからではないのか。

「ふん――言われてみればそうだ。俺が徐福に会うのは二度めだが、あいつの言葉に圧を感じることはなかった」

シュテンは首を傾げている。

――もし、シュテンが徐福の言いなりになってしまったら。

茨木がひそかに不安を感じているのはそれだ。茨木はシュテンの言葉に逆らえず、五葉たちも茨木の言葉に逆らえない。だとすると、自分たち鬼は、「はじめの鬼」徐福の言いなりになるしかないのか――？

「心配するな、茨木」

シュテンがぽんと肩を叩き、にっと笑った。

「これまでも、そしてこれからも、俺が誰かの子分になることはないさ。たとえ相手が、俺を鬼にした徐福であってもだ」

その自信がどこから生まれるのかと不思議なくらい楽観的にシュテンは言い、気持ちよさそうに腕を上げて大きく伸びをした。

「考えてみれば、俺はこの千年の間に何度も陰陽師に石にされたが、茨木はそのたびうまく切り抜けた。俺がぶじ復活できたのも、茨木がいたおかげだ。いいか、茨木。何があっても、おまえは生き延びろ。おまえさえ無事なら、俺たちの誰かが蘇った時、なんとかなる」

「――そうだな」

茨木は答えたが、どこか上の空のように聞こえるのではないかと恐れていた。

シュテンがまた石になったら、その時はもう、自分もこの世にはいないだろう。

「そうと決まれば、さあ行くぞ」

「行く？」

茨木は、昔に戻ったような気分がした。シュテンの言葉は昔から唐突で、大江山の仲間も翻弄されてきたのだ。

「決まってるじゃないか、黄金武塔のリーダーの家があるんだろう。七尾は怖くて近づけなかったと言ったが、俺たちは行ってみるべきだ」

「そのことか――」

徐福がまだそこにいるとは思えなかった。シュテンがにっと笑う。

「俺も、徐福の爺さんがそこにいるとは思っていない。だが、ほんのしばらくでも奴がいた可能性があるなら、痕跡が残っているかもしれない。だろ？」

たしかに、徐福の手がかりが見つかる可能性があるなら、行ってみるべきだ。七尾には危険すぎる相手だが、シュテンと自分なら。

それに、万が一、シュテンが親の徐福に抗えないのなら、早い段階でそれがわかったほうがありがたい。

「わかった、行こう。支度をするから待っていてくれ」

茨木は自室に入り、ライダースーツに着替えた。オートバイならヘルメットをかぶっても違和感がない。

――徐福は底知れぬパワーを秘めていたな。

シュテンへの影響力が明確でない今、万が一に備え、少しでもこちらの戦力を上げておきたい。迷ったが、ベッドサイドのテーブルから、綱人形をおさめた金属製の厨子を取り上げ、ウエストポーチに入れた。

16

ライトバンの窓に映る行人の顔は、目の下にどす黒いクマができ、瞼《まぶた》が垂れて頬はこけ、すっかり面変《おもが》わりしている。

ここ数日、眠れていない。

とろとろ眠りかけると、鋤田が話しかけてくる。たあいのない話題に振り向くと、鋤田は顔を半分、失っている。はっとして、目が醒める。もう眠れない。

あるいは、道を歩いている行人に、若者たちが話しかけてくる。行人が斬った鬼だ。いや、鬼じゃない。彼らはまだ人間で、自分がいずれ鬼になり、鬼として首を刎《は》ねられることなど知らずに行人に道を聞いたりする。

――お母さん。

死の間際にため息のようにそうつぶやいた若い鬼のそばには、顔の見えない女性がいて何か話しかけている。優しそうな人だ。

あなたが彼の母親ですか。行人は彼女に何か言い訳がましいことを言おうとするが、彼女にはこちらの声が聞こえない。

行人は眠るのが恐ろしかった。理屈は理解している。夢に現れるのは己の罪悪感だ。救えなかった、結果的に見殺しにしてしまった鋤田。つい数日前までは生きて青春を謳歌していたはずの、斬り殺した若者たち。

手の震えが止まらない。

行人の手は、彼らの首を刎ねる感触を今も忘れていない。刃が肉に食い込む手ごたえも、骨を断ち切る、ひやりとした感覚も。

おそらく、生きている限り二度と忘れられないだろう。

「課長」

新宿の吸血鬼騒ぎで鬼を撃ち殺し、トクチョーに引き抜かれた駒田という中年の警察官が、ライトバンに戻ってきた。行人の顔を見て、ほんの一瞬、ぎょっとした表情になる。

「――なんだ」

「三輪は今日、体調不良で休むと病院に連絡したようです」

「――気取られたか」

大鳥の指示で、警視庁は総力を挙げて「血」を追っていた。献血された血液が、盗まれていないか。国内では許可されていない売血が行われていないか。

調べるうちに、SNSで困窮ぶりを訴えるシングルマザーに、「血を売ればお金をくれる人がいる」とコメントした人物がいるとわかったのだ。

コメントした人物の素性を洗うのはかんたんだった。そして、コメントしたのもやっぱりシングルマザーで、血液を必要とする病人のために血を集めているMという看護師の話を聞き出すのもそれほど難しくはなかった。

偶数月の最初の日曜、彼女はMと決められた喫茶店で会う約束をしていた。会ったらMが近くに借りたホテルの部屋などで採血を行う。代償として、彼女のつつましい生活を支えるのに十分な金額を手渡ししてくれる。

その日、会えなければおしまいだ。Mの連絡先はないと思われたが——。

次の偶数月まで待つしか、Mを捕らえる機会はないと思われたが——。

警視庁からその話を引き継いだトクチョーは、都内の病院にMの特徴を伝え、該当する看護師がいないか片っ端から問い合わせた。三十歳前後、肩までのストレートの黒髪をきちんと束ね、地味に装っている。そんな女性の看護師は都内に山ほどいそうだったが、Mは左のこめかみに赤いあざがあると聞いていた。数名の看護師が見つかり、うちひとりの写真を見て、血を売っていた彼女が顔色を変えたので本人だとわかったのだった。

看護師Mは、三輪といった。

——三輪はこうやって血を集めているのではないか。そして集めた血を、酒呑童子らに渡すのではないか。

そう考え、課員が交代で三輪を監視していたのだが——彼女が突然、仕事を休んだということは、監視に気づいたと見るほうが自然だろう。

「どうしましょう」

行人は無言で風切りを手に取った。使う機会が来ないことを祈りつつ、車を降りる。黙って駒田もついてくる。

「三輪は昨日、仕事から自宅に戻った後、外に出ていないと言ったな」

「はい！　監視していました。今朝も、窓を開けるところを目撃しました」

「よし。監視を緩めるなと課員に言ってくれ。もし三輪が外に出れば、捕らえるのだ」

「承知しました！」

三輪を見張っているのはトクチョーの課員だけではない。警視庁からも応援が出て、たったひとりの女性の動きを注視している。駒田は、無線機で彼らと常に連絡を取り合っているのだ。

三輪は江東区の古い賃貸マンションに住んでいる。調べたところ、間取りは２ＤＫで家賃は相場より少し安く、看護学校をよい成績で卒業した十二年前から、彼女はそこに住んでいる。三十四歳、独身の看護師が、いったいどうして定期的に血液を集めているのか。

――鬼の仲間だからだ。

行人は駒田とふたりで、マンションの階段を上がった。三階に三輪の部屋がある。

「――課長」

駒田が思いつめた声を出す。

「三輪という看護師も――鬼でしょうか」

「どうかな。まだわからない」

鬼かもしれないし、鬼に操られている人間かもしれない。駒田が、そっと行人が握る風切りに目をやるのがわかった。

――人間を斬ってはいけないか。

鬼は斬っていいのに、人間を斬ってはいけない理由は何だ。たとえ人間でも、鬼に協力しているなら斬られてもしかたがないではないか。

駒田が怖そうにこちらを見つめている。どうやら、心の中で考えていたつもりで、声に漏れていたようだ。

行人は三輪の部屋の前に立ち、インターフォンを鳴らした。

万が一、三輪が飛び出して反撃した場合に備え、駒田には少し下がらせた。行人自身はいつでも抜刀できるよう、左手で風切りの鞘を摑んでいる。

――反応がない。

もう一度インターフォンを鳴らしてみるが、やはり反応はなかった。鬼の仲間が潜んでいるわりには、それらしい気配も感じない。行人は眉をひそめた。

「外にいる課員から何か言ってこないか」

「いいえ。窓や出入口を全て監視していますが、誰も外に出た様子はありません」

行人はそっとドアに手をかけ、引いてみた。

――鍵がかかっている。

今度はドアを拳で叩いてみた。

「三輪さん！　いらっしゃいますか！」

何の反応もない。行人は駒田に目配せし、管理人室から預かってこさせた鍵を使った。

ドアが開くと、拍子抜けするくらいふつうの、飾りけのない２ＤＫが現れた。若い女性のひとり暮らしとは思えないくらい簡素でつつましい食卓に、きちんと整理整頓されたキッチン、寝室に納戸。どこにも、行人らが探している三輪の姿はない。

浴室やトイレもドアを開けて内部を覗き、ベランダがあることに気づいて外も見てみたが、誰もいなかった。

「誰も外には出ていないと言っています」

額の汗を拭きながら、聞かれる前に駒田が報告した。外に出ていないのなら、答えはひとつしかない。

「鋤田――」

そう呼びかけて、行人は唇を噛んだ。何を考えているのだ。鋤田はもういない。

「すまん、駒田。三輪はこのマンションのどこかにいる。マンションの住人に三輪の知人はいないか。監視を残し、課員を何人かこちらに呼んでくれ。空き部屋に隠れていないか。一軒一軒、しらみつぶしに当たるぞ」

「承知しました」

あらためて室内を見ても、違和感を覚えるようなものは何もない。ふと思いついて冷蔵庫を開けてみると、そこには仕事が忙しい人間にありがちな、冷凍食品と買い置きの総菜と、缶ビールが詰まっている。奥に隠れた白いプラスチックケースから、血液のパックが出てきたときは、思わず吐息が洩れた。

「鬼も、人間と同じものを食べるのでしょうか」

スーパーの値引きシールが貼られたポテトサラダのパックを見ながら、駒田が不思議そうにつぶやいた。

「御伽草子でも、酒呑童子たちは酒を飲み、肉を食べていたからな。鬼の生態は、わからないことだらけだよ」

そう答えながらも、行人はどこかで、これは何かの間違いなのかもしれないと考え始め、げんなりしていた。三輪は、金持ちの病人にでも頼まれて、血液を集めているただのイカレた看護師なのかもしれない。

17

「ここだ」

七尾が調べた黄金武塔のリーダーの自宅は、小田急《おだきゅう》線の成城学園前駅からそう遠くない、住宅地にあった。戸建て住宅が立ち並ぶエリアで、何の変哲もない都心の三階建てに見える。一階に車庫があり、その上に古い建築物が載っているようだ。

黄金武塔のリーダーは、村埜士郎《むらのしろう》という四十代の男性だ。ネットの写真を見る限り、自信家のスポーツマンといったところで、晴れ晴れした笑顔と、真っ白な歯が印象に残った。

オートバイで来た。茨木が運転し、シュテンが後ろに乗る。ふたりとも顔を隠して違和感はないし、オートバイなら停めるのに苦労が少ない。村埜邸から少し離れた路上に停めて、戻った。

シュテンはさっさと村埜邸のインターフォンを押し、すぐに肩をすくめた。

「少なくとも、ここに徐福はいないな。あの禍々しい気配がしない」

「そのようだ。だが――」

――何かいる。

それはシュテンも感じていたようで、中からの応答がないと知ると、躊躇《ちゅうちょ》せず外から門扉の掛け金を外し、さっさと内側の階段を上がった。茨木も彼に続く。外を歩いている人影はないが、見られないに越したことはない。

「シュテン、待った」

扉を蹴破ろうとしているシュテンを慌てて止め、茨木は腰のポーチからピンを出した。

「任せろ。これは古いタイプの鍵だから、すぐに開く」

こんな住宅地で騒ぎを起こせば、警察官が飛んでくる。幸い、茨木は鍵を開ける技術も修練を積んでいたし、このタイプのシリンダー錠なら、数分あれば開く。

「ほら」

ちょっと得意げに鍵を開けると、「おお」とシュテンが興味を引かれたようにピンと鍵を見比べて唸った。

室内に、人の姿はない。

二階の玄関を入るとＬＤＫと水回りで、上の階に寝室などがあるようだ。ひっそりしていて、ここ数日、誰かがここにいたような温かみはない。だが、長らく放棄されていた気配もない。その証拠に、テーブルの上は塵ひとつなくきれいだった。

「上にも誰もいないな」

さっそく階段を上がっていったシュテンが戻ってくる。だが、この家からは何かの気配がしている。

茨木は、小さな裏庭に続く勝手口の扉を開けた。ポリのごみバケツがあり、放置された生ごみからかすかに腐臭が漂っている。裏庭から、一階の車庫に続くらしい扉も見つけた。鍵はかかっていない。

「――シュテン」

頷いたシュテンが、先に立ち車庫への扉を開く。コンクリートの階段を下りた先にある広い車庫には、白い軽自動車がぽつんと置かれているだけだ。

――ただの車庫か。

教団の名前は黄金武塔と洒落《しゃれ》めかしているが、リーダーの自宅はこぢんまりしているし、車は古い国産車だ。

だが、ただの車庫ではなかった。

軽自動車の周囲を、足で踏み鳴らしながら歩いていたシュテンが、軽自動車の横に回ったかと思うと、車体の下に両腕を差し入れ、ぐいと持ち上げて転がしてしまった。

「おい、シュテン！」

大きな音がすれば、近所の人が驚いて飛んでくる。そう叫びかけ、茨木は目を瞠った。

——何だこれは。

軽自動車は、穴を隠すための「蓋」だった。コンクリートの床を丸くくりぬいて二メートルばかり掘った穴に、白い蜘蛛の巣のようなものがびっしりと張っている。

「これは——」

シュテンは周囲を見回し、シャッターを引き下ろす金属の棒を握って戻ると、蜘蛛の巣状のものをかき回して払いのけた。

——人だ。

蜘蛛の巣のようだと思ったものは、まるで繭《まゆ》のように丸く分厚く、ひとりの裸の成人男性を包みこんでいる。シュテンが棒を動かすうちに、はっきり顔が見えるようになった。

「村埜士郎——」

黄金武塔のリーダーだ。丸くなって眠っている。ゆっくり呼吸をしている。肌は青みを帯びるほど白いが、血液も流れている。

「この男、まだ人間だな」

シュテンがクンと小さく鼻を鳴らし、呟いた。なるほど、たしかにこれは鬼ではない。

「どういうことだろう――これは繭のようなものなのか?」

「こいつは繭じゃない」

シュテンが嫌そうに白い繊維の集合体を見回した。

「俺にはこれが、餌を捕まえておく蜘蛛の糸にしか見えないな」

「徐福の餌――か」

それなら、少なくとも徐福はここに戻る気があるのだ。

「シュテン、車をもとに戻してくれ。徐福が戻った時に、車がひっくり返っていればこいつを食わずに出ていくかもしれないからな」

徐福が戻ったことを知るには、鬼の力よりも現代の文明の機器を使ったほうが良さそうだ。今は手持ちがないが、いったん戻って人感センサーを持ってくることにしよう。

その前に、階上をもう少し調べておきたい。

車を元通り戻すのはシュテンに任せ、茨木は車庫を出て、村埜の住まいに戻った。

徐福はこの家にも来たことがあるだろうか。居間やキッチンには、さほどの生活感はない。冷蔵庫は小さく、ほとんど食品が入っていない。黄金武塔という教団は、道場のような場所を借りて、集団生活を営んでいたそうだ。村埜もそちらにいることが多かったのかもしれない。

――ならば、この家にいたのはむしろ徐福のほうだったかも。

上の階には寝室と、ほぼ空っぽに近い洋室がひとつあるだけだった。寝室は、きちんとベッドメイクもされ、片づいているが、それでもまだ人間の気配が残っていた。短い黒髪が枕に残っているし、壁際には小さな机があり、読みかけのビジネス書が何冊か残されている。

「――ふん」

村埜という男は、徐福に騙されたのかもしれない。本を見る限り、村埜の関心はビジネスや自己啓発にあったようだ。徐福はそれにつけこみ、偽りの宗教ビジネスに彼を巻き込んだ。

本棚はないが、木製のチェストが置かれていた。ひとつひとつ引き出しを確かめる。半分は靴下や下着類で、半分は書類だった。小学校からの通知表や、資格試験の合格証書などがおさめられている。村埜は公認会計士の資格も持っていたらしい。

――ごく普通の人間じゃないか。

実際に村埜がどんな人生を送ってきたかは知らない。残されたものから見て取れるのは、学校ではそれなりに良い成績をおさめ、資格を取り、真面目にビジネスの世界で成功することを考えていた男の像だ。だが、その希望に徐福がつけこんだ。

引き出しを閉め、茨木は何もない部屋に入った。がらんとした六畳サイズの洋間に、籐椅子がひとつ、ぽつんと置かれている。

――徐福は、ここにいた。

椅子以外、何が残されているわけでもない。気配もない。だが、確かだ。

茨木は籐椅子に腰を下ろした。

二千年以上を生きた徐福は、この椅子に座り、何かを考えていた。己の深遠なたくらみに思いを馳せていたのだろうか。

フローリングに白い壁の、籐椅子以外は何もない部屋だ。

――いや。

徐福のように腰を下ろし、じっと前の壁に目を凝らして、茨木は気づいた。白い壁紙に、薄く何かが描かれている。

「どうした、茨木。下は片づいたぞ」

シュテンが上がってきた。

「あの壁に、何か描いてあるんだが――」

茨木が指さす方向を見て、シュテンが肩をすくめる。

「地図だろう」

「やはりそうか？」

鉛筆のような細い線で描かれているのは、アジアの地図に見える。日本からインド、パキスタン、ロシアまでを含む地図だ。

「徐福のやつ、アジアの地図なんか見ながら何を考えていたんだろう」

「さあな。だがいずれにしても、ろくでもないことに決まっている」

シュテンの答えはにべもない。

伝説では、徐福は紀元前二百十九年と同二百十年に、中国から出航したという。「長生不老の霊薬を取ってくる」と秦の始皇帝を騙して船と金銭を巻き上げ、海外に逃亡したとも言われる。そのころすでに徐福が鬼だったなら、始皇帝を仲間に加え、本物の不死者に変えることもできたはずだ。だが、そうはせずに中国を出た。

スマホがポケットで震えた。茨木は七尾から送られてきたメッセージに目を瞠った。

「シュテン、しばらくここで待とう。面白いことになりそうだ」

18

賃貸マンションを管理しているのは、運営会社から委託された七十代の夫婦だった。一階の管理人部屋に、平日の日中だけふたりで詰めていて、マンションの共用部分や外回りの掃除など、メンテナンスを行っている。もう十五年もその仕事を続けているが、こんな事件に巻き込まれるのは初めてだと、先ほどからひとしきり愚痴をこぼしている。

「三輪さんは、真面目な看護師さんだと思いますけどねえ」

妻のほうが、三輪をひいきにしているようだ。いきなり押しかけてきて、三輪の部屋の鍵を出せ、知人を教えろと高圧的に迫った警察官らを快く思っていない。

トクチョーの課員たちは、一階から一戸ずつ順に訪問し、三輪が来ていないか尋ねて回っている。このマンションはひとつのフロアに三戸、五階まで十五戸ある。一階は空振りで、どの家も誰かが在宅していたが、三輪は顔を見かけるくらいしか知らないと言った。嘘をついている様子はなかった。

二階の一戸めは、高齢女性のひとり暮らしで、三輪は知っているし、体調の悪い時には薬を持ってきてくれたりするので助かっていると好意的だったが、今日は来ていないと言った。それも嘘ではないようだった。

「仕事に出かけたんでしょうよ」

管理人の妻のほうが、不機嫌を押し隠して行人らに翻意を促そうとする。

「申し訳ありませんが、もう少しおつきあいください」

二階も空振り。三階は三輪の部屋を除く二戸とも不在で、ドアノブを試したが鍵がかかっており、管理人は合鍵を使って開けることを拒否した。令状がないので、しかたがない。

四階も空振りで、行人が初めて手ごたえを感じたのは、最上階の五階で、二戸めに若い男性が現れた時だった。

「――三輪さんですか？　知ってますけど、今どこにいると聞かれても、わかりません」

木戸《きど》という青年は、落ち着きのない態度で目を泳がせながら答え、ずり落ちそうになる眼鏡を指で押し上げる際に、ちらりと視線を室内に送ったのを、行人は見逃さなかった。

「木戸さん、もし三輪さんの居場所をご存じなのにかばっていたことがわかれば、あなたも共犯になりますよ」

「かばってなんか――」

「室内を改めさせていただけますか。三輪さんがいないのなら、問題ありませんよね」

木戸が血相《けっそう》を変えた。

「ど、どうして警察の人を自分の家に入れなきゃならないんですか！　三輪さんはいません。ここは僕のうちなんですから、令状がなければ入れませんよね！」

――声が裏返っている。

三輪はこの中にいる、と行人は確信した。

パチリと音をたてて風切りの鯉口を切ると、木戸がびっくりしたように後じさった。

「お招きいただきありがとう。失礼します」

玄関で靴を脱ぎ、抜刀しながら短い廊下を駆け抜けて中に飛び込むと、ベランダに出る掃き出し窓が開いていた。

「外か！」

ベランダに出てとっさに見上げると、女のほっそりした足が、屋上に消えるのが見えた。

「屋上だ！」

あの女、この部屋に隠れていて、いよいよ危なくなるとベランダから屋上に逃げたのだ。雨どいでも登ったのか、それにしても人間業とは思えない。

「駒田、外にいる連中に知らせてくれ。三輪は屋上にいる」

「はい！」

行人はマンションの管理人を振り返った。

「屋上に出られますか」

「出られますけど――」

彼女の視線が向いた階段に駆けだす。三輪を逃がすわけにはいかない。

「管理人さんはここにいてください。危険ですから」

後ろで駒田が声をかけている。

屋上に出る扉は、鍵がかかっていなかった。風切りを右手に持ち、左手でドアを開ける。ドアのそばは喫煙スペースらしく、風よけのある隅にタバコの吸い殻が落ちている。貯水タンクや、エレベーターの巻き上げ設備がおさまるコンクリートの小さな建物が見える。

――いる。

姿は見えないが、気配を感じる。

「三輪さん！　聞きたいことがあります。出てきてくれませんか」

声をかけた。窓から屋上に駆け上がるような女だ。鬼には違いないが、ふだんは看護師として病院に勤務しているのだから、会話はできるはずだ。しかも、看護師としての三輪を知るものは、彼女を「融通はきかないが知識は確かで、特に採血の腕がいい信頼できる看護師」と評しているらしい。

——信頼できる鬼だと？

馬鹿馬鹿しい、と思いたがっている自分がいる。

鬼とは何だ？　人の血を飲み、人を食い殺す。血を飲んだ相手を鬼にする怪物だ。

三輪は、信頼できる看護師を装っているだけだ。外見は人間と同じだからつい、彼らが同じように感情を持ち、考えると想像しがちだが、相手は人間のように装うことができる怪物だということを忘れてはいけない。

「話って何ですかね、陰陽師さん！」

どこかから、三輪が怒鳴り返した。

行人のいる出入口からは見えないが、やはりどこかに隠れているのだ。

「あなたはどうして、血液を集めているんですか？　誰のために必要なんですか」

三輪の笑い声が聞こえた。

「時間稼ぎはよしてくださいよ、陰陽師さん。あなたは、そうやって私の位置を探っているだけでしょ？」

——バレている。

「あなたに興味があるんですよ、三輪さん」

行人は風切りを提げて屋上に出た。ついて来るよう、駒田に手で合図する。三輪が隠れているとすれば、エレベーターの巻き上げ設備が格納されている建物の裏か、貯水タンクの陰あたりだ。

駒田は右から、行人は左から回り込むよう指示を出す。

駒田が拳銃を抜いて構え、行人と歩みをそろえて三輪を探す。

「三輪さんもひょっとして、鬼なんですか？　どうして腕のいい看護師さんが、鬼になんかなったんですか」

「腕がいいからですよ！」

三輪の声は凛として、揺るぎがない。行人は自分が刃こぼれしたなまくらな刀になったような気がした。

「――どういうことでしょう？」

じりじりと間合いを詰める。

「私、採血には自信があるんです」

三輪の声が先ほどより近づいている。

「血管が太くて採血しやすい身体の皆さんはわからないでしょうけど。他の看護師たちが何度も針を刺して、それでも失敗するような血管でも、私は一発で採血できるんです。神がかっている、こんな看護師が病院にひとりは欲しいと医師たちに熱望されるくらいの腕なんです」

「――はあ」

鬼を捕らえにきて、採血の腕を自慢されるとは思わなかった。

「ですが、それほどの腕を持つ私も、そのうち老いて看護師を辞めなくてはならないんです。そして死んで朽ち果てる。私が持つ技術は、それでおしまい」

「なるほど」

行人の足元に、三輪の頭の影が落ちている。そっと見上げた。彼女は、貯水タンクの上に潜んでいるようだ。

「永遠に生きることができれば、私の技術も永遠に生かしてあげられる。それって素敵だと思いませんか？」

行人は右手の風切りを見た。これは、鬼の首を刎ねるためのものだ。何人斬った？　従わなければ三輪の首も斬るつもりで、これを持ってきたのだ。

「でも——その技術、結局は鬼のために使っているわけでしょう」

「一部はね。私の技術の恩恵をこうむっている人間のほうが、鬼よりずっと多いんですよ」

「それは、あなたが血を集めることの言い訳ですか」

三輪が笑いだした。

「何の言い訳ですか？　なぜ言い訳が必要なんです？　私たちは、たまに血を飲む必要がある。人間は体内で血液を作っている。私たちがほんの少し血液をいただく代わりに、いくばくかの代金をお支払いする。それで子どもを学校に通わせている親もいるんですよ」

「あなたは酒呑童子の仲間だ」

三輪の言葉を断ち切るようにそう言った。言わなければ、自分がぐらつきそうだと感じたからかもしれない。

「だったら？」

「酒呑童子は封じなければなりません」

「なぜ」

——なぜ。

行人は言葉を詰まらせた。

鬼は封じなければならぬ。穢れは祓わねばならぬ。それは人間に害をなすものだ。子どもの頃から呪文のように唱え続けてきた。鬼は人間の敵で、穢れは陰陽師が必ず祓うべきものなのだと信じて——いや、周囲から信じこまされてきた。

だが、それは自分の頭で考えた言葉だったか。なぜと問われて明快に語れるほど、行人自身は鬼の害を見つくしてきたのか。

「——各地で血を抜かれた死体が出ている」

「それは酒呑童子様のしわざではない」

「——新宿大ガード下では、鬼の被害者が多数出た」

「それも酒呑童子様のしわざではない」

「——立川では、百体の『なりたての鬼』が現れた」

「それも酒呑童子様はむしろ被害者」

「しかし、すべて酒呑童子が蘇ってから突然、起きたのだぞ」

「だとしても、酒呑童子様のしわざではない。私が血液を供給できたので、酒呑童子様は人間を襲う必要がなかったのです。陰陽師さんは何もわかっていませんね」

行人はあっけにとられた。

嘘だ、とまだ考えている。三輪という鬼は、酒呑童子を守るために嘘をついている。

「それらはすべて、徐福という別の鬼のしわざです。とてつもなく古い鬼で、老人の姿をしていると聞きました」

立川の現場で、老人を見た。

酒呑童子と何か話していた。白髪白鬚の、年齢不詳だが百歳と言われても驚かないような、姿かたちだった。

「徐福――？」

それは、丹後で酒呑童子を復活させた若者をそそのかしたという、道場主の名前だ。

「あなたがたは追う相手を間違えている。酒呑童子様ではなく、徐福を追うのです。人間に害をなすのは、徐福ですよ」

「酒呑童子の仲間が人間に害を加えることはないというなら、あなたもそこから下りてきてはどうです？　ここで話しませんか」

三輪はくすくすと笑い続けた。

「陰陽師さん。私がそこに下りたら斬るのでしょう。ごめんですよ」

「酒呑童子は私の部下を誘拐した」

これだけは、間違いない事実だ。

「部下を無事に返さぬ限り、私が酒呑童子とその仲間を信じることはありません」

「なるほど。そのように伝えましょう」

貯水タンクを挟んで、左右から回り込んだ行人と駒田は、ようやくお互いの姿を見た。駒田が指で貯水タンクの上を指し、「あれですね」と唇の動きだけで言っている。

――三輪を行かせてはいけない。

大事な情報源だ。首を斬れば石になる前に死んでしまうし、銃で撃てば石になってしまう。どちらも本意ではない。

――手足を一本切り落とすくらいが適当か。

物騒な思案をしながら、行人が風切りを構えた時だ。

「ではさよなら、陰陽師さん」

凛々しくすがすがしい声がして、大きな影が貯水タンクの頂上から、ビルの外に向かってダイブした。

止める間もない。

「あっ！」

駒田が影の足を捕まえそこね、叫ぶ。

三輪は刃物を握っていた。落下しつつ、彼女はそれで自分の胸を刺した。

駒田とふたり、屋上の端に駆けつけて落ちていく三輪を見る。人間なら間違いなく、墜落死するところだが――。

凄まじい音と、地響きがした。周辺にいた人は、地震だと思っただろう。驚いて路上にうずくまる姿も見える。

アスファルトに大きな放射状の亀裂が走り、土煙がもうもうと舞い上がる。その中心にあるのは――石だ。壊すことのできない大石だ。

三輪は己を傷つけて石になり、落ちたのだ。

「――くそっ」

行人は舌打ちした。

「駒田、課員に連絡して、あの石を守らせるのだ。酒呑童子の仲間が取り返しに来るかもしれない。その前に移動させよう」

「承知しました！」

行人は自分を責めた。追い詰めれば、三輪がこの手を使うのは読めたはずだ。だが、ば良かったのか。

　無線で課員と話していた駒田が、こちらを呼んだ。

「課長、一帯の道路を封鎖しますか」

「マンション前の道路だけでいい。どのみち、あれだけ大穴が開けば車は通れないだろうが、安全のためにも通行止めだな」

「了解です」

　風切りを鞘に納め、ゆっくり階段を下りていく。最上階の廊下で、恐ろしげに管理人がこちらを見上げている。

「み、三輪さんは――」

「屋上から飛び降りたので無事です」

　ぽかんとする彼女をよそに、階段を下りた。

　――鬼とは便利な生き物だな。

　三輪の部屋に、もう一度入ってみた。独身の看護師という、あたりまえに生きている若い女性のつつましやかな生活が透けて見える部屋だ。

　冷蔵庫に、ごみの収集日を印したカレンダーがマグネットで留めてある。冷蔵庫の中は几帳面に整理されている。キッチンの流しもきれいに掃除されていて、生ごみもない。きまじめな性格が隅々にまで行き届いている。

　寝室のベッドも整えられていた。部屋の隅にあるハンガーラックには、濃紺とグレーの衣類が数点、掛けてある。あの年齢の女性にしては、シックと言っていいだろう。

　行人は、三輪に好感を持ち始めていることを自覚した。

こんな暮らしをしている「鬼」を、自分たちは本当に退治しなければならないのか。

「——徐福か」

人の中にも、善人がいれば悪人もいる。潔癖な人もいれば、犯罪に手を染める人もいるではないか。同じように、鬼にもいろいろな鬼がいるのだとすれば——。

「課長！　課長、たいへんです！」

駒田の声に眉をひそめた。

「どうした？」

「あの石——」

続きは聞かず、部屋を飛び出して階段を駆け下りる。三輪の「石」が落ちた路面は、屋上から見るよりはるかに惨状を呈している。アスファルトは衝撃でひび割れて波打ち、つまずかないよう歩くのも神経を使うほどだ。停めてあった自転車やオートバイは転倒し、ミラーやライトが割れている。

だが、石が消えた。

周囲には、現場保全に駆けつけたトクチョーの課員が五人、倒れて呻いている。他にもこちらに走ってくる課員や警察官の姿が見える。なぜか、救急車のサイレンまで近づいてくるのは、誰かが「屋上から人が落ちた」と通報でもしたのだろうか。

「何があった！」

倒れているひとりのそばに膝をつき、様子を確かめる。大きな外傷は見当たらず、額が赤くなっているのは殴られた痕かもしれない。

「バイクで、誰かが——」

痛みに顔をしかめながら、課員が身体を起こす。駆けてきた課員が状況を説明してくれた。

「申し訳ありません！　オートバイに乗った男が近づき、みんなを蹴倒して、石に何かをかけたんです」

「血液か！」

「遠くて見えませんでしたが、おそらくは。その後、石の一部をひっつかむようにして、そのまま走り去りました」

——なんというやつらだ。

死にかけると鬼は石になる。石に血液をかけると復活する。復活が始まれば石が少しずつ鬼の身体に戻るので、そのまま連れ去る。なにもかも、人間の常識を超えている。

「その男は酒呑童子か？」

「わかりません。見た目はふつうの男性のようでした」

見た目だけでは何もわからない。鬼と人間を見分ける方法があればいいのだが——。

「ナンバーはわかるか」

「はい、追跡を指示しました」

駒田が駆け寄ってきた。

「車に戻ろう。三輪を連れ去ったオートバイの男も鬼だろう。奴らの仲間なら、今度こそ酒呑童子にたどり着けるかもしれない」

「承知しました」

つまりそれは、ようやく瑞祥にたどり着くということだ。酒呑童子の仲間は、瑞祥はまだ人間だと言っていた。その言葉をどこまで信用していいのだろう。

「首都高に乗らず、下道で川を渡ったそうです。まだパトカーが追跡しています」

覆面パトカーのライトバンに戻ると、運転を担当する警察官から報告を受けた。

「サイレンを鳴らさずに追跡できるか、聞いてみてくれ。そのオートバイには、酒呑童子のもとに戻ってほしいのだ」

駒田が乗り込むと、ライトバンが走りだした。いつでも持ち出せるよう風切りを膝に載せ、行人は周囲の様子に注意を払う。

タイミングが良すぎる。

三輪が飛び降りた後、ほどなく仲間が現れた。連絡を取り合っていたのだ。自分を傷つけながら飛び降りたのも、オートバイの男の指示かもしれない。賢い奴らだ。

――ではこれは、罠ではないのか。

自分たちは、酒呑童子の罠に、まんまと飛び込んでいこうとしているのではないか。

スマホが震えた。父の大鳥からの着信だ。

――こんな時に。

「はい」

感情を抑えて出ると、大鳥の声のバックに、高速道路を走行中らしいパトカーのサイレンが聞こえた。

『三輪という鬼、逃げたそうだな』

――耳が早いことだ。

きっとトクチョーの誰かが大鳥に手なずけられ、情報を流しているのだろう。

「いま追跡中です」

『私たちも合流する。見失うな』

「はい」

私たちとは、賀茂のことだろうか。通話が切れたが、嫌な後味は舌に残った。大鳥と賀茂は、たしかに腕のいい陰陽師だが、酒呑童子を相手に才能を発揮する余地があるだろうか。

三輪を救出したオートバイは、混雑する東京の道路を西に向かっているという。ヒトガタに戻った三輪は、布を巻きつけて肌を隠し、ちゃんとヘルメットもかぶっているそうだ。

「妙なところで律儀《りちぎ》ですね。鬼なのに」

駒田が言う。

――律儀、か。

「駒田。三輪が言っていた、徐福という老人のことだ。丹後で酒呑童子を復活させた男たちは、徐福という古武術の道場主にそそのかされたと話していた。だが、徐福は道場から姿を消した後だった」

「たしかに怪しいですね」

「古びた鬼の可能性はあるだろうか」

徐福という名前は、行人ももちろん知っている。秦の始皇帝に、長生不老の霊薬を持ち帰ると約束し、船と財宝を提供させた詐欺師として知られている。

「紀元前二百十年ごろの話だそうですね」

駒田がスマホで調べた。

いくらなんでも、と彼の唇が呟いている。

徐福という名前が出てきた時に、行人もざっと調べてみた。

徐福が日本に漂着したという伝説は、各地に残っている。丹後でも、酒呑童子を封じていた間人皇后と聖徳太子母子像の近くに、徐福伝説を持つ新井崎神社がある。ハコ岩と呼ばれる巨大な直方体の岩に船がたどり着き、徐福はそこで善政を布《し》いて、村長として大切にされたというのだ。和歌山には、熊野灘《くまのなだ》で蓬莱山《ほうらいさん》を見た徐福が上陸したとの伝説が残る。後世には徐福公園も造られた。佐賀では、金立山《きんりゅうさん》で不老不死の仙薬を発見したという。他にも全国的に徐福の伝説は残されている。弘法大師《こうぼうだいし》や役行者《えんのぎょうじゃ》なみの大活躍だ。

人間なら、ありえない話だった。

——だが、徐福が不老不死の鬼ならば。

人間に許された百年ばかりの生命ではなく、数百年、あるいは千年にも及ぶ長きにわたり、仙薬を欲してかどうかは知らないが、この国を気ままに渉猟して歩いたのだとすれば——。

「徐福を探さなくては」

「三輪は、徐福がすべての元凶だと言いましたが、本当でしょうか」

駒田が懐疑的に首をかしげる。

行人も最初は疑っていた。だが、三輪の言葉には、命乞い以上の真実味が含まれていた。

「——あのオートバイ、どこに向かっているのだろうな？」

ふと顔を上げる。考え込んでいたが、車は西へ西へと走り続けている。とうに渋谷を走り抜け、じき世田谷に入るだろう。

——こんなところに、酒呑童子が隠れているのか？

東京二十三区の、人里離れたどころか立派な住宅地のど真ん中に、鬼が潜んでいるのだろうか。

「木の葉を隠すなら森の中というわけか」

外見では鬼と人間の見分けはつかない。ならば、人間の多い地域で、人間にまぎれて暮らすほうがいい。三輪が看護師として、人間に交じって暮らしていたように。

「追跡班から報告です。三輪と男は、オートバイを乗り捨てて世田谷区の民家に入った模様です。――しかし」

駒田が無線に耳を傾け、眉をひそめている。

「課長、黄金武塔というと、立川に現れた大勢の鬼が帰依していた宗教団体ではありませんか」

「その名前、報告書で見た覚えがある」

「ふたりが入った民家は、黄金武塔のリーダーの名義になっているそうです」

「なんだと――」

混乱した。立川の事件は何だったのか。三輪は否定したが、やはりあの百体の鬼たちは、酒呑童子と関係があったのか。

追跡班が知らせてきた住所を、駒田がこちらのナビに入力する。

車窓から見える景色は、ごくあたりまえの渋谷の喧噪だ。瑞祥といくらも年齢の変わらぬ若者たちが、屈託なく笑い、お喋りに興じている。彼らは、この世のどこかで鬼と人間の熾烈な戦闘が繰り広げられていることなど気づいてもいない。自分と変わらぬ年齢の若者が、鬼に捕らえられ、今まさに生命の危険にさらされていることなど、思いもよらぬだろう。

だが、昔からずっとそうだった。

人間が本当に知りうるのは、己と身近な人々の身に降りかかることだけだ。見知らぬ人々の悲劇、どこか遠くの国々で、今この瞬間にも起きている悲劇など、物語の中で起きることとさほど違いはない。戦争で家や家族を失う子どもたちがいて、同じ戦争で命や手足を失う若者がいて、酒呑童子に血を吸われて食われる若者がいて、戦いに明け暮れる陰陽師もいて。それを己のこととして皮膚にヒリヒリと感じるのは、当事者だけなのだろう。

恨みに思うのは筋違いだ。

行人は子どもの頃から、そう大鳥に言い聞かされて育った。

酒呑童子が実在することを知らぬ人々を責めてはいけない。鬼の存在を隠してきたのは、陰陽師を含む為政者側の人間だ。鬼はお伽話の中の存在で、世界はもっと甘くて穏やかでぬるいのだと、教えてきたのは自分たちなのだから。

——鬼と戦うのは陰陽師だけで充分だ。

大鳥は、遠くを見通す強いまなざしでそう語り、行人を鼓舞した。

だが、本当にそれでいいのか。

「課長、あの家です」

駒田が指したのは、ごく普通の戸建て住宅だった。車庫の上に家がある。限られた土地を有効利用する、よくある設計だ。

「少し先で停めてくれ」

先行して三輪たちのオートバイを追跡していた課員の車も、先に見えている。

「油断するな。奴らの罠かもしれない」

駒田の表情が引き締まる。

「念のため、このブロック一帯に結界を張りました」

先行していた課員の報告に頷きかける。結界は酒呑童子には効果がなかったが、力の弱い「なりたての鬼」に対しては、少しは効力があるだろう。

合流すると言っていた大鳥の姿はない。まだ追いついていないのだ。

――待つ気はない。

大鳥を待って、もし三輪たちを逃がせば、言い訳ができない。それに、今さら先代の力を借りずとも、自分で処理できるとの自負心もある。

行人の到着を待っていた先行班と合流し、村埜と表札の出ている問題の民家に近づいた。

「誰かあの家から出た様子はないか」

「見張りをつけましたが、ふたりは間違いなくあの家に入ったままです」

大きな窓は、どれもカーテンやシャッターが閉じられている。だが、どこかから酒呑童子の仲間が外を見ているかもしれない。

行人は風切りを抜き、先に立った。

「私の後に続け」

駒田が緊張して青白い顔で頷く。

――玄関の鍵が開いている。

いよいよ、罠の可能性が高くなってきた。だが、罠を恐れて前進しないという選択肢はない。

駒田に、鍵が開いていると身ぶりで知らせ、あらためて油断するなと命ずる。

他人の家に土足で上がるのは気が引けるが、靴を脱ぐ余裕はない。玄関から廊下を過ぎ、居間に続く扉も開いたままになっている。空気は冷たく、屋内に人の気配はなかった。

行人は居間の床に片膝をつき、右手に風切りを握ったまま、左手で懐から『七十二星西嶽真《ななじゅうにせいせいがくしん》人《じん》の符』を抜き取り、フローリングの床に貼りつけた。

「毒魔之中過度家宅、急々如律令！」

行人の耳には、ビン――と金属的な調弦に似た音が聞こえただけだったが、駒田たち課員は、「うっ」と呻いて耳をふさぎ、その場にうずくまった者もいた。

「今のは――」

囁く駒田の顔が、いよいよ青い。

「この家に、毒魔が寄り付かぬよう呪を唱えたのだ」

「何か、わかりましたか」

答える手間を省き、行人はキッチンを探し、勝手口から裏庭に出た。

『七十二星西嶽真人の符』は、家宅を守護するための平安時代から伝わる呪だ。梁や柱に貼っておくと、火災や盗賊の災難を防ぐことができる。

だが、行人が使ったのはその応用だった。この家に魔物が侵入していれば、呪符に反応するはずだ。

行人の読み通り、呪符に反応した魔物は、下の階から強いシグナルを出している。つまり、家の下にある車庫に奴らがいるのだ。

裏庭から、車庫に続く扉があった。

――これは。

扉に近づいただけで、びりびりと鬼の気配を感じる。違和感を覚えたのは、先ほど三輪に接した時は、これほどの気配を感じなかったからだ。

鬼は長く生きるほど、その呪力が強くなる。三輪はおそらく、鬼になって間がないのだ。だが、ここにいる鬼は違う。

しかも――ここにいる鬼は、ひとりではない。

――開けるべきか。

一瞬、躊躇した隙に、扉の中から声がかけられた。

「怖がらずに入ってきなさいよ」

三輪の声だ。

「いきなり斬りつけるのはやめてね。あなたたちに見せたいものがあって、ここに呼んだのだから。ここは徐福が潜んでいた場所」

背後にいる駒田に目で合図すると、駒田も頷いた。バックアップの準備はできている。

行人はそっと扉を開き、コンクリートを打ちっぱなしにした階段を下りた。

中は、ほぼ真っ暗だ。裏庭から差し込む光が、うっすらと階段の周りを照らしている。

目が慣れてくると、行人は車庫の端に押しやられた軽自動車に気づいた。

「何だこれは――」

車がどけられ、コンクリートの床にぽっかり開いた穴が見えるようになっている。その向こうに、腕組みした三輪がいた。

――いや、三輪だけではない。

行人は身震いし、思わず風切りを握り直した。この中には、いったい何人の鬼がいるのか。強い気配を感じる。だが、行人らに見えぬよう、暗がりに潜んでいる。

「早まらないで」

三輪が鋭く叱咤した。

「この穴の中をよく見て」

彼女の声には冷静さと理性が感じられる。

彼女の動きに注意を払いながら、ちらりと穴を覗いた行人は、息を呑んでもう一度、穴をしっかり覗き込んだ。

穴の内部は、蜘蛛の巣のような白い糸でびっしり覆われている。白い糸の一部が切り裂かれたために、中で眠っている男性の顔が見える。青白いが、整った顔立ちのスポーツマン風の中年男だ。異様な光景だった。

「課長、これはおそらく、黄金武塔のリーダー、村埜です」

駒田が近づいてきて、わずかに震える声で教えた。

「だが、これはいったい何なんだ」

まるで、蜘蛛の巣にかかった獲物のようでもあるし、繭にこもり蝶になる日を待っているようにも見える。

「徐福の餌かもしれんぞ」

太い声は上から聞こえた。

はっと見上げた行人は、車庫の天井に貼りつき、にたりと笑う酒呑童子を見た。

「貴様――」

立川で見た、巨大な鬼の姿ではなく、今日はごくあたりまえの人間の外見をしている。だが、感じる気配は同じく強大だ。

「おう、早まるな、陰陽師。今日はおぬしらを害するつもりで呼んだわけではない」

「呼んだ、だと――」

強すぎる気配は、天井の酒呑童子だけではなかった。

『話がしたかったのだ、陰陽師よ』

ふたつめの声は、機械を通して歪《ひず》んでいるが、女の声だった。三輪ではない。三輪の後ろに隠れるように、暗がりに沈んでいる人影がある。この女も気配が強い。

『そなたは話が通じる陰陽師と見た。瑞祥という若い陰陽師は、そなたの子であろう』

「——！」

瑞祥の名を出されると、頭の中がスパークしたように真っ白になってしまう。

「早まるなと言っただろう」

酒呑童子が重ねて不満げに言った。

「お前らは何か勘違いしている。たしかに俺たちは大江山では悪事を重ねたが、あれから千年、仲間の意識も変わった」

『私たちは人間と共存する道を選んだ。だが、なぜか徐福という方士が、そなたら陰陽師をけしかけて鬼を退治させようとしている。もちろん、そなたらに私たち鬼を駆逐する力などないことを知ったうえでな』

姿を隠した女が、皮肉な笑みさえ含んだ声で続けた。

『その男は村埜士郎。徐福はその男の教団、黄金武塔のメンバーをシュテンにけしかけて戦わせた。理由は知らないが、シュテンを復活させたのも徐福らしい。そなたら陰陽師が追うべきは、われわれ大江山の鬼ではなく、徐福だ』

「——そんな戯言《ざれごと》を信じろというのか」

『信じるも何も、事実を述べている』

女は気を悪くしたようでもない。

『そなたら陰陽師は、なぜ私たちを追うのだ。人間の血を吸って鬼にするからか？　だが、長い試行錯誤の末に、私たちは相手を鬼にせず生き血を手に入れる術《すべ》を見つけた。もう、私たちが無作為に人を襲って鬼を増やすことはない。だが、陰陽師はまだ私たちを追っている。そなたらが本当に許せぬのは何だ？』

「それは――」

行人は言葉を失った。

陰陽師が鬼を祓うのは、鬼が穢れだからだ。

穢れは祓わなければならない。

鬼は祓わなければならない。

陰陽師は鬼を祓うのが仕事で、だから――。

――ああ、そうだ。

鬼を追うのは、それが陰陽師のレゾンデートルだからだ。鬼を追わない、魔物を祓わない陰陽師には、存在価値がないからだ。

「課長――！」

駒田が穴の中を指さした。

目を閉じて繭のような白い糸に包まれた男性が、青白く発光し、明滅し始めている。ほぼ真っ暗だった小さな車庫の中が、青白い光に満たされ、三輪の後ろにいるライダースーツ姿の女性も浮かび上がる。フルフェイスのヘルメットを見て、行人はそれが、丹後まで酒呑童子を救出に来た者だと思い出した。

光の明滅は、どんどん明るく速くなっていく。

「ほう――これは、これは」

酒呑童子が舌なめずりした。

「感じるぞ。徐福の気を」

——徐福だと。

車庫のシャッターが突如として波打ち、シャン！　と音をたてて震えた。シャッターの中央に日輪のようなオレンジ色の輪が現れ、内側がとろとろと溶け落ちていく。

溶けた円の向こう側に、純白の髪と鬚を持ち、白い道服に杖を突いた、強烈な光と気配を放つ老人の姿があった。

——これは、何の妖術か。

シャッターの向こう側は、行人らが通ってきた住宅地の道路のはずだ。だが、不思議なことに老人がいるのは、どこかの広々とした室内のようだった。

ずいぶん凝った、中華風のアンティークな家具と、骨董めいた壺もぼんやり見えている。もっと不思議なことに、行人はその部屋にどことなく見覚えがあった。ごく最近、行人はその部屋を見ている。ひょっとすると、入ったことがあるかもしれない。いったいどこで見たのか——。

『ほう、ほう。探す手間が省けたな』

とても人間の喉から発せられたとは思えない、しわがれているのにキンキンとした人工的な声で老人が言った。

「徐福！　待っていたぞ」

天井に貼りついていた酒呑童子が、どすんと音をたてて床に着地する。その目が怪しく金色に輝き、口が大きく裂けて中から白い牙が覗いた。今にも唇からよだれが流れ、徐福の喉に喰らいつくのではないかと思われた。

『嬉しいことを、童子よ』

徐福が目を細め、長い美鬚《びしゅ》を皺だらけの指でしごく。

『わしもそなたに話があった。だが、そこにいるのは陰陽師だな。邪魔な虫けらどもめ、まだわしらにつきまとうのか』

「おまえが徐福か――」

行人は、老人の身体からも尋常ではない気配を感じ取り、身震いした。ここには、いったい何人の強大な鬼が集結しているのか。

『徐福どのに聞く。そなた、シュテンを蘇らせて何をする気だ』

尋ねたのは、フルフェイスのヘルメットで顔を隠した女だった。徐福はうっすらと笑った。

『童子は、わが子も同然の鬼だからのう。だが――』

言葉を切り、じっとりとした目つきで酒呑童子の身体を舐めるように観察している。徐福は、握るとポキポキ音をたてて折れそうな、枯れ枝のような指を開いて、右手を前に突き出した。

『童子よ、そこの陰陽師を殺せ！』

思わず身体がこわばった。酒呑童子の攻撃に備え、背後の駒田たちをかばおうと風切りを握る手にも力がこもる。

だが、酒呑童子は動かなかった。

戸惑ったように沈黙し、次いで酒呑童子は腹を抱えて笑いだした。

「何の冗談だ、徐福。俺様がおまえの命令に従って動くとでも？」

『――やはりな』

徐福が首をかしげる。かすかな苛立ちとともに、面白がっているような気配がある。

『童子には、わしの声音が効かぬ。知っているだろうが、鬼は自分を鬼にした「オヤ」の命令には逆らえぬものだ。だが、そなたはどうやら例外らしい』

徐福の言葉は、行人には初耳だった。鬼は、血を吸うことで人間を鬼にする。吸われた側は、自分を鬼にした「オヤ」の言葉には逆らえないということか。

『童子、そなたのふた親は何者だ?』

「昔のことだ。忘れたな」

『嘘をつけ。そなた、父親に会ったことはあるか? そやつ、人間ではあるまい?』

——おや。

酒呑童子が黙るのを見た。目はあいかわらず、怪しい金色に輝いている。

『初めてそなたに会ったとき、わしはおかしな匂いを嗅いだ。もう何千年も巡り合ったことのない、わしの同類の匂いだ。だが、まったく同じでもない——そなたからは、人間の匂いもした。血を吸われて変化したのがその証拠だ。母親——ではなく、父親のほうだ。そなたの父は、わしの同類だ。違うか?』

「お前が何者か知らぬのに、親父がお前の同類かどうかなど知るわけがない」

「いったい、徐福とは何者でしょう——」

その場の誰もが知りたいと考えたであろうその言葉を、駒田が緊張のあまり喘ぐような声で囁いた。それまで、行人ら陰陽師は、強大な鬼たちの威圧感に押され、思わず知らず無言を貫いていたのだ。

『虫けらめ、古きものを知らぬのか』

徐福が道服の袖をひらりと揺らす。

りしている。

徐福の感情とシンクロするのか、糸に包まれた村埜の青白い発光が、強くなったり弱くなった
『太古、人類はいまだ二本足で直立歩行する猿だった。猿たちにピラミッドやナスカの地上絵やテオティワカンやストーンヘンジの設計技術を学ばせたのは、すでに数万年も昔に文明を築き上げていた古きものたちだ。猿たちの血と魂を見返りにしてな』

――とほうもないほら話。

行人はそう感じて慎重に口をつぐんでいたが、反応したのはライダースーツの女だった。

『なるほど、太古の神々は生贄《いけにえ》を求めた。世界各地に人間を神に捧げる伝説が残っている。アステカ文明では、生贄となる人間の心臓を取り出し、祭壇に捧げた。わが国では古来、災害を鎮めるために若い娘などを人身御供《ひとみごくう》として神に捧げたとする言い伝えもある。マヤ文明、インカ文明、インドにも似た伝説はあるようだ。その神々と徐福どのは同じ古きものだと申されるか』

徐福の凄みが酒呑童子らに伝わっていないはずはない。背筋を伸ばし堂々と徐福にものを言うこの女が、ヘルメットの下でどんな表情をしているのか、ふと見てみたくなる。

徐福が顎を上げて呵々と哄笑した。

『茨木童子は物知りじゃ。さよう、この星に生きてたどり着いた古きものは、多くはなかった。各地に散ったゆえ、互いに顔を見ることもなかったが、噂は耳にしておる』

『そして徐福どのは、シュテンの父親が古きもののひとりだと申されるのだな』

ふと――シャッターの向こう側の異空間からこちらを見つめる徐福の表情が、揺らいだように見えた。

『さよう――だが、またしても邪魔が入ったようじゃ。今はわしの大事な器をもらっていくとし

よう。また会おうぞ、童子たち』

徐福が杖の先を上げると、青白い蛍光を放つ村埜の身体がふわりと持ち上がり、目を閉じたまま徐福に向かって浮遊し始めた。

「逃げるな徐福！」

酒呑童子が牙を剝く。徐福の長い眉に隠れた目に、ちりっと黄色い火花が散った。村埜の身体は、勢いを増して徐福のスペースに滑るように飛び込んでいった。

『愚かな小童め』

徐福が酒呑童子を睨んだとたん、「気」の渦がこちらに向かって投げつけられた。

——危ない！

徐福が狙ったのは酒呑童子だったろう。その後ろにいる行人たちや、三輪のことなど眼中になかったはずだ。だが、徐福の「気」は瞬時に巨大なオレンジ色の火球となり、こちらにいたすべての者に襲いかかった。

行人はとっさに身固めの四縦五横印の符を抜いて突き出した。四縦五横の呪を唱える。

「天為我父《てんをわがちちとなし》、地為我母《ちをわがははとなす》、在六合中南斗北斗三台玉女《くにのなかになんじゆほくとさんたいぎよくによあり》——」

——間に合わない！

劫火《ごうか》が、小さな車庫に居合わせたすべての者たちを包み込もうとした時。

「舐めるな——！」

酒呑童子の身体がむくむくと巨大化し、彼はまるで背後のものたちをかばうかのように、両腕を広げて立った。徐福の火球は、酒呑童子の身体がしっかりと受け止めている。

「無事か？」

背後の課員たちを見やると、ひとり腰を抜かしているのがいるくらいで、駒田や他の課員は青い顔色をしつつ、どうにか事態に対処しようと苦戦しているようだ。ともあれ、全員が怪我もなく生きている。酒呑童子が、鬼と陰陽師を守ったのだ。

「待て徐福！」

酒呑童子が、火球で焼けただれた右手を徐福のいる異世界に伸ばそうとした瞬間、行人は身体が急に軽くなった感覚がした。

同時に、徐福の姿がぼやけ、ゆらゆらと揺れた。空間をねじ曲げたトンネルの接続が途切れかけているのだ。

誰かが、この場に強い結界術をかけている。

『うるさい猿どもめ』

村埜の身体がぶじ手に入ったことを確かめると、徐福は小さくぼやき、何を思ったのか顔をしかめた。

『意地っ張りの童子よ、あまり日がない。次に会う時は、わしに手を貸すと言え。さすれば、そなたの先祖「古きもの」のことを教えてやる。そなたにとっても悪い話ではないぞ。いま「古きもの」を語れるのは、この国ではわしくらいであろうから』

もはや徐福の姿は灰色のシルエットでしかなくなっていた。地面が揺れ、車庫のシャッターは音をたてて波打ち、空間をつなげていたオレンジ色の輪は小さく縮まって瞬間強い光を放ち、消えた。

後には、嘘のように静まりかえる車庫が残された。

「――信じられない。鎮まった――」

茫然と駒田が呟く。酒呑童子は、徐福の気配が消えたためか、いつの間にか元の人間サイズに戻っている。身体の前半分、徐福の火球で黒焦げに爛れているが、気にするふうはない。早くも徐々に治癒しているようだ。

行人は大股でシャッターに近づき、鍵を外して引き上げた。

「――やはり、あなたがたでしたか。父さん」

那智大鳥と賀茂東陽が、シャッターの外に立っていた。

19

「何をしているのだ、行人！　今こそ酒呑童子を斃《たお》す好機ではないか！」

意気軒高な老人ふたりが現れた。この場に結界を張り、徐福の空間接続の術を撥《は》ねのけたのはこのふたりらしいから、陰陽師としての技術は確かだ。

茨木はさりげなく観察した。

ひとりは着物にインバネスコートを羽織り、もうひとりは洒落た銀のスーツを痩せこけた身体にまとっている。どちらも六十は超えているだろう。

トクチョーの課長がインバネスの老人に「父さん」と呼びかけた。では彼は、那智大鳥なのか。面識はないが、先代のトクチョーの課長だとは知っている。彼から、激しい敵意を感じる。

大鳥が目を怒らせて怒鳴ると、トクチョーの課員たちがハッと萎縮する中、那智行人が皆を守ろうとするかのように腕を上げた。

「お待ちください。我々は酒呑童子に借りができました」

大鳥があっけにとられたように目を剝いている。

「行人、おまえ――」

「私の身固めの術は間に合わなかった。酒呑童子が間に割って入らなければ、我々は全員焼け死んでいたでしょう」

「おいおい、おまえ」

鼻に皺を寄せ笑いだしたのはシュテンだ。

「人がいいなあ。陰陽師を救ったつもりはないぞ」

「もちろん、わかっている。酒呑童子が助けようとしたのは、茨木童子や三輪さんのような、仲間の鬼たちだ。だが結果的に、それで私たちも救われた」

「もう良い！」

大鳥が目を細め、インバネスの下に隠した長刀を抜いた。シュテンが好戦的に歯を剝く。

「おまえが手出しせぬというなら、黙って見ていろ」

「父さん！」

「いや、ここは待ちましょう、大鳥さん」

タイトな銀のスーツを着こなした老人が、柔和な笑顔で「まあまあ」と続けて大鳥をなだめている。大鳥が嫌な顔をした。

「賀茂さんまで何を――」

「わしは、先ほどの奇妙な空間接続術が気になるのです。初めて見ましたが、使い手はいったい何者だろう」

『あれは徐福と申す方士です』

茨木が静かに進み出た。

『私は茨木童子。シュテンの配下としてお初にお目もじします』

「茨木童子だと――あの茨木童子か。大江山の、渡辺綱に腕を斬られて取り返しに行ったという」

あらためて、大鳥とトクチョーの課長が驚いたようにこちらを見つめる。

『そうです。その話が流布《るふ》しているのは気恥ずかしいですけどね。――あの方士は、シュテンを仲間にしたいらしい。そのために策を弄し、大勢の鬼を作り世の平安を乱している。だが今のところ、シュテンに奴とつるむつもりはないのです』

「女の姿をしているのだな」

大鳥が鋭く皮肉な目で呟いた。

「どうせ、ヘルメットの下にはさぞかし美しい若い女の顔が隠れているのだろう。だが、そなたも鬼だ。ひとたび本性を現わせば、酒呑童子と何も変わらん。人の血を吸い、食い殺すのだ」

『しかし、シュテンと私には、あなたがたとこの件について話し合う準備がありますよ。あなたにはないようですけれど』

「大鳥さん」

賀茂が、そっと遮った。

「少し彼らの話を聞いてみませんか。私も長年にわたり鬼を狩ってきたが、鬼とじっくり話したことなどなかった。この年になると、鬼とでも蛇とでも、話せるものなら話しておきたいという気分になりますよ」

「――賀茂さんがそう言われるのなら」

大鳥が苦い表情で引き下がったのは、トクチョーでの役職は大鳥が上だったようだが、賀茂のほうが年上だからだろう。賀茂がこちらを見て、励ますように頷いた。

引き下がったものの、大鳥はまだ油断なく長刀を提げていた。話を聞いてもいいが、鬼に心を許したわけではない。態度次第で、いつでも斬る。そういう意思表示なのだ。

茨木はさっさと話を進めることにした。

『徐福は、私たちにとって共通の敵です。今からお話しするのは、私たちも先ほど初めて聞いたことですが――』

徐福が「古きもの」と名乗ったこと、シュテンは徐福の命令を撥ねつけることができ、それは徐福と同じ「古きもの」の血を引いているからと思われること。

説明を続けるうち、陰陽師たちは興味を持ったことがわかったが、シュテンは自分の出自にはど興味がないらしく、さっさと車庫の隅に行き、軽自動車の屋根に転がって眠り始めた。先ほどは平気な顔をしていたが、火球を受け止めた火傷を治療するのに力を使ったのかもしれない。

「では、立川の鬼たちは、酒呑童子の力を確かめるために徐福が遣わしたものだというのか。このところ東京各地で見つかっている吸血鬼の犠牲者たちも、徐福の指示によるものだと？」

大鳥がようやく、真面目に話を聞く気になったらしい。

『その通りです。少なくとも、私たちはもう百年あまり、むやみに人間を襲って血を飲んだりはしていません。合意の上で、血を買っています』

「だが、鬼は人を殺す。血を吸われた人間は鬼になるし、それは人間性を殺すということだ。違うかね」

『それは鬼がそういう存在として天に作られたからです。鬼自身が決めたことではない。だが、私たちはその運命に抗うと決めたのです。だからもう、やたらと人間を鬼にしたりはしません。まだ中にはそんな鬼もいますが、私たちの仲間ではありません』

「それは詭弁だ。酒呑童子は著名な、鬼の中の鬼であろう。それは大江山で大勢の人間をさらい、財宝を奪って血を吸い、肉を食ったからだ」

『千年前は、人間も殺し殺されるのが普通だったのですよ。あれから千年、私たちも昔の私たちではない。それに、当時の罪は源頼光たちに大江山を滅ぼされ、シュテンも石になって償ったものと思っていました』

「償えばそれで終わりか？　平気な顔をして生きていくのか？」

『いちど罪を犯したものは、償いすら認めぬと言われるのでしょうか。鬼は鬼になった瞬間から、人間の敵でしかありえないのでしょうか』

生まれた時から鬼だったわけじゃない。

大江山で、十七の歳まで茨木は人の子だった。口減らしのため五つのときに捨てられた捨て童子で、寒くて恐ろしくて谷で泣いていたときに、牙のある大男に拾われた。それがシュテンだった。

シュテンは、茨木が十七になるまで鬼にはせず待ったのだ。

――シュテンのほうが、人間よりずっと優しくて温かだったな。

「何を言っても、鬼が鬼であることに変わりはない。所詮、鬼と人が互いを受け入れられるとは思えぬな」

大鳥の隣にいる息子が、なにやらもの言いたげに唇を震わせたが、黙ってうつむいた。四十代、あるいはじき五十にはなるだろうが、父親の権力にいまだ抗うことができない。強すぎる父を持ったのだ。

大鳥の年齢は、六十代、あるいは七十代だろうか。長年、鬼を忌避して退治することを己の使命としてきたために、もはやその価値観を変えることはできないのかもしれない。

――他人を変えることは難しいな。

ましてや、こんなに短期間で、敵を味方に変えることなど不可能事だ。

茨木は細い吐息を漏らした。

『――その件はいずれゆっくり話し合いましょう。だが、徐福の件では我々は手を結ぶべきだ。やつは私が初めて見る、強大な鬼です。鬼は長く生きれば生きるほど、力が強くなる。シュテンと私も千年は生きているが、徐福はもっと途方もない年月を生きているようです』

大鳥はしばらく黙り、考えるように見えた。彼にとって大江山の鬼たちは、先祖代々の憎むべき敵だろう。手を結ぶべきだと言われても、即答できるわけがない。

「――まだ、わしにはよくわからんな。酒呑童子を仲間にして、徐福とやらはいったい何をしようとしているのだ？　先ほど徐福が連れ去った男は何だ？」

あのとき徐福は、村埜を「大事な器」と呼んでいた。

『私にもわかりませんが、私たちは早急に徐福を見つけ出し、捕らえねばなりません。「はじめの鬼」がそうかんたんに殺せるものか、あるいは私たちのように石にして封印できるものか、不明ですが――』

ふむ、と賀茂が呟き、鶴がするように、細い首をかしげた。

「では、ひょっとして私たちが徐福を追い払ったのは早計だったかね。あの時は、車庫に異様な空間接続が行われていると悟り、課員の安全を守ろうとしたのだが」

『いいえ、あのまま戦っていても、徐福に勝てたかどうかはわかりません。シュテンならあるいは勝てるかもしれませんが、徐福はまだまだ底力を隠しているように感じました』

「なるほど、ではひとつめの課題は徐福を見つけなくてはならない。ふたつめは、徐福を倒すための策が必要なのだね。難題だな」

はっと、大鳥の息子が顔を上げた。

「父さん。先ほど私は、車庫の中から徐福の居場所を見ました。見覚えがあると思ったのですが、あれは首相公邸の中だと思います」

表情は変わらなかったが、大鳥と賀茂が激しい動揺を押し殺したのが感じられた。

「行人、まさかそんな——」

「いいえ、間違いありません。先日、公邸に通された際、一階の小部屋に案内されましたね。あの壁の模様と、家具のデザインがそっくり同じでした」

——徐福が首相公邸にいるというのか。

茨木も、静かな驚きに包まれていた。

そう言えば、この家の壁には、アジアの地図が描かれていたではないか。徐福が国家規模で何かを企んでいるのなら、やつがいるのは国の中枢に違いない。

「すぐ総理に報告せねば——」

大鳥が呟き、それから何かに気づいたように呻いた。

「——そうか。徐福が公邸にまで入り込んでいるなら、すでに総理が徐福に取り込まれている可能性もあるのか——」

「父さん、あのとき総理は、酒呑童子の居場所がわかれば知らせるようにと言われましたね。なぜ総理がそんなことを知りたがるのかと思いましたが——それに、酒呑童子を封印した場所が丹後だと、なぜ徐福が知ったのか不思議に感じていたのです。もし、徐福が総理と通じているならわかります。総理は鬼が封じられた場所について、トクチョーから報告を受けていますから」

理性的な会話を進めるうちに、少し柔和な表情になりつつあった大鳥が、血相を変えた。

「——待て。徐福とやらの話、間違いないのか？　酒呑童子の作り話ではないのか。われわれを騙し、首相公邸に侵入するつもりなのだろう？　行人、そなたはまたしても誰かに騙されているのだろう？」

またしても、という言葉で若い陰陽師の肩が震えた。

——なにやら因縁のありそうな親子だ。

「しょせん、鬼は鬼ぞ。酒呑童子の一味が、陰陽師と手を組んで人間に味方するわけがない！」

「父さん！」

「そこをどけ、行人！」

『お待ちください——』

何やら激している大鳥を制止しようと、茨木がとっさに右手を上げた、その時だ。

茨木の動きが速すぎた、かもしれない。

人間は恐怖に弱い。怯えると思いもよらぬ行動をする。それを忘れていた。

——あっ。

大鳥が刀を振るったのは、反射神経のなせる業だったろう。自分のほうに伸びてきた鬼の手に、態度には出さねど脅威を感じた。

また、よく切れる刀だった。

断たれた茨木の右ひじから先が、ぽーんと軽自動車のほうに飛んでいった。痛みより、驚きが先に立った。あの刀がもっと伸びていたら、今ごろ首が飛んでいてもおかしくはなかったのだ。

――私もなまったな。

「大鳥さん、なんてことを！」

青ざめた賀茂が、叱るように言った。当の大鳥も、無意識の反応だったらしく、自分のしたことに驚いたように立ちすくんでいる。

「おい――何をするんだ」

軽自動車の屋根で寝ていたシュテンが、むくりと起き上がる。その手が茨木のほっそりした右前腕を摑んでいる。

「こちらは穏やかに話をしているのに、そっちは刀を持ち出すのか」

軽自動車の屋根から下りたシュテンは、大鳥を冷たい目で見やって茨木に近づいてきた。「ほら」と言いながら、腕を渡す。

「つくだろう。前にもこんなことがあったな」

『ふむ、綱に斬られた時だな』

二度ともほとんど同じ場所を斬られている。苦笑まじりに受け取った腕を斬られたひじにあてがうと、細胞が修復しようとするのを感じる。

「茨木様――」

驚きのあまり立ちすくんでいた三輪が飛んできて、自分の身体に巻いていたシーツを裂き、三角筋と包帯の代わりに茨木の腕に巻き付けた。おかげで、少しは腕らしく見えた。

「痛むでしょう、なんとおいたわしい。後で傷口を縫いましょう」

『大丈夫だ。数日もすればきれいに治る』

三輪が猫のように目を光らせ、大鳥を睨みつけて威嚇する。

『よしなさい、三輪。本当に、たいしたことはない。この百五十年、平和すぎてこの茨木もなまったようだ』

「茨木があぁ言っているから、お前をとって食うのはやめておくが」

不機嫌そうに、シュテンがあくびをした。

「俺たちと手を組むのが嫌なら、勝手にすればいい。俺たちは徐福の知らぬ場所に隠れるさ。どこにいたって、大江山と同じだ。鬼の暮らしは気楽なものさ。徐福が何をしでかすつもりかは知らん。あとはお前たちが何とかすればいい」

茨木には、シュテンが本気で言っているのがよくわかった。そもそも大江山の昔から、シュテンは山の静かな暮らしが好きだった。野山で狩りをし、鬼の身にはさほど必要ないものだとしても、木の実を食《は》み、川の流れに身を浸して沐浴した。おおらかな暮らしを愛していた。

――そうだな。いっそ大江山に帰ろうか。

長い命の締めくくりに、また子ども時代に戻って大江山で暮らすのも悪くない。茨木の心も動いている。名誉も地位も、鬼の身にはどうでもいいことだ。月と星の下で、自由に寝転んで天を見上げるのだ。

湿った土の匂いを鼻腔に感じた。なつかしい香りだ。今すぐ大江山に飛んで行きたくなった。

「待ってくれ！」

行人が叫び、床に膝をつくと茨木に頭を下げた。

「申し訳ない。この通りだ」

「行人――」

驚愕した大鳥が呻く。

「私は先ほど、酒呑童子に命を救われた。恩知らずと思われたくない。父も、とっさに刀を振ってしまったが、本意ではなかったはずだ。どうすれば謝罪を受け入れてもらえるだろうか」

陰陽師の率直な言葉に、茨木は現実に引き戻された。

――まだ、大江山に隠れるわけにもいかないのか。

『謝罪を受け入れる。話をこじらせるつもりはない』

茨木はあっさり答えた。

「ありがとう、茨木童子」

行人が、生真面目な表情でふたたび頭を下げる。この男の潔癖なくらいの真面目さは、誰かを思い出させた。

『もういい。それより、私たちと一緒に徐福を倒す気はあるのか？　ないのなら、私もシュテンと同じ意見だ。私たちはどこかに消える。あとは陰陽師でなんとかしてくれ』

しわがれた品のいい声で、穏やかに口を挟んだのは、賀茂だった。

「――茨木童子、私からも謝罪する。われわれは、鬼と呼ぶ存在を敵視する時代が長すぎたのだ。つい、条件反射で暴力に訴える癖がついている。申し訳ないことをした」

『では、手を組むのだな？』

「私たちは、頼む立場だよ。どうか、力を貸してほしい。あの徐福という鬼は、私らの想像や知識をはるかに凌駕する存在だった。私たちだけでは、とても倒すことはできないだろう」

茨木が頷き、最後に大鳥を見つめると、賀茂と行人も何かを促すように彼を見た。切っ先に血のついた刀を、放心したように凝視していた大鳥が、ハッと気づいて刀を鞘におさめた。

「――悪かった。わしの失態だ」

さすがに自分の過ちに気がついたか、ばつが悪そうにしている。

『私は謝罪を受け入れた。もういいよ』

「ありがとう、茨木童子」

『それより、徐福だ。どうする？』

シュテンが足を踏み鳴らした。

「何をつべこべ言っている。徐福がどこにいようと、捕まえて食っちまえばいいんだ」

『シュテン――』

「茨木、首相公邸とは、俺が徐福と対決するのにふさわしい場所か？」

『そうだな。それ以上にふさわしい場所は、ちょっと思いつかないくらいだな』

「なら、行くぞ茨木。あいつは、自分の居場所がバレたとは思っていないだろう。まだ油断している。今のうちに叩く」

「待て。少しは策を練ったほうが良い」

「そうだ。あの方士には、得体のしれぬ妖気を感じたぞ。ここは丁寧に作戦を練ってだな――」

陰陽師たちが、シュテンのおおざっぱな作戦に驚愕し、こもごも考えを述べようとした。

「ああ、ごちゃごちゃ言うな、うるさい！　お前たち陰陽師の結界で、徐福を縛れると思うな。俺にすら効かんのだ。さっきみたいに、空間接続の術を解除するのが関の山だろう。お前たちに徐福が斬れると思うか？」

「それは――」

陰陽師たちが絶句している。

彼らも彼我《ひが》の力の差がわからぬほど愚かではない。むしろ、人間にしては力を持っているからこそ、シュテンや徐福のような、強大な力を秘めた鬼を前にして、慄《おのの》いているはずだ。

「お前たちの使う策とは、せいぜい神便鬼毒酒ていどのことよ。俺様は昔、引っ掛かったがな。徐福の力は桁外れだ。小手先の策を弄したところで効果はない」

『たしかにシュテンの言うとおり、徐福もまさか、今すぐに我らが攻撃を開始するとは予想していないだろう。間をおかず攻めるのは、良い手ではある』

茨木は思案しながら、車庫の内部を見渡した。三輪は残っているが、三輪と一緒にここに来たはずの、五葉の姿がない。陰陽師の那智行人を追っていたはずの七尾も、いっこうに現れないところを見ると、五葉と同行したのかもしれない。

――五葉は徐福の気配を追ったな。

空間接続の術が解除されると同時に、かすかに残る術の気配を追いかけて行ったらしい。賢くすばしこい五葉らしい行動だ。

『仲間が、どうやら徐福を追ったようだ。じきに連絡があると思う。徐福が向かった先が首相公邸かどうかは、それでわかるだろう』

「他にも仲間がいるのか――」

大鳥がどこか茫然として呟いたが、その声には先ほどのような強い敵意は感じられなかった。

『だが、お前も言うとおり、徐福はただ者ではないぞ、シュテン。充分な備えもなく、ただがむしゃらに飛び込んでも、勝てるかどうか怪しい』

「ふん。茨木ならどうする」

――さて、どうしよう。

徐福は先ほど、自分の弱みをうっかり漏らした。村埜を、「大事な器」と呼んだことだ。

なぜ村埜が徐福にとって「大事な器」なのか。器というからにはそこに何かを盛るのだろうが、
徐福は村埜を使って何をしようとしているのか。謎ばかりだが、ひとつはっきりしているのは、
徐福は村埜を失いたくないということだ。だから、穴を掘って繭に包んで隠していたのだ。

『村埜を取り戻すのはどうだ？』

提案すると、シュテンがにやりと牙を見せ頷いた。

「それは良いな。徐福のやつ、わざわざ取り返しに来るほど、あの男に執着していたな」

執着心は弱みになる。失いたくなければ、隙が生まれる。徐福の力が強大であればあるほど、
人間や、鬼たちすらも侮っているに違いない。侮りも隙になる。

『村埜を取り戻し、目覚めさせることができれば、徐福の目的がわかるかもしれない』

「なるほど――」

若いほうの陰陽師、那智行人が頷いた。

「徐福が首相公邸にいるなら、村埜も公邸のどこかに隠されているはずだ。君たちが徐福の注意をよそに引き付ける間に、私たちが村埜を盗むというのはどうかな」

「陰陽師、わかってきたじゃないか」

シュテンがにっと笑う。こんな顔をするのは、相手を気に入った証だ。

――しかし、それだけではまだ決め手にならない。

茨木は、腰のポーチに手を触れた。そこに納めた小さな厨子と、隠した「綱人形」の存在が心強い。だが、これでもまだ足りない。

問題は、徐福について自分たちがあまりに知らなすぎるということだ。自分たち鬼は、死にかけると石になって眠りにつく。徐福も同じ体質なのか。徐福の急所はどこで、どうすれば致命傷を与えることができるのか。

『――私たちより長生きした鬼なのに、誰も徐福のことを詳しく知らないとはな』

呟くと、陰陽師が居心地悪そうな表情になった。彼らは歴代の陰陽師たちから、鬼の情報を引き継いでいるはずだ。それなのに、徐福については何も知らないことを、責められている気分になったのだろうか。

「茨木、現代の人間が徐福を知らぬのは当然だ。違うか？」

シュテンが何を言いたいのかわからず、茨木は彼の顔を見つめた。徐福の火球を受け止めて、真っ黒に焼け焦げていた皮膚は、わずかな時間でぽろぽろと剝がれ落ち、下からみずみずしいピンク色の新しい皮膚が現れている。その肌が、生き生きと輝いている。

「思いだせ。俺たちより、ずっと古い世代の鬼がいるじゃないか」

――ずっと古い世代の鬼。

『まさか――』

「その、まさかよ」

「いったい何の話かね？」

陰陽師たちがやりとりについてこられず、大鳥が尋ねた。

『私たちよりもっと古い時代の鬼が、封じ込められた岩があるのです』

なるほど、と賀茂が手を打った。

「立岩のことだな。酒呑童子が封印されていた、間人皇后と聖徳太子の母子像の正面にある、海中にそそり立つ巨大な岩――」

「その通り」

シュテンが腕組みする。

「推古《すいこ》天皇の頃だ。丹後に英胡《えいこ》・軽足《かるあし》・土熊《つちぐま》――という三人の鬼がいて、人間を脅かしていた。勅命が下り、聖徳太子の異母弟にあたる麻呂子《まろこ》親王が鬼討伐に向かったのだ。伊勢《いせ》の神が白い犬に姿を変えて親王を助け、英胡・軽足を討ち取り、土熊を岩壁に封じ込めた――と言われている。その岩壁が、立岩だ」

行人がスマートフォンを取り出し、検索を始めた。

「徐福が始皇帝の命を受けて船出したのは、紀元前二百十九年と同二百十年の二回。推古天皇の治世は、西暦五九二年から六二八年までと言われているから、当然、徐福がすでに日本に来ていた可能性は高い。土熊たちと会っていた可能性があるということか」

「そうじゃない。土熊たちを鬼にしたのが徐福の可能性がある、と言っているのだ」

行人たちが息を吞み、およそ二千年にわたる歴史の中で、徐福が果たした役割に思いを馳せるように目を瞬いた。

茨木は口を添えた。

『それなら、日子坐王《ひこいますのきみ》が退治した大江山の土蜘蛛こと、陸耳御笠《くがみみのみかさ》も徐福のせいで鬼になったのかもしれないいな』

「陸耳御笠――」

陰陽師たちが心安らかならぬ目つきになる。

現代人がその名前をどこまで記憶しているか怪しいものだが、彼らは役割上、知らぬはずもないだろう。古い、あまりにも古い、鬼の伝説なのだ。

陸耳御笠が暴れたのは、時代をはるかに遡り、崇神《すじん》天皇の御代と伝えられる。崇神天皇といえば、実在した可能性のある最初の天皇と目されることもある、紀元前の人だ。その頃なら、徐福がすでに日本にいたとしても不思議ではない。

そうだなとシュテンが頷き、額に落ちかかる髪を邪魔くさそうに払いのけた。

「陸耳御笠がどこに眠っているのかはさすがに知らんな。だが、立岩に眠る土熊を復活させれば、ひょっとすると徐福の弱点を知っているかもしれないぞ。俺たちが知る限り、徐福以外では土熊がもっとも古い鬼だ」

「そうか、長く生きた鬼ほど、強い――」

慄いたように行人が呟く。千年生きた酒呑童子ですら、陰陽師たちが太刀打ちできぬほどに強力なのだ。二千年も生きた徐福や、千五百年の土熊は、いったいどれほど強いのだろう。

――それはその通り、なのだが。

茨木は眉をひそめ、首を傾げた。

『シュテン、だがひとつ問題があるぞ』

「何だ?」

『私たちも土熊とは面識がない。復活した土熊が、私たちの味方につくとは限らない。土熊を起こしたはいいが、やつが徐福の側についたらどうする――』

想像通り徐福が土熊を鬼にしたのなら、土熊は徐福の言葉に逆らえないはずだ。それでは、徐福並みに強大な敵を増やすだけではないのか。

シュテンが、とぼけた表情を浮かべた。この男がこんな顔をするときは、たいてい良からぬことを考えているのだ。

「それについては、俺に考えがある。だが、実際に可能か実験してみなくてはわからない」

『詳しく聞かせてはくれぬのか』

「まず試してみなくてはな。それより、誰がどの役目を果たすか分担を決めよう」

いつの間にか、シュテンがこの場を仕切っていることに、茨木は気づいた。年配の陰陽師ふたりは、どこか居心地悪そうにシュテンを見ている。

「まず俺は、このまま徐福のいる首相公邸に行く。陰陽師の三人は俺と来て、さっき言ったように役割を果たしてくれ」

「――我々が、村埜を救出するのだな」

大鳥の言葉にシュテンが頷く。

「それから茨木は、土熊を起こしに行け」

『私が？』

茨木はヘルメットの下で顔をしかめた。

「お前が適任だ。策は授ける」

なぜ――という言葉を、いったん飲み込む。シュテンは一度こうと言いだすと、引かない性格でもある。

『では、私は丹後に飛ばねばならないな。ひとっ飛びというわけにはいかない。向こうに着くころには夕方だろうよ』

「そうだな。ところで、血が必要だ。大量に」

唐突にシュテンが言ったので、陰陽師たちがたじろぐのがわかった。なにしろ、この場にいる鬼以外の「人間」ときたら、三人の陰陽師とトクチョーの課員だけなのだ。

「お前たちの血をくれとは言わないから、安心しろ」

シュテンが磊落《らいらく》に言い放つ。

『冷凍庫にいくらか血液パックがあるはずだ。徐福を追いかけていった仲間に連絡して、持ってこさせよう』

まだ何も連絡してこない五葉にメッセージを送信する。

「私も自宅に戻れば、冷凍庫にパックがあるので少しはなんとかできますが――」

三輪が呟き、表情を曇らせて陰陽師たちを見た。なるほど、トクチョーが三輪を逮捕しようとしたので、彼女は採血用の器材や血液パックを放棄してきたのだ。

「土熊を蘇らせるためにも大量の血液がいる。俺たちも、徐福と戦うのに力をつけねばならないしな。陰陽師、協力するというのなら黙って見逃せ」

大鳥たちが顔を見合わせた。

「――わしらは、何も見なかったことにしたほうが良さそうですな」

賀茂が飄々と呟く。

電子音が鳴った。五葉からの返信だ。徐福のように空間をねじまげる術は持たないが、文明の利器はなかなか便利だ。

『ほう、徐福はやはり首相公邸にいるようだ。仲間ふたりが気配を追い、いま公邸の近くにいる。ふたてに分かれて血液パックを届けさせよう』

行人が頷き、大鳥は顔を歪めた。まだ半ばは信じていなかったのかもしれない。あるいは、信じたくなかったか。

――徐福に感づかれたくない。すぐにそこを離れて、五葉と七尾は血液パックを取りに向かってほしい。それから、丹後に行く用意を――。

必要なものなど、メッセージを五葉に送ると、短く「了解」と戻ってきた。

シュテンが陰陽師たちに向き直った。

「頼みがある。新宿で暴れた鬼たちの『石』を保管していただろう。あれはまだあるか」

「――もちろん、あります。立川に」

行人が戸惑いつつ応じる。

「貸してくれ。あの石が必要だ」

「何に使うのですか」

「復活させる。実験に使うんだ」

いったい、何の実験だというのか――。

「気にするな。おぬしらには関係ないことだ」

シュテンが牙を剥いて唇を横に引くと、陰陽師たちが背中に冷たいものを感じたかのように、そそけだった。

つい先ほどまで、死闘の相手として互いを見ていたのだ。徐福相手に共闘すると決めたところで、そうかんたんには相手を心から信用することなどできない。

それをつきつけられたかのような、彼らの困惑の表情だった。

20

茨木童子については、長い歴史の中でもほとんど陰陽師の間に伝わっていない。はっきり名前が出てくるのは、大江山時代のみだ。源頼光に四天王がいたように、酒呑童子にも心強い味方の鬼がいた。そのひとりが茨木童子だ。美しい上臈や、年老いた乳母など、女性に化けて渡辺綱の前に現れたという伝説がある。

——だが、本当に女性だったとは。

ヘルメットの下に隠された顔は見えないが、行人は革のライダースーツに包まれたほっそりしたウエストに腕を回し、茨木のオートバイに同乗していた。酒呑童子と茨木童子が、ふたてに分かれて行動することになったのだ。

酒呑童子には大鳥と賀茂、それにトクチョーの課員が同行し、三輪もそちらに従った。行人だけ、茨木とともにある。

畏怖と憧れ。行人は相反する感情を同時に抱いて、その処置に困っている。

——これは、恐ろしい鬼なのだ。

そう自分に言い聞かせるが、革越しに感じるやわやわとした腰つきや、強く抱き締めると折れてしまいそうなほど細いくびれが、なんとも不思議な心地にさせる。

茨木が自分ひとりを連れてどこに向かっているのか、行人はうすうす感じ取っていた。

『あれだ』

走っているのは天王洲《てんのうず》周辺だろうとあたりをつけていたが、茨木が顎で示したのは、右側に並ぶ古い倉庫のひとつだった。反対車線を大型トラックが走り抜けるのをやりすごし、右折する。

「瑞祥が、ここにいるんだな?」

茨木は答えない。

倉庫の横に、もう一台のオートバイが停まっていた。茨木が停めたオートバイから降りながら、行人は油断なく周囲を観察する。

昔ながらの倉庫街だ。茨木が入ろうとしている倉庫のシャッターにはとっくに倒産したアパレルメーカーの名前が消え残っている。周囲には人の気配もなく、しんと静まりかえっている。

『何している。早く来い』

茨木がそっけなく言って、シャッター脇の扉から中に入った。大鳥に斬られた右腕は、もうつながっているらしく、指も動いている。鬼は回復力も人間以上のようだ。

どこまで信じていいのかわからないが、茨木童子は鬼の中でもずいぶん理性的だった。

——ここに瑞祥がいるのなら。

どんな危険も、冒さねばならない。

行人は茨木に続いて倉庫に入った。窓のない倉庫内は真っ暗だったが、茨木がスイッチを押して照明をつけた。

中に、誰かいる。

「瑞祥——!」

椅子に座った青年が、ハッと顔を上げ立ち上がろうとして、果たせずまた腰を落とした。両手は手錠をかけられ、足も緩くロープで縛られているらしい。

『彼をあなたにお返しする。無傷だし、もちろん人間のままだ』

茨木が手錠の鍵を投げてよこした。行人は鍵をつかみ、瑞祥に駆け寄った。

「――」

言葉にならない。

抱き締めてやりたかったが、茨木の前だ。踏みとどまる。瑞祥はこの数日で少し痩せたようだが、涼しげな茶色の目も、ろうたけた貴婦人を思い出させる細い鼻梁や尖った顎の形も、何も変わっていない。

「――無事か」

「はい、課長。申し訳ありません」

ぽろりと瑞祥の大きな目から涙がこぼれた。なにが申し訳ないというのだ。今度こそ、たまらず行人は瑞祥の肩を抱きしめた。

「私こそ、すまなかった」

これまで、瑞祥に謝ったことがあっただろうか。生まれてすぐ親戚の家に養子に出し、彼がトクチョーに配属されてからも、実の親子であることなどどちらもおくびにも出さず。

どれだけ謝っても足りないのだ。そんな無慈悲な父親を救うために、自分の身体を酒呑童子の前に投げ出したけなげな息子に、なんと詫びれば足りるというのか。

「早く解いてやりなよ、陰陽師さん」

レンガの壁にもたれていた若い男が、やれやれと肩をすくめた。

「さっさと解いてやりたかったんだが、その人が何か誤解して逃げようとするかもしれなかったんでね。なにしろ、俺たちが陰陽師と手を組んだと言ったところで、あんたを見るまで信じられないだろうから」

男は瑞祥と変わらぬ年ごろで、今どきの若者らしい軽やかな性格のようだ。茨木の指示で動くからには鬼なのだろうが、そう言われなければ見た目ではまったくわからない。

――私があれほど敵視し、祓ってきた鬼とはいったい、何なのだ。

やりきれない思いを抱きつつ、言われるまま、行人は瑞祥の手錠を解錠し、足のロープを切った。ようやく解放された瑞祥が、安堵したように手首をさすっている。その様子を、茨木と若い男が黙って見守っていた。

「ありがとう、茨木童子。瑞祥を守ってくれて、この通り感謝する」

行人が頭を下げると、茨木が首を傾げた。

『それは、礼を言われるようなことか？』

「あなたが瑞祥の命を救ってくれたのだろう。――私は、鬼がわからなくなった。鬼は穢れだ、祓うべき存在だと子どもの頃から教えられ、その教えを頑なに守ってきた。だが――」

こうしていても、ふいに蘇るのは、立川で百を数える「なりたての鬼」たちの首を刎ねた、あの感触だ。行人の掌が覚えている。風切りの刃が走るまま、あの時の自分は鬼を殺して快感すら覚えていたのではないか。

あの殺戮に、意味はあったのか。

血を吸われ、鬼にならぬため命を絶った鋤田の壮絶な自死に、意味はあったのか。

何もかも忘れてしまいたい。あの時のおぞましい、恐ろしい自分をどこかに捨ててきたい。そんな衝動にすら駆られる。それこそ、本当の恐怖だ。

『人も鬼も同じだな。おのれと異質な存在を嫌い、見下し、排除しようとする。立場や思想の違いですら排斥の理由になるのだから、どうしようもない』

腕を組み、小首を傾げた茨木童子は、顔も見たことがないが、おそらくヘルメットの中で微笑んだのだろうと思った。その微笑は弥勒菩薩《みろくぼさつ》の仏像のようにすべてを許し、豊かな包容力で包み込むのだろうとも思った。

そういう茨木だから、酒呑童子のような巨大なパワーを、そっと包んで千年ともに歩んで来られたのに違いない。

『こう考えてはどうだろう。鬼は人の形態のひとつにすぎないのだと』

「鬼が、人の一形態か」

『そうだ。こうしている間にも、この星のどこかで、ちっぽけな土地や、許せぬ過去のいきさつを巡り、大勢の人間が殺されている。むしろその殺戮こそ、鬼の所業ではないかね』

「つまり、戦か」

『戦は千年の昔にもあった。兵士は戦場に配置される駒にすぎないが、戦を始めるのは駒ではないからね。人のあるところ、殺し合いがある。だとすれば、鬼も人の一形態には違いないのさ』

行人は深く頭《こうべ》を垂れた。

――鬼は、自分自身だ。

茨木の指摘は、巡り巡って、行人自身に跳ね返ってくるのだと感じた。

「私はこの恩を忘れない、茨木童子よ。遅すぎたきらいはあるが、これから鬼という存在を、正しく知りたいと思う。そう考えている陰陽師が、少なくともひとりはいるのだと、覚えておいてほしい」

『いいよ、陰陽師』

茨木の声が柔らかくなった。

『だが、今はもう行かねばならぬ。そなたはシュテン――酒呑童子たちと合流して、村埜を奪還するのを手助けしてくれ。その時に――』

茨木が、ウエストポーチから掌に載るほど小さな厨子を取り出して行人に近づき、大切なもののように、そっと手に押しつけた。

『もしもシュテンが徐福に追い詰められ、危機的な状況に陥ることがあったなら、これを彼に投げてくれ』

「投げるだけでいいのか」

『使いかたはシュテンが知っている。一度使うと一刻《いっこく》ほどしかもたないから、本当に危ない時に使ってくれ』

茨木に断り、厨子の扉を開いてみると、中には小さな美々しい武者人形があった。マイクロサイズなのに、髪のひと筋、まつげの一本にいたるまで、しっかりと作り込まれた驚異的に精巧な人形だ。

『オートバイを一台、残していく。頼んだよ』

茨木童子はそれだけ言い残し、あっさり倉庫を出て行った。床に置いてあったボストンバッグを拾い上げ、弾むような足取りで、若い男が後を追う。あのバッグにはきっと、血液パックが大量に収まっているはずだ。ふたりはこれから丹後に向かう。彼らがいなくなると、行人と瑞祥のふたりだけが、静かな倉庫内に残された。

「瑞祥――話しておかなければならない。鋤田が死んだ」

瑞祥が息を呑んだ。

「お前が囚われた後でわかったことだが、一連の騒ぎは、徐福という古い鬼が起こしたことだった。徐福が大勢の若者を鬼にして、彼らとの戦いの最中に鋤田が咬まれたのだ」

「――鋤田さんは自裁なされたのですね」

鬼に囚われていた間、瑞祥もきっと、己が鬼に血を吸われた場合の身の始末を考え続けていたはずだ。青白い顔色をしている瑞祥には、鋤田のとった行動は自明のことだったろう。

行人は頷いた。

「これから私は首相公邸に向かう。酒呑童子と、わが父・大鳥様、賀茂様と、課員はみな先行している。首相公邸に徐福がいるとの情報があるからだ。大きな戦いになるだろう。敵が強大だということはわかっているが、どこまで強大なのか、まだわからない点もある。私たちの誰が命を失ってもおかしくない」

「私もお供を――」

行人は静かに首を横に振った。

「おまえには頼みたいことがある」

「なんでしょう」

「もし、私が徐福との戦いに敗れ、血を吸われることがあったなら」

さっと瑞祥が顔色を変えた。

「私は斬りません。課長の命を奪うようなことは、決して――」

「私は鬼になった若者を何十人も斬った」

思い出すのもつらいことだった。その行為で、おそらく自分は伝説の陰陽師になるだろう。百鬼殺しの陰陽師だ。

酒呑童子や茨木童子と言葉を交わし、彼らの心根が人間とさほど変わらぬと気づいてからは、もう考えたくもないことだった。

自分が斬り殺したものは、何だったのか——。斬る必要のないものを、自分は殺したのではないのか。

「そんな私が、自分自身が鬼になった時に、のうのうと永らえて良いわけがないよ」

瑞祥はその端整な青ざめた顔を、必死で横に振り続けた。

「いいえ。いいえ、いけません。課長は何十人もの鬼を斬ったと言われました。しかし今、そのことの重みを知るのもまた、課長ご自身ではありませんか。先ほど茨木童子は、鬼は人の一形態だと言いました。もしそうならば、鬼を殺すのは人を殺すことと同じです。課長は私に人殺しを命じておられますか。それも、私の——」

瑞祥の声はか細くなり、消えた。

——それも、私の親を殺せと。

自分がどれだけ非情で、利己的で、あつかましい人間なのか、行人は思い知った。これまで自分が信じてきた世界は、とうに崩れているのだ。正義も、悪も、これまで人生の中心に据えてきたものさしは、すっかり破壊しつくされてしまった。

それでも、自分は過去の亡霊にしがみつこうとしていた。過去に葬りさるべき規範に。

「すまない、瑞祥。私を許してくれ」

行人は思わず口を押さえた。でないと、激しい嗚咽が漏れそうだった。

「いいえ、行人様。万が一の時には、行人様がほかの誰かの血を吸わないように、それだけ注意いたします。それから、何ができるかゆっくり考えましょう。酒呑童子はわかりませんが、茨木童子とその配下の鬼は、まるでふつうの人間のように私に接しておりました。閉じ込められてはおりましたが、私も鬼という存在を少し考えなおしていたところです。これから鬼になる者も、茨木たちのようになれるやもしれません」

「そうだな、瑞祥」

涙をぬぐい、行人は瑞祥の背に手を当てた。痩せていて、背骨が指に当たるような、そんな薄い身体つきだった。

「――行こう。大鳥様が待っている」

いつか、鬼を狩らなくても良い世の中が来るかもしれない。だがそれはきっと、徐福がいなくなってから考えればいいことだ。

21

五葉は、短い時間で手を回し、羽田空港にプライベートジェットを用意させて待機していた。さすがだ。

「これで但馬《たじま》空港に向かいます。うまくいけば、二時間以内に但馬、そこからまた車を飛ばして、今から三時間くらいで立岩に着きますよ」

七尾が自分の手柄のように誇らしげに言った。彼が持参したボストンバッグには、血液パックが山ほど詰め込まれている。

「茨木様、遅くなりました！」

息を弾ませながら駆け込んできたのは、看護師の三輪だ。やはり血液パックを取りに自宅に戻っていたらしい。プライベートジェットに乗り込んでようやく、茨木はヘルメットを外した。窮屈だし、なんだか息苦しい。

五葉たちと一緒にジェット機と車を乗り継いで丹後に向かいながら、茨木はずっと、土熊について考え続けていた。

京丹後市内《きょうたんご》では、四千五百を超える古墳が発見されている。丹後は、大和《やまと》政権が確立する前に、筑紫《つくし》や出雲《いずも》など地方に林立した地域国家のひとつだと考えられている。

丹後という土地の名前に含まれている「丹《に》」という文字は、辰砂《しんしゃ》、つまり硫化水銀を意味している。朱色の塗料としても、水銀の原材料としても使用されるし、仏像建立の折の塗装などにも使われたようだ。

また、丹後には鉄鉱の鉱脈もあり、山の民が金属の精錬を行っていたとも言われる。

英胡、軽足、土熊の三人の鬼は、鉄の精錬を行っていた山の民だという見方もある。

そして、聖徳太子のころ、大和王朝は彼らに従わない地方の地域国家を、中央集権体制にまつろわぬものとして次々に平らげて行った――のではないか。

土熊たちは、大和王朝など歯牙にもかけぬ地域の支配者だったのだ。

彼ら「鬼」とは、聖徳太子の昔も今も、「まつろわぬ」ものだ。

権力者に素直に従わない。己の意志を貫きとおす。シュテンもそうだった。

――自分に、土熊を説得できるだろうか。

シュテンは、土熊が茨木の言葉に従うと、信じて疑わないようだった。だが、見知らぬ女の言葉になど、素直に従う男だろうか。

そもそも、千五百年も前の鬼と、言葉は通じるのだろうか。茨木が人間だった頃から数えても、土熊の時代とは五百年もの開きがあるのだ。

そして、千五百年のあいだ立岩に封じられていても、鬼は復活できるのだろうか。

但馬空港は、豊岡市の山中に突然現れる、千二百メートルの滑走路を持つ小さな空港だ。

着陸してすぐ、茨木はスマホを見た。見知らぬ番号からのショートメッセージが一件、入っている。

『酒呑童子からの伝言です』

陰陽師に伝言を任せたらしい。読みくだし、つい眉間に皺が寄る。

――なんだと。

「大丈夫ですよ、茨木様を見れば、いつの時代の男でもすぐさま虜《とりこ》になりますって」

七尾が調子のいいことを言うが、七尾自身は茨木を崇拝というよりは、子犬が親にじゃれるような感じでころころまとわりついているだけだ。そこに、女性への憧れはない。

借りたビジネスジェットは、東京までの帰りの足になる。機長は五葉が頼んだパイロットで、口は堅いがただの人間だ。三人が戻ってくるまで、空港で待ってもらうことになる。

「茨木様。もし土熊がわれらに従わない場合、取り押さえる用意もしております」

空港の駐車場に案内した五葉が、バンの荷室を開けて見せた。中には熊を捕らえるような檻や罠が入っていたが、茨木はため息をついた。

――こんなもので土熊を捕らえられるとは、とうてい思えない。

「五葉の想像力をもってしても、シュテンのパワーは理解できないのだと今やっとわかったよ」

「――土熊もシュテン様なみですか」

「シュテンより五百年も前の鬼だ。シュテン以上かもしれない」

五葉が絶句し、熊の檻を見つめた。

「それに、私たちは土熊の力を借りたいのだ。敵に回すのは得策ではない。檻と罠はしまっておこう。行くぞ」

バンに乗り込む。運転するのは、いつも的確にハンドルをさばく五葉だ。七尾の運転はちゃらんぽらんだし、三輪は運転できない。茨木はここにいる誰よりも上手に運転できるが、免許を持っていない。

――ともかく、誠意をもって頼むしかない。

空港から延々と続く深い山の中の一本道を、バンはスピードを上げて走り抜ける。久美浜《くみはま》を通りすぎると、時おり左手に海がきらめく。日本海だ。車内の誰もが言葉少なだった。これから出逢うはずの古代の鬼に、思いを巡らしているのだろう。

「もし――もし、ですけど」

七尾が、珍しく緊張しているのか、ごくりと唾を飲み込んで呟いた。

「石に血を吸わせても、土熊が目覚めなければどうします?」

「そんなこと、今言ってもしかたないだろ」

五葉が冷たい口調で叱ると、七尾がしゅんとなった。

「――まあいい。土熊以外にも、鬼はいる」

茨木の言葉に、三人が驚いたように目を丸くする。

「だが、それは後回しだ。とにかく、今は土熊を目覚めさせることに集中しよう。立岩は巨大だ。まずは、土熊が封じられた場所を探さなくてはな」

空港から立岩まで一時間ほどと五葉は告げたが、その言葉通りにバンが近くの駐車場に滑り込んだ時には、夕日が砂浜と巨大な立岩をオレンジ色に染め上げていた。

駐車場と呼ばれているが、浜の一角を整地しただけの土地だ。すぐそばを竹野川が流れ、橋が架かっている。立岩を観察するにはうってつけの場所だ。

「血液パックを持ってきてくれ」

七尾と三輪がボストンバッグを持ち、五葉は荷室からツルハシやロープを持ってきた。

「ひょっとすると、立岩に登る必要があるかと思いまして――」

「用意がいいな」

「それから」

五葉が次に取り出したのは、二本の一升瓶だった。茨木は飲まないが、名前くらいは聞いたことのある日本酒のラベルが貼ってある。清酒ではなく、白濁したにごり酒だ。

「――なるほど、準備がいい」

茨木は微笑した。土熊が飲んでいた古代の酒とは異なるだろうが、少しでも似たものがいいだろうと、五葉が気をきかせたのだ。

ブーツの下で、ざりざりと砂が崩れて歩きにくい。三人も、よろめくように茨木についてくる。

間人皇后と聖徳太子の母子像は、先日の襲撃で倒されたあと、まだ修復されていないようだ。砂浜に安置され、ブルーシートでくるまれている。近く、台座から設置し直すのだろう。

夕日が沈もうとしている。オレンジ色の空を背景に、立岩はシルエットのように黒く浮かび上がっていた。

高さ、およそ二十メートル。古代、地下からせり上がってきたマグマが冷えて固まり、波の浸食を受け、今のような柱状節理《ちゅうじょうせつり》が完成した。

いや、立岩はまだ完成などしていないのかもしれない。常に波に洗われ続け、丹後の強風にも吹きつけられ、今も形を変え続けているはずだ。自分よりも遥かに昔から存在する岩に、素直に敬意を表する。

すぐ近くまで強い波が寄せる浜には、漂着したらしいゴミや、貝殻が散乱していた。それを避けながら、立岩の裾まで近づくと、茨木は静かに膝をついた。三人の鬼たちも、彼女に倣《なら》い後方で跪《ひざまず》く気配がする。

縦方向に伸びる、ごつごつとした岩に指を走らせる。

――立岩よ。太古の昔から、丹後の海と船を見守る岩よ。

心の中で、そっと立岩に呼び掛ける。

この岩は、古代から航海の安全を守る神として人々の崇敬を集めてきた。それゆえか、M字状に岩が低くなった部分に小さな石の祠《ほこら》があり、中には子どもを抱いた石の地蔵が安置されている。そこだけ石の色が異なるのは、別の場所で切り出した石を使用しているからだろう。

――大きな危機が迫っている。どうか力をお貸しください、立岩よ。

五葉を振り返ると、彼は日本酒の瓶を一本、栓を抜いて差し出した。茨木は瓶の首をつかみ、高々と掲げて背筋を伸ばした。

「立岩の神に献上する！」

柱状節理の岩に半分ほどかけ、残りは砂地と海に撒いた。

――土熊の居場所はわかるだろうか。

五葉たちも不安に感じているのがわかる。茨木は、ロープを差し出そうとする五葉の手をとどめた。

「たぶん、それは必要ない」

土熊が封じられているとすれば、それはおそらく石の祠の下だ。

「ツルハシを貸せ」

茨木はツルハシを肩に載せ、立岩の柱状節理にひょいと飛び乗り、下から少しずつ上がっていった。目指すのは祠だ。この高さなら、無理をせずとも登ることができる。

近くで見ると、祠も風雨と波に洗われ、地蔵の顔がつるつるに摩耗している。

――だがこれは、親子の像だ。

シュテンを封じていたのも、間人皇后と聖徳太子の親子像だった。

つまり、土熊も――。

ツルハシを握り、高く振り上げる。

「許せ、立岩の神よ！」

祠の横に一撃、たたきつける。岩が大きくえぐれ、祠が傾いた。だが、見えているのはまだ、ただの岩だ。

さらに一撃。そしてさらにもう一撃を加えた時、キン！　という金属的な音が四囲の海にも反響した。

――来たぞ。

岩のかけらを手で取り除くと、岩肌の下に封じ込められていた、表面が滑らかで真っ黒な石が覗いている。無心にツルハシの先で、残りの岩を削り取った。黒い石は、長径二メートルにも及ぶ平べったい楕円形をしている。

「血をくれ！」

砂浜にいる三人に声をかけると、七尾が血液パックの入ったボストンバッグを抱え、身軽に上がってきた。

「どうぞ！」

「お前は下で待っていてくれ」

「でも――」

「だめだ。下りろ」

万が一、土熊が予想以上に凶暴な存在だったり、話が通じなかったりした時は、危険な目に遭うのは自分ひとりでいい。

しぶしぶ七尾が下りるのを待ち、茨木は血液パックの封を切った。

「土熊よ、目覚めよ――！」

22

酒呑童子らは、世田谷からまっすぐ永田町の首相公邸に向かったわけではなかった。

大鳥たちの案内で、まず立川に向かった。そこに、新宿で暴れて、警官に撃たれ石になった「なりたての鬼」がいる。

その三つの巨石を、車に積んで運んできた。首相公邸の周辺は、当然のことだが通常の警官による警備も厳しい。あろうことか、酒呑童子は石を桜田門《さくらだもん》の警視庁の敷地に運びこませた。ここなら、トクチョーの顔もきくし、首相公邸や官邸は目と鼻の先だ。

大鳥から連絡を受け、行人が瑞祥を連れて向かったのも、警視庁だった。

人目を避けるためか、酒呑童子とトクチョーのメンバーは、まるで天幕のようにブルーシートを掛けまわした一角に隠れていた。

「何に使うのですか。鬼の石なんて――」

酒呑童子は何かの実験に使うと言っていた。

「見ていろよ」

酒呑童子がにやりと牙を剝き出し、仲間が置いていった血液パックを三つ開け、大きな盃に血を流し込んだ。さらにそこへ、酒呑童子が自分の左手のひらを、右手の爪でさっと切り、傷から滴る童子自身の血液を垂らす。充分な量の血液が滴ったと見るや、乱暴に指で盃の中身をかきまぜた。

「それは――」

「いいから、黙って見てな」

新しい血液パックを出すと、三つある鬼の石に惜しげもなく掛けていく。血に染まったところから、石はふにゃりと溶けるようにゆらめき、トクン、トクンと脈打ち始めた。少しずつ、石が滑らかさと硬さを失い、どんどん形が変わり、手や足が生え、頭が飛び出し、人間らしい姿を取り戻していく。

大鳥と賀茂が、顔をしかめて見守っている。瑞祥は、初めて目の当たりにする鬼の復活に、目を奪われているようだ。

――こんな場所で、鬼を復活させるとは。

だから、ブルーシートの天幕が必要だったわけだ。

「目覚めたか、『なりたての鬼』どもよ」

酒呑童子が巨大な盃を片手で持って立ち、虚ろな目をした三人の鬼に声をかけた。二十代前半らしい男性の鬼がふたりと、三十代らしい女性の鬼がひとりいた。こうして見ると、生前の面影や表情など人間らしさも色濃く残っていて、だからこそよけいに胸が痛む。

あらかじめ用意された浴衣を酒呑童子が投げてやると、人間らしい羞恥心が働いたのか、三人とも手早く袖を通した。

「血を飲みたいだろう。目覚めたばかりで腹がすいてたまらんはずだ。ここに血があるぞ――」

男性の鬼が、ひくりと小鼻をうごめかし、目の色を変えた。奪うように酒呑童子に飛びかかったが、童子が誘うように盃を引く。

「俺様が盃を持っていてやる。順に少しずつ飲むがいい」

よだれを流しかねない表情で、若い男の鬼が盃の端から血をすすった。恍惚となる男がある程度の量を飲んだと見て取ると、次に待ち構えている鬼に盃を差し出す。三人の鬼が、それぞれ充分に血を飲んで、飽きるほどとは言えなくとも、当座の飢えは満たされたと見ると、酒呑童子がにたりとほくそ笑んだ。

――いったい何をしているのだ。

行人は、万が一、鬼たちが襲いかかるようなことがあれば戦うつもりで、風切りの柄に手をかけていた。鬼は人の一形態だと、茨木と会話して充分理解したつもりではあるが、全身に刷り込まれた恐怖からは、そうかんたんに逃れられない。

「俺様は、酒呑童子である」

酒呑童子が、豊かに響く声で名乗る。

三人の鬼は、どこかぼんやりとしていた。

石の状態から目を覚ましたばかりだから、だろうか。それにしても、何かおかしい。

「俺様は、鬼の王である」

大鳥が、賀茂とそっと目を見かわしている。三人の鬼は、ゆーらゆら揺れている。

「跪け！」

酒呑童子の号令で、雷が落ちた。

いや、まるで雷が落ちたかのように、天幕が揺れた。三人の鬼が、号令とともに目が醒めたかのように飛び上がって直立し、それから慌てて跪いたのだ。

「俺様は酒呑童子」

「酒呑童子さま――」

口の中でもごもごと、三人の鬼が呟く。酒呑童子は片脚を前に出し、ひじを載せて三人の顔をひとりずつ、じっくり観察するように見回した。

「おまえらは俺様の傀儡《くぐつ》だ。俺様の命令は絶対だ。これからは、なんでも言うことを聞かねばならぬ」

三人が抵抗もせず、ほとんどひれ伏すように頭を垂れたので、行人たち陰陽師はあっけにとられてその光景を見守った。

これはどういうことだ――。

「思った通りだった。実験は成功した」

酒呑童子が得意げにこちらを見て、にっと唇を横に大きく引いた。真っ赤な歯茎と、純白の牙がまぶしいほどだ。

「まだ空の上だろうが、茨木にメッセージを送ってくれ。土熊にお前の血を飲ませろとな」

――鬼の血を飲ませるだと――。

「酒呑童子どの、それはどういう意味ですかな。あなたはこの三人に、パックの血液に混ぜてご自分の血を与えた。すると、この三人はあなたの命令に従うようになった――ということですか」

飄然とした賀茂だが、好奇心は人一倍強い。熱心に尋ねている。

「そうだ。人間が俺たちに血を吸われて仲間になった時、血を吸ったやつの命令は絶対だ。だがそれ以外にも、人間に命令を聞かせる方法がある。俺たちの血を飲ませるんだ」

「鬼の血を飲んだ人間は、命令を聞かねばならなくなる――ということですか」

――おぞましい。

そのひとことが、ふっと行人の脳裏に浮かんだ。鬼に血を吸われれば鬼になる。鬼の血を飲めば、鬼のしもべになるということか。

「人間が鬼の血を飲むと、すぐに効果が現れるわけではないが、何年、何十年かけて変化が起きる。俺たちの傀儡になるのだ」

傀儡と彼が呼ぶ存在が、どういうものなのか今ひとつ理解が及ばない。

「傀儡は年を取らない。俺たちと同じだ」

「なんと――」

「これまで、鬼に血を飲ませたことはなかった。だが、土熊を従わせる方法について茨木と話している時に、ふと思いついたのだ。これで、鬼に血を飲ませた場合も、傀儡になることがわかったな。しかも、効果はすぐ現れる。すでに鬼になっているからか――」

鬼が鬼をしもべにする――考えただけで恐ろしいことだった。

鬼は人間の一形態だとはいうものの、これは少々、人間の範疇《はんちゅう》を超えているようだ。

賀茂は、別の問題が気になったようだった。

「しかし――待ってください。この三人を鬼にしたのは徐福でしょう。三人は徐福の命令も聞く。童子どのの血を飲んだから、童子どのの命令も聞かねばならない。童子どのと徐福、ふたりの命令が相反した場合は、どちらの命令を聞くのですかな？」

酒呑童子が、牙を剝き出して我が意を得たりとばかりに笑った。

「よく気づいたな。そいつはやってみなくちゃわからない。だがとにかく、茨木に伝えるといい。徐福がいない場所なら、間違いなくこの手は効果がある」

――なんとも心細いことだ。

だが、こうしている場合ではない。行人は教えられた番号にショートメッセージを打ち始めた。

『酒呑童子からの伝言です。土熊にあなたの血を飲ませてください――』

23

瀕死の鬼が石になる仕組みは、千年もの間それを見てきた茨木にもよくわからない。石に血を吸わせると、蘇る仕組みもだ。

立岩の祠の下に封じられていた、長径二メートルほどの黒光りする石に血をかけると、数秒でその表面がふにゃりととろけ、とくん、とくんと脈打つようにさざ波が走り、あとはゆっくり形を変えて、人の形を取り戻しつつある。

茨木の眼前で、千五百年前の鬼が、息を吹き返そうとしているのだ。

太陽は地平線の向こうに、ほぼ姿を消しつつある。空の下半分は、まだ毒々しいような朱色に染まり、まるで古代の鬼・土熊の復活を祝い、見届けようとするかのようだ。

『酒呑童子からの伝言です。土熊にあなたの血を飲ませてくださいーー』

先ほどスマホに届いたメッセージには、そう書かれていた。鬼の血を飲んだものは、その鬼の人形ーー傀儡になる。己の意志とは関係なく、血を与えた鬼に使役される存在になり果てる。

ーー土熊を、私の傀儡にせよと。

荒々しい日本海の波の音を聞きながら、茨木は黒い石から頭が生え、腕や足が形をとり始めるのを見守っている。立岩の下、砂地では五葉や七尾、三輪らが不安と期待を隠してこちらを見上げている。

傀儡がどんなものかは、知っている。

渡辺綱は、シュテンの血を飲んだ。千年たつ今も、ずっとシュテンの傀儡だ。

茨木は、首を振った。あれは残酷だ。あんなふうに、誰かの人形として生きるものを増やしたいとは思わない。

土熊は、筋骨たくましい四十代の男性の身体を取り戻しつつあった。四十代ーーと思ったけれど、土熊の時代の歳の取り方は、現代とはずいぶん異なるだろう。ひょっとすると、鬼になったのは三十代、いや二十代だった可能性もある。

四角くえらの張った顎に、がっしりと太い猪首、いかり肩と、顔も身体もいかにもいかつい男だ。黒々とした長い髪は、生きていた頃は何かで縛っていたのかもしれないが、今ははらりと肩に落ちている。

顔にいくつもクレーターのようなあばたがあるのは、病を生き延びた証かもしれない。

風の唸りと、最初は聞き違えた。

低く、ざらついた喘鳴《ぜんめい》――土熊の喉から、その音は聞こえた。

目から涙の粒を落とした。

「――土熊どの」

茨木が、そっと呼びかける。

蘇ったものの、岩に半身埋もれたまま、薄墨色の夜空を見上げる土熊が、ぼうっと半分開いた目から涙の粒を落とした。

――千五百年、眠りについていた鬼は、完全に蘇ることはできないのではないか。

そんな懸念も抱きながら、茨木は土熊の唇に、封を切った血液パックの口をあてがった。土熊の舌に、とろりと深紅の血液が落ちていく。彼はそれを、赤子が乳を求めるように無心に吸っている。ひとつめの容器が空になったと見るや、茨木はすぐ次を彼の口にあてた。五葉たちは、惜しげもなく大量の血液パックを用意していた。

近くの木から取ってきたヤドリギの枝を、茨木はそっと土熊の髪に挿した。彼は気にも留めていないようだった。

「あしひきの、山の木末《こぬれ》の寄生《ほよ》取りて、挿頭《かざ》しつらくは千年《ちとせ》ほくとそ」

千五百年前の鬼と言葉が通じるかどうかは知らないが、もし通じるなら『万葉集《まんようしゅう》』あたりでギリギリだろうと思い、記憶の底から引っ張り出す。千年の人生で、茨木もそれなりにものを覚えた。千年続く長寿を祈り、寄生木《やどりぎ》を髪に挿した――大伴家持《おおとものやかもち》が宴席で詠んだ歌だそうだが、ほんとうに千年、千五百年と生き延びた鬼に贈るにふさわしい歌ではないか。

「寝覚めておいでか、土熊どの」

ようやく血液パックから口を離し、ぼんやりと唇についた血を舐めていた土熊の目が、そのときしっかりと見開かれた。

土熊がゆらりと岩から上半身を起こすと、寄生木の枝が転がり落ちる。

ふううう――と、その発声器官から獣のような唸りが漏れた。茨木はすかさず、素焼きの深い器に日本酒をなみなみと注ぎ入れた。もはや、土熊は言葉を交わすこともできないほど、千五百年の封印で何かが壊れたか、衰えたかしているのかもしれなかった。

「私の言葉がおわかりか、土熊どの。口直しに酒を差《さ》し上げよう」

土熊は、差し出された器をぼんやり見つめ、鼻をくんと鳴らした。器に口をつけると、水を飲むようにごくごくと喉を鳴らした。最後は茨木の手から器をもぎとり、自分の右手でしっかり握って飲んだ。気に入ったらしい。

「土熊どの。私の言葉がわかるか」

辛抱強く、茨木は繰り返した。

正直、言葉はまともに通じないかもしれないと覚悟していた。現代の日本語は母音がアイウエオの五つだが、古代は母音が八つあったという。茨木がうっすら記憶している、彼女自身が生まれたころですら、今とはまったく異なる日本語だったのだ。

酒を飲みほした土熊が、機嫌よく器を持った手を茨木の前に差し出した。もっとくれという意味らしい。茨木は黙って酒を注いだ。二杯めは、先ほどより勢いよく土熊の喉が上下した。

下で、五葉たちが落胆するのがわかった。

もはや、土熊は戦士ではない。予想できたことだ。千五百年の惰眠をむさぼった古代の鬼は、己の恨みなど、記憶のかなたに置き去りにしてきたのだとしてもおかしくない。

体格は良いが、徐福との闘いでシュテンの側について共闘できるような、自己を持っていない可能性がある。

無言で彼は酒を飲み、一升瓶をすべて飲みきるまで、何度も茨木に注がせた。これだけ飲んでも顔色ひとつ変わらないのは、土熊の身体が鬼だからだ。シュテンも、大江山時代からいくら飲んでも普通の酒では酔わなかった。彼が初めてしたたかに酔ったのは、神便鬼毒酒を飲まされたときだけだ。

もう酒はない、と茨木が瓶を逆さにして振ると、土熊は腹の底からハァァァァと深いため息をついた。満足げな響きだった。

「土熊どの――」

「まろこ」

いきなり土熊の唇が、意味のある言葉をつむいだ。石になる直前の記憶が、蘇ってきたのかもしれない。己を退治した親王の名を呼び、眉をひそめてこちらを見ている。

「――麻呂子親王は死んだ。あれから千五百年経った」

茨木の説明を完全に理解したかどうかは怪しいものだ。だが、ある程度は状況を把握したのだろう。土熊は一瞬、驚いたように目を瞠り、それから天を仰いだ。このあたりは星がきれいに見える。

土熊は、目の美しい男だった。

現代の感覚では、美男と呼ぶにはほど遠いかもしれない。だが、その双眸《そうぼう》は黒々と澄みわたり、夜空の星を映して輝いていた。

「あなたの力を借りたいのだ、土熊どの」

会話になるほど、言葉が通じるはずもない。そうは言いつつも、日本語は日本語だ。万葉集を読めば、かなりの単語が当時からあまり変わっていないこともわかる。身振り手振りをまじえてゆっくり話せば、非言語コミュニケーションができるかもしれない。

あるいは——。

シュテンが目覚めた時のように、土熊にも自分の記憶を流し込むことはできるのだろうか。シュテン以外の鬼でも試したことはあるが、今回、シュテンに百五十年分の記憶を流したのが最長の記録だ。

千五百年分の歴史。

もちろん、茨木自身もすべてを知るわけもない。土熊の助けを求めることができるくらいに、言葉が通じればそれでいい。

だが、人間の精神は、これほどかけ離れた時間の知識が一瞬に流れ込んできても、耐えられるものなのだろうか。

どうしたものかと迷っていると、座ったままの土熊がふと自分の身体を見下ろし、裸の胸に触れた。周囲を見回しているところを見ると、衣服がないことに気づいたのだろう。

「これは失礼した」

茨木は岩の下に、土熊が着るものを持ってくるよう声をかけた。考えが及んでいなかったが、用意のいい五葉なら何か持参しているだろう。

案の定、白いシーツとベルトを持って、五葉が駆け上がってくる。

「ひとまず、これをまとうとよろしかろう」

立ち上がった土熊に、五葉が手際よく布を巻き付け、腰のあたりをベルトでしっかり留めた。

立ち上がると、それほど大きな男でもない。シュテンのほうが体格は良さそうだ。巻き付けたシーツと素足のせいで、土熊は古代日本の鬼というより、古代ギリシアの戦士のようにも見えた。

土熊がまだ周囲を目で探しながら、何か言った。言葉が聞き取れなかったので、やはりこちらの言葉も彼には伝わっていなかったのだろうと茨木は落胆した。

「――なんと言われた」

土熊は、浮遊するような言葉を話した。明瞭には聞き取れないのだが、時おり混じる単語から、日本語であることは間違いない。日本語をふやかしたような喋り方で不思議な感覚だが、繰り返し聞いていると、ひょっとすると剣について語っているのかもしれないと気がついた。

「自分のつるぎがない、と言われているようですね」

「五葉もそう思うか」

千五百年の眠りから覚めて、真っ先に探すのが剣ならば、まだ戦う意志があるということだ。

「つるぎが必要なら、差し上げる」

何かを手渡すしぐさを繰り返すと、土熊が、じっとこちらを見つめた。言葉は理解できなくとも、意図は通じているようだ。

「だが、ここにはない。私とともに来てもらえますか」

小首をかしげ、耳を傾けていた土熊が、うんうんと頷くと岩を下り始めた。一緒に来いと言ったのは、どうやら通じたらしい。

砂地で待っていた七尾と三輪が後じさりしているのは、伝説の鬼を目の当たりにして怖気づいているのだろう。

「車に戻ろう。土熊どのと一緒に、東京まで行くぞ」

ふたりが目を丸くした。

「――」

土熊が何か呟いた。周囲の一帯は田んぼや砂浜、何もない荒れ地で、少し離れた場所にホテルがあったり、道の駅があったりする。土熊が何を見ているのか知ろうとしたが、千五百年ぶりに世界を前にした、新鮮な目と同じように見るのはなかなか難しい。

土熊が驚いたように、遠くのホテルの光を指さしている。

「ああ——あれは照明だ」

夜なのに明るい。火を燃やしているようでもない。それを驚いているようだ。

「これからもっと驚くことばかりだ」

砂を踏んで駐車場に停めたバンに戻ると、五葉がまだ離れた場所からリモコンキーで車のロックを解除した。電子音とともに車内の照明がついただけで、土熊が驚愕している。

「どうぞ。乗ってください」

後部座席のスライドドアを開け、土熊を乗せようとしたときだった。

どこかで、犬が鳴いた。

土熊の身体がびくりと反応し、耳はまるで猟犬のように尖り、全身で犬の位置を探ろうとしているのがわかった。

足音と犬の鳴き声は、近づいてくる。男の話し声が聞こえるが、ひとりで喋っているところから考えて、犬の散歩をしながらスマホで誰かと話しているらしい。

犬は首に巻くタイプのライトをつけており、ぼんやりとした白い光が近づくのが見えた。

「土熊どの。どうぞ中へ」

促した茨木の手を払い、土熊がふらりと車を離れて歩きだした。

「土熊どの?」

不穏な気配を感じ、茨木が彼を制止しようとしたときだった。散歩中の犬の姿が、ちらりと見えた。白い大型犬だ。

「――白犬！」

これは明瞭に聞き取れた。

――白犬？

「麻呂子親王――!!」

わなわなと震える土熊の肩の筋肉が、みるみるうちに怒張して盛り上がり、身体もむくむくとふくらんでいく。

さほど大きな男ではないと考えていたが、それはあくまで人間だったころの土熊の話だった。鬼になった土熊は、石と化したとはいえ、千五百年の長きにわたり生き延びてきたのだ。

「土熊どの、それは違う！」

怒りで我を忘れた土熊が、悪鬼の形相で犬と男に襲いかかる！　茨木は慌てて彼と犬の間に立ちふさがった。

土熊の真っ赤な顔が、茨木の顔の間近にあった。火竜の炎のように熱い息が、まともに顔にかかる。土熊の犬歯が、鋭く長い牙となって唇から覗いている。

「待ってくれ、土熊どの！」

犬は、向けられた憎悪と彼我の力の差を瞬時に読み取ったらしい。キャンとひと声鳴いて飛び上がり、死にものぐるいでリードを振りほどいて逃げていく。仰天した飼い主の男は、犬の名を呼んだものの、土熊を見て腰が抜けたのか、茫然とスマホを耳に当てたまま、立ちすくんでいる。

「三輪、あいつをどこかに！」

「はい！」

三輪が素早く男に駆け寄り、腕をつかんで走りだす。追いかけようとする土熊を、茨木は抱きとめて制止した。

「やめろ、土熊どの！」

「――――！」

俺の邪魔をするなと、おそらく土熊は真っ赤な口で叫んだ。

24

「総理は、いましがた銀座の鮨店に向けて出発されたそうです」

緊張した面持ちで、トクチョーの駒田が無線を聞き、報告する。

「――よし。これでひとつクリアだ」

行人は頷いた。

警視庁の会議室を借りた。大鳥や賀茂をはじめ、トクチョーの課員たちがここに集まり、徐福と対決するための準備を進めている。

もちろん、中心にいるのは酒呑童子だ。

夜になっても、まだ首相公邸を襲撃できないと制止され、彼は明らかに機嫌を損ねている。

――作戦の前に、まず総理とご家族を公邸から隔離しなくてはならない。

でなければ、首相公邸で自分たちと対決するのは、徐福の前にまずＳＰや機動隊だ。トクチョーも警察の一員であり、同士討ちの危険は避けたいものだ。

公邸から総理一家を遠ざければ、完全に空にはならないものの、警備は平常より手薄になる。

（問題は、公邸から離れていただく理由を、総理には言えないことです）

大鳥が苦渋をにじませて酒呑童子に説明したのだが、童子は「どうでもいい」と言いたげに長机に寝そべっていた。

総理は、すでに徐福の操り人形として動かされている恐れがある。今年七十二歳の総理には、六十七歳の妻がいる。四十代の子どもたちふたりはすでに独立しているので、公邸の住人は総理夫妻だけだ。

だが、理由も告げずに、どうすればふたりを公邸から引き離すことができるのか。しかも、徐福に感づかれずに。

今夜は総理の会食の予定もなく、夫人はふらふら出歩くタイプの女性ではなかった。

一計を案じたのは賀茂だった。

（警視総監の永山《ながやま》さんは、総理と同郷でしたな。しかも、来春には退官される）

そのひとことで、大鳥にも話が通じたようだ。永山警視総監と総理が親しい仲だということは、知る人ぞ知る話だった。年齢は離れているが、同郷で高校まで同窓なのだ。

一年先まで予約が取れない人気店の席を、たまたま人に譲られたからという理由なら、急に食事に誘っても不自然ではない。永山もだが、総理も鮨が大好きだ。

大鳥が、前に経営者の命を救ったとかで、銀座の名店に顔がきくと言った。

警視総監の永山とは、大鳥と賀茂は親しい仲だ。話はとんとん拍子に進み、予約の取れない店の、奥まった特別席を譲り受け、総理夫妻と警視総監を送り出すことに成功したわけだった。

その間にも行人らは、徐福が公邸のどこに潜んでいて、どこから侵入するのが上策か、検討を重ねていた。

目的は、黄金武塔のリーダー、村埜士郎の救出だ。徐福はなぜか、村埜に固執している。村埜がこちらの手の内にあれば、徐福の弱みを握れるという見立てだ。

鬼たちが公邸に侵入し、徐福の目を引きつけている間に、陰陽師が村埜を盗み出す。そんなざっくりとした計画を立てたのだが。

——いったい、徐福はどこにいる？

以前、行人と大鳥が公邸に入り、総理に報告した際には、一階の小部屋にいたと思われる。その後、徐福が村埜を取り戻したときも、壁紙の模様や調度品から、まだ同じ場所にいたはずだ。

だが、今もそこにいるとは限らない。

すでに総理公邸から立ち去った後なら、どうすればいいのか。

「何を言っている。あいつの妖気を感じないのか？　陰陽師《おまえ》たちは」

不機嫌な酒呑童子が、長机に転がってひじ枕をした姿勢でぼやいた。

「酒呑童子どのは感じるのですか。徐福が公邸にいる気配を」

瑞祥が興味を覚えた様子で尋ねる。彼は、しばらく茨木童子やその配下の鬼たちと過ごしたせいで、鬼が身近にいることに、あまり抵抗を覚えなくなっているようだ。

「感じるぞ。ここは離れているから、うっすらとだがな。近づけば、はっきり感じるだろう」

「では——酒呑童子どのが徐福の気配を感じるなら、徐福も童子どのの気配を感じているのでしょうか」

「感じるだろうよ」

酒呑童子がにたりと牙をむく。

「あいつも、俺様が何か企んでいるなと、今ごろ手ぐすね引いて待ってるだろう」

「そんな！」

それが本当なら、酒呑童子は公邸に近づけないではないか。

「真正面から徐福に決闘を挑むからいいのさ」

むくりと起き上がった酒呑童子は、何かの音に耳を澄ますように、首を傾けた。するりと長机から足を下ろす。

「――そろそろ行こう」

有無を言わせぬ声だった。酒呑童子が徐福の気を感じるというなら、今がその時だと彼は考えているのだろう。

たしかに、総理夫妻が公邸を離れた今がチャンスだ。

公邸を警備する警察官はいるが、彼らにも理由を話して警備を解かせるわけにはいかなかった。もはや、徐福の影響がどこまで及んでいるか、わからないからだ。

――腹をくくるしかない。

大島と賀茂に目をやると、彼らも身支度を整え、頷いた。駒田をはじめ、トクチョーの課員たちもヘルメットと機動隊の制服や盾を身につけ、火炎放射器や銃器で武装している。徐福相手に何が有効か、いまひとつ確信が持てないが、火はすべてを浄化するはずだ。

瑞祥まで、機動隊の出動服を着こんでいるのを見て、行人は慌てた。

「瑞祥。おまえはここで待機せよ。何日も人質に取られていたのだ。本来なら医師の診察を受け、休暇を取らねばならないのだぞ」

細い眉を上げ、瑞祥は凜とした態度で首を横に振った。

「まさか、課長。こんな時にひとりだけ待機などできません。私もお供いたします」

——この子も、言いだしたら聞かない子だった。

世間一般の親子のように、その成長をそばで見守ってこられたわけではない。ずっと気がかりではあったが、親戚の子どもとして、遠巻きに見つめるしかなかった。

それでも、ふだんおっとりしているのに、こうと決めるとがむしゃらに突き進む芯の強さを秘めた性格など、どこか自分にも似ている気がして、ほんのり心が慰められたものだ。

「——わかった。それなら、公邸の警備にあたる警察官を、駒田たちと一緒に鎮圧してくれ。同じ警察官だ。怪我をさせるなよ」

「——御意」

瑞祥の頬が紅潮する。陰陽師が祓うのは、人外の「魔」だ。人間相手、しかも警察官が相手では、かえって荷が重いかもしれないが、そちらに気を取られていてくれるほうが、徐福と接触する確率が減るので助かる。

もう、瑞祥を危険な目には遭わせたくない。

気まぐれな酒呑童子の指揮のもと、少しずつ作戦の内容が変化しつつあるのを感じる。

当初は、徐福の弱みを握るために、村埜を救出するだけのつもりだった。

だが、酒呑童子は正面から徐福に戦いを挑むという。つまり、なし崩し的に徐福との最終決戦になだれ込む恐れもあるのではないか——。

それが、酒呑童子のただの気まぐれでなければよいのだが。

酒呑童子が復活させ、自分の血を飲ませた三人の「なりたての鬼」たちも、何が起きているのかよく理解できない風情だが、童子の命《めい》は絶対らしい。静かに会議室の隅に控えていたが、「おまえたちも一緒に来い」と童子がひと声かけると、慌てて立ち上がり、ついてきた。

「徐福は、俺様や陰陽師の気配を正確に読むだろう。だが、この三人の鬼は、気配が微弱だ。ふつうの人間と変わらない」

酒呑童子は、横目で三人を指し、行人に説明した。

「だから、俺様たちが公邸に乗り込んで、徐福と対決する隙に、この三人に村埜を救出させるのだ。別行動で公邸に乗り込む、案内役を用意してくれ」

なるほど――と言いたいところだが、そううまくいくのだろうか。だが、やってみるしかない。

「徐福に気づかれないよう、案内役は陰陽師でないほうがいいな。駒田、頼めるか。村埜はきっと公邸にいる。意識があるかどうかわからない。あの三人と一緒に探して、救出してほしい」

つい最近まで交番勤務の巡査部長だった駒田が、ちらっと三人の鬼を横目で見やり、緊張で顔をこわばらせつつ頷く。

「承知しました、やってみます。そのう――私を食わないように、言ってくださいね」

酒呑童子が天井を向いて大笑いした。

「そうだな。人間が鬼と一緒にいて、不安になるのも当然だ。いいかお前たち、仕事が終わればうまい血を飲ませてやる。それまで、勝手に仲間の人間の血を飲んだりするなよ」

若い男ふたりと女ひとりの三人の鬼が、恐縮したように頷く。こうして見ていても、鬼だと知らなければ、そのあたりを歩いているふつうの人間だ。

「わかりました。駒田さん――ですか？　どうぞ、よろしくお願いします」

しごくまっとうに挨拶されて、駒田が目を白黒させている。この三人は、黄金武塔に入信して徐福の餌食になる前は、どんな生活をしていたのだろう。よくよく観察すれば、真面目そうな男女だった。意外にまともな職業に就いていたのかもしれない。

――今、そんなことを考えたところで詮無いことだ。

行人は感傷を振り払い、会議室のドアを開けた。

「駐車場に車を用意しました。公邸まで徒歩でも二十分かかりませんが、乗っていきましょう。一分一秒でも惜しい」

本音は、機動隊の出動服を着たトクチョーや、着物姿の大鳥たち陰陽師、それにジャージ姿の酒呑童子という取り合わせで、桜田門から永田町まで闊歩《かっぽ》するのを避けたかったのだ。

酒呑童子がにいっと笑った。

「お前たちは、車でゆっくり来い」

言ったが早いか、童子の姿は消えていた。つむじ風のように、行人のそばをすり抜けて去った。

一瞬、あっけにとられたが、行人もすぐに我に返った。

「いかん。酒呑童子が勝手な真似をする前に、私たちも早く！」

鬼が意外に人間らしい部分を持っていることは、少しずつ理解した。だが、鬼とともに行動するのには、まだ慣れない。

25

獣くさい息だった。

まだ五つだった茨木が、わずかに覚えている父の記憶だ。そのとき、父は病で死にかけていた。

高熱にうなされ、おそらく身体の中から腐りかけていた。脂汗と垢とがまじりあう、ひどい悪臭が小屋にたちこめていた。

「――――！」

いま土熊に喉を絞め上げられながら、ふいに千年も昔の子ども時代を思い出した理由は、その息だ。土熊からも、そっくりな臭いがする。石になって千五百年を飛び越えた古代人の臭いだ。

「茨木様！」

「おやめください、土熊どの！」

五葉と七尾が口々に叫び、土熊の身体に飛びついて茨木から引き離そうとしているが、いかんせん膂力《りょりょく》に差がありすぎる。ふたりともひよわな現代の若者で、土熊が名前のとおり熊のような太い足で蹴り上げると、手もなく飛ばされて転がっている。

「――来、るな、いつは――ななお」

茨木は苦しい息で声を絞り出した。

混乱している土熊を落ち着かせて、東京に連れて行くのだ。

白い犬など見せてしまったのは、茨木の落ち度だった。聖徳太子の異母弟、麻呂子親王が丹後の鬼退治に乗り出した際、伊勢の神が老爺に姿を変えて現れ、白い犬を献上した。三人の鬼のうち、英胡と軽足はすぐ討たれたが、土熊が逃げて身を隠し、行方が知れなかったとき、この白い犬の頭についた鏡で道を照らすと、土熊の居場所がわかったという。

土熊が怒りで取り乱すのも当然だ。

おそらくその犬は、現代の警察犬のように、土熊の臭いを追ったのだろう。

「放せ！　麻呂子はもう死んだのだ！」

ほっそりした腕でも、茨木の力は強い。だが今日は、大鳥に斬られたばかりの右腕が使えない。

まだしっかりつながっていないし、無理をすると治りが遅くなるだろう。

ぎりぎりと首を絞める土熊の手首を握り、どうにか指を引きはがしながら、茨木は怒鳴った。

「いつまでも麻呂子にこだわるな！　それよりもっと強大な敵がいるのだぞ」

同じ日本語でも、土熊の時代と今とでは、ほとんど外国語のように通じない。だが、心からの叫びは言葉以外の部分で通じるものがあるはずだ。

「――――！　――――！」

土熊も真っ赤な顔で喚いている。何を言っているのかわからないが、自分の邪魔をするなと言っているのに違いない。

――どうしたものか。

しょせん、顔も見たことのなかった古代の鬼を味方に引き入れるなど、無謀な計画だったのだ。シュテンは時に、こうした無体《むたい》を平気で言いだす。

白い犬を見ただけで狂乱する鬼など、徐福との闘いで共闘できるとは思えない。

――いっそ殺すか？

千年も封印されていた鬼を解き放った自分には、責任がある。このまま土熊を放置すれば、きっと近隣住民に災いをもたらし、陰陽師どころか機動隊、自衛隊にも出動要請があり、伝説の鬼がクローズアップされるに違いない。そうなれば、茨木が百年かけて築いた新しい鬼のありかたも瓦解する。

放置できないなら、ふたたび石に返し、封印する。

――だが、これだけの強さを持つ鬼を、いったいどうやって――。

殺すのも難しい。それにこれだけの強さ、徐福との闘いの前に、いかにも惜しい。

――いちかばちか、やってみるか。

シュテンや仲間の鬼以外に試したことはないが、自分の記憶を土熊に流し込む。脳が情報量を受け入れず、失敗すれば、土熊は斃れるかもしれない。うまくいけば、少なくとも言葉は通じるようになるはずだ。だが、ここまで怒りに満ちた今の土熊に、術が通じるだろうか――。

試すしかない。

茨木は土熊の手首を強く握った。

――土熊、私の千年を見よ！

脳のニューロンには、電気信号が走っている。脳とは、有機的な電子回路のようなものだと七尾が説明してくれた。だから、その信号を奔流のように土熊の脳に浴びせかけるのだ。

びくりと土熊の身体が震えた。

土熊の腕の力が緩むのを感じる。彼が衝撃を受けているのは間違いない。生まれて初めて、他人の記憶を直接、脳に流し込まれる体験をしているのだ。

やめろと言うように、土熊が身をよじった。熱いものに触れたかのように、茨木の喉から手を離し、一歩下がろうとしたが、茨木は土熊の手首をつかんだまま放さない。

「――――!!」

土熊が天をむいて咆哮する。茨木を振り放そうと腕を持ち上げ左右に振ったが、茨木は歯を食いしばり、しっかりとつかまった。

放せ、と土熊が叫んだ気がした。

放さない。ぜったいに放すものか。

カッと裂けた真っ赤な口を開き、土熊が茨木の首に咬みついてきた。鋭い牙が、ざっくりと右の首筋に突きたてられるのを感じた。

「茨木様――！」

土熊に突き飛ばされて失神していた五葉が目を覚まし、そのへんの棒きれを握って突進してくるのが見える。

だがそこで、茨木も気を失った。

26

行人らが首相公邸に着いた時には、とっくに戦いが始まっていた。

酒呑童子は、桜田門の警視庁から首相公邸まで、車より速く駆け抜けたらしい。路上に突き飛ばされたらしい人々が大勢転んでいたし、そろってみんな公邸の方角を見送っていたから、気ままな突風のように他人の存在など歯牙にもかけず駆けたに違いない。

首相官邸と公邸を警備しているはずの警察官たちが、敷地のあちらこちらで倒れていた。酒呑童子は、行人らの手間をあっさり省き、ひとりで公邸に飛び込んでいったらしい。

いま自分たちは、生身の人間とは桁外れの、酒呑童子のパワーを目の当たりにしている。

「しっかりしろ！　怪我は」

公邸の玄関前に倒れている警察官が、呻き声を上げたのを見て、行人は傍らに膝をつき尋ねた。まだ若い。目を開けたものの、状況が把握できず混乱している。

「大きな男が……止めようとすると、いきなり壁に、投げつけられて……」

「わかった。少し休め」

見たところ、大きな怪我はなさそうだと見て、行人は瑞祥を手招きした。

「警備の警官を助けて、怪我をしているものがいれば手当をしてくれ。必要なら救急車も呼んでいい。だが、応援は必要ないと言っておいてくれ」

「御意！」

「それから、大事な仕事をおまえに任せたい。徐福との戦闘が長引けば、総理夫妻がここに戻ってくる恐れがある。警備が制止するだろうが、徐福の影響下にある総理は、制止を振り切ってでも中に入ろうとするかもしれない。それを解除《はら》えるのは、おまえしかいない」

「撫物《なでもの》ですね」

「そうだ。やってくれるな」

「御意」

瑞祥が頬を紅潮させた。

撫物とは、災厄に取りつかれた人の身体に当てて、厄を移すものだ。主として人形が使われ、厄を移した後は、水に流すなどして災厄を消し去る。

ふいに、行人は胸中にこみあげるものを感じ、瑞祥の身体を抱き寄せた。

子どもの頃から、何度こうして、この子を抱いてやりたいと願ったか知れない。だが、それは決して許されることではなかった。

ろうたけた貴婦人の白い横顔が、まな裏に浮かぶ。あの幸薄い人は、瑞祥を産んだ後、数年で病を得て亡くなったと聞いた。

――罪の子。

行人は指さされる痛みを静かに味わっていたが、この子には何の罪もない。たいせつな、たいせつなわが子だ。

「――いいか、瑞祥。よく聞くのだ。明治七年、特別調査課が発足して百五十余年。これは酒呑童子と徐福が対決する、課始まって以来の未曽有《みぞう》の事態だ。大鳥様や賀茂様も同行している。もし我ら全員に万が一のことがあれば、安倍晴明以来の陰陽道がとだえるやもしれん」

「課長――」

瑞祥は行人の腕の中で声を震わせた。

「何があっても、おまえは生き延びよ」

これだけは言わなければいけないと、ふいに強く感じた。

「この戦いは、我らが責任を持つ。おまえは必ず、生き延びて陰陽道を後世に伝えるのだ」

瑞祥が、するりと行人の腕から逃れた。

若い女のように整った顔は、静かな決意の色に満ちている。

「――課長。大鳥様や課長なきこの世に、ひとり永らえて何の意味がありましょうや」

「瑞祥！」

「ご武運をお祈り申し上げます」

涼しく一礼すると、瑞祥がトクチョーの課員を連れ、警官たちの介抱に向かった。

――あの子は那智家の子だな。

誇らしくも哀れで、胸をしめつけられるような思いとともに、行人は駒田を呼んだ。

「あの三人の鬼たちと、しばらく隠れて様子を見てくれ。われわれは中に入り、村埜の居場所がわかれば無線で知らせる」

「承知しました。なるべく徐福に気づかれぬよう侵入します」

「頼む」

大鳥と賀茂はふたりだけ離れて、公邸敷地の四方隅に埋鎮呪法《まいちんじゅほう》の結界を張っている。二枚の小さな素焼きの皿を合わせ、内側に呪文を書いて紐で縛り、土に埋めていく。古来、寺社の長久を願ったり、井戸神を鎮めたりするために使われた呪法だ。

腰を伸ばした大鳥が頷いた。

「用意はいいぞ」

徐福は、奇妙な空間接続の術を使用する。万が一、戦いの最中に公邸から逃げられては困る。大鳥たちは、埋鎮呪法で徐福を公邸に閉じ込めようとしているのだ。

「どこまで効果が期待できるかは、未知数だがな」

行人は頷き、風切りを抜刀した。

「では、参ります」

行人が先頭に立ち、玄関ホールに進入すると、大鳥たちが続いた。

先に酒呑童子が侵入したはずだが、公邸の内部は異様なくらい静まり返っている。

――まさか、すでに酒呑童子が返り討ちに遭った後ではあるまいな。

徐福を逃がさぬよう結界を張る前に、逃げたとしたら――。

賀茂が呪符を背広の内ポケットからするりと引き出し、大理石の床に滑らせた。

ポキポキ音がしそうな細い指で印を結ぶ。

「急々如律令《きゅうきゅうにょりつりょう》！　白鼠、来よ！」

ざあああっと砂が流れるようなざらつく音がして、どこから現れたのか、びっしり床を埋めつくすほどの白鼠が、玄関ホールから公邸の四方八方に散っていく。広々とした正面階段、組閣の際に写真撮影で使われたコンパクトな西階段、大理石の床、緋色の絨毯の上を小さな白鼠が駆け回る。

賀茂は、式神を使って徐福たちの居場所をつきとめようとしているのだ。だが、やがて鼠たちが、白い奔流となって先を争うように戻ってきた。少し数が減ったようにも見えるのは、行人の勘違いではないだろう。

「――おお、そうか。それはご苦労。もう休んでいいぞ」

戻った一匹の白鼠を手のひらに載せ、賀茂がなにやら耳を傾ける。その白鼠は他よりひとまわり大きく、ルビーのように赤い目を光らせている。

「大鳥どの、行人どの。徐福と酒呑童子は、一階の大ホールにいるようだ。そこに祭壇がしつらえられているそうだから、村埜 某《なにがし》もそこにいるのではないかな」

「白鼠、だいぶやられましたな」

引き揚げていく白鼠の大群を見やり、大鳥が呟くと、賀茂がかすかに苦笑した。

「大ホールに近づいただけで、徐福と酒呑童子の瘴気にあてられて、消えたものがいたようです。鼠ども、なかなか賢いから、自分の命が危ういと気づくと、それ以上は近づきませんな」

「なるほど」

徐福と酒呑童子という、鬼の二巨頭があいまみえるなか、白鼠の式神など吹けば飛ぶような存在だろうが、そういう意味では、自分たち陰陽師も白鼠とさほどの違いはないかもしれない。

――それでも、私たちは行かねばならぬ。

行人は先に、無線で駒田に呼びかけた。

「村埜は徐福とともに一階大ホールにいる模様。引き離すまで待て」

『了解』

駒田の返事を聞き、先を急ぐ。

大ホールは、玄関から右手に曲がり、西階段の脇の廊下を入ったところだ。総理が主催する晩餐会など、公的な行事でも利用される、三百平米を超える美しいホール——との基礎知識は行人にもあるが、入ったことはない。

油断なく風切りを構えて、そろそろと近づくと、開け放たれた扉の前に来たあたりで酒呑童子の朗々とした声がかかった。

「よう、陰陽師。やっと来たな」

大鳥が眉をひそめる。

——あいつ、まさか寝返ったのでは。

そもそも、徐福は酒呑童子を鬼にした「親」だというではないか。

「入れよ。いま徐福と話していた」

酒呑童子のぞんざいな言い方は変わらない。行人は大鳥たちと視線を交わし、そのまま静かに大ホールの入り口をくぐった。

——これは、何だ。

まず目を引いたのは、ホールの壁をびっしりと覆う、白く繊細な糸だ。何重にも繰り返し、繰り返し丹念に張り巡らされており、ひと目見て、巨大な繭の内側に迷い込んだような心地がする。

ホールの奥中央には、黒檀《こくたん》の香炉台の上に、銅器の香炉が設置され、細い煙をくゆらせている。

賀茂の式神は「祭壇」と報告したようだが、だとすればこれは何に何を捧げる祭壇なのか——。

目を凝らした行人は、香炉の背後に、白木の寝棺が置かれていることに気づいた。ふたは閉めず、ずらして置かれているが、薄い白羅紗を掛けているので、部屋全体に溶け込むように目立たない。

――あれだ。

探している村埜は、きっとあの寝棺の中にいる。

自宅の車庫で、村埜は繭に包まれ眠っていた。今も寝棺の中で眠り続けているのだ。

徐福は純白の道服に白髪白鬚で、まるでこの部屋と一体化したかのようだ。

ひとり異彩を放っているのは、酒呑童子だった。彼は大きな目をぎょろりとこちらに向け、牙をむいて笑った。

「なんだ、遅かったじゃねえか」

「やれやれ。陰陽師ごときが、またしても我々の会談に水を差すつもりかの」

徐福がため息をつく。

行人は風切りの先を慎重に下に向け、一歩進み出た。

「徐福、ここで何を企んでいる！」

「おまえに関係あるまい」

ピッと、徐福がまるで冗談のように爪の先を弾いたとたん、行人の足元の床が砲弾でも落ちたように弾け飛んだ。とっさに飛びのかねば、足を失っていたかもしれない。

「徐福の故郷の話を聞いていた」

酒呑童子が、存外まじめな表情になる。

「真実かどうかは測りがたいが、なかなか痛快だぞ」

「嘘かもしれんと思って聞いていたのか？　これは無体な、童子よ」

徐福が長い鬚を指でしごき、大声で笑った。

「まあ、何千万年も昔に流星に乗ってこの星に来たと言われても、人間の短い一生の感覚では、測りがたいかもしれんがの」

「おまえの仲間は、どのくらいいたんだ？」

「そうさな——数えたことはないが、数十はいたはずだ。今も生き残っているのは、ほんのわずかだろうがね」

「みんな死んだのか」

「ほとんどみんな、死んだようだな。八十年ほど前には、ヒトラーと名乗った仲間が死ぬのを感じたよ。それ以来、仲間の存在を感じないな」

行人は眉をひそめ、懐疑的に彼らの会話を聞いていた。たしかに、地球の生命体の起源は、隕石についていた生命体だという説がある。だが徐福は、地球で哺乳類が繁栄し始めたころに、彼らが流星に乗りこの星に到着したと言っているのだ。

「徐福——という名前は、秦の始皇帝に謁見したときから名乗り始めたのか」

「『古きもの』にも名前くらいあるさ。徐福という漢字をあてたのは、音が似ていたからだがね」

「ふうん。ま、仲間はいいもんだ。俺には大江山の仲間がいて、おかげで楽しいもんさ」

酒呑童子が言って、顎に手を添えた。

「仲間を失ったあんたは、気の毒だと思うよ。だが——」

「だが？」

徐福が好々爺然とした皺深い口元に、うっすらと笑みを浮かべた。行人はひそかに脅威と感じたが、酒呑童子は平然と腰に手を当てて背を反らした。

「俺が聞きたいのも、そこの陰陽師と同じだ。あんたは何を企んでいる？　寝ていた俺を起こし、鬼を百人も作り、そこの若いのを捕まえて何をする気だ？」

徐福がにんまりと微笑し、まるで痙攣《けいれん》するように、肩の先をひくひくと上下させた。

「――それは、言えないね」

「言えない？　どうして」

「言えば邪魔をするだろう、童子」

「なるほど。そう言えば、そうだな――」

酒呑童子が素直に頷くと、にたりと笑った口が耳まで横に裂け、歯ぐきと白い歯をむき出した。笑っているのだとは、行人はしばらく気づかなかった。

酒呑童子の口から、ヒャラヒャラウハウハと奇妙な笑い声が漏れるたびに、童子の首から下が朱色に染まり、身体がみるみるうちに大きくなっていく。着ていた真っ赤なジャージの上下は、生地の限界まで伸びに伸びてどうにか耐えていたが、ある瞬間を境に弾け飛び、裸の身体がむき出しになった。

――なんと奇怪な。

行人は息を呑んだ。

酒呑童子の身体は、肌が朱色に染まり、後頭部から首の後ろを通って尻までたてがみのような黒と黄色の縞模様の毛に包まれている。下半身も縞模様で、まるで虎のようだ。

丹後で見たときは、夜だった。照明のもとであらためて観察すると、目を奪われた。

酒呑童子の顔も、すっかり変化している。先ほどまではまだ人間らしい顔かたちを残していたのに、口は大きく裂けて牙がはみ出し、目はぎょろりと巨大化して金色に光り、皮膚は丸くゴツゴツしたイボがいくつもできて額には二本の角が生え、まるで別の生き物のようだ。

——これが、鬼の顔なのか——。

「言えば俺様が邪魔をするというからには、俺様が気に入らないと知っているんだな、徐福よ！」

大ホールの天井は高い。あと少しで頭がつかえるほどのサイズになった酒呑童子が、ホールにとどろく大声で喚いた。

「それなら聞くまでもない。おまえの企み、俺様がぶっつぶす！」

徐福は恐れる気配もない。

「なぜだ、童子よ。そなたとわしが組めば、この星もわしらの好きにできるのだぞ」

童子がずしんと音をたてて、巨大な足を徐福の前に置いた。

「うるせえ。そんなもん興味ねえ」

童子の唾が、徐福の髪にかかった。

「俺様はおまえみたいに強欲じゃない。ただ一日一日を楽しく過ごしたいだけでな。おまえのように、欲に爛れた汚らしい目で、地べたに転がるゼニを探し回るような人生を送るくらいなら、石になって寝ているほうがマシなんだよ！」

「——何も知らぬ小僧めが、賢しげなことをぬかしよる」

徐福の目が冷たく輝く。

「そなたにもう用はない。去《い》ね」

その瞬間、とっさに風切りを握って童子に駆け寄った行人の行動が、結果的に陰陽師たちを救った。行人を追って陰陽師たちも童子に駆け寄った。

徐福が口を開くと、彼の真っ白な身体の中で、唯一毒々しいほど赤い舌から、超音波のような波動が発せられ、堅牢なつくりの大ホールを揺るがせた。

偶然、酒呑童子の陰に隠れる形になった行人と大鳥たちは助かったが、それでも耳を押さえて床にうずくまる。

「効かぬ、効かぬ！」

酒呑童子が高らかに宣言し、太い腕で徐福に殴りかかる。勢いあまって、繭の一部が破れた。

「童子は粗暴だの」

眉をひそめ、徐福がふわりと空中に浮かぶ。

「浜でおまえを刺したときのことを覚えているか、徐福。おまえは怪しい術を使うが、刀や棒切れの攻撃には弱いのだ。そうだろう」

行人らも初めて聞く過去を酒呑童子が暴露すると、徐福は瘴気が汁となって滴るような、どす黒い笑みを浮かべ、「そんなもの、当たればの話だ」と嘲った。

「――そういえばおまえ、なんだかあのときと顔が違う。同じように年寄りだが、そんな顔ではなかったな？」

ようやく気がついたように酒呑童子が眉をひそめ、首を振った。

「あのとき、俺はおまえが死んだと思った。だが生きていた。おまえは鬼だが、俺たちのように石にはならないのか」

酒呑童子をはじめとする鬼たちは、命が危険にさらされると、自動的に石になる。あるいは徐福だけが別なのか。

徐福は答えず、枯れた枝のような指で印を結び、口の中で呪文を唱えた。

――だが。

徐福の眉に、かすかに苛立ちの色が走る。ふたたび呪文を唱えて失敗に気づくと、徐福は足の先でトントンと床を蹴った。

「陰陽師め。貴様ら、この空間に何をした」

――埋鎮呪法の結界か！

大鳥と賀茂が、公邸の敷地に埋鎮呪法に使う素焼きの合わせ皿を埋めておいたのが、効果を上げたらしい。

物理的な攻撃に弱いという酒呑童子の見立てが当たっているなら、狭い空間で巨大化した酒呑童子と戦うのは避けたいだろう。脱出を試みたのかもしれないが、結界が張られているせいで、敷地の外には脱出できないことがわかったのだ。

酒呑童子の攻撃も、立て続けで容赦なかった。右へ左へと巨体を自在に操り、徐福を捕まえようとしている。だが、徐福はきわどいところでそれを避ける。

大きく振り回した酒呑童子の右腕が、香炉と台を撥ね飛ばした。徐福は避けたが、顔をしかめて舌打ちした。

白木の寝棺に香炉台が倒れかかり、棺の一部がひしゃげている。寝棺の中から、白い経帷子《きょうかたびら》に包まれた人の身体がちらりと見えた。

――あれが徐福の「大事な器」だ。

「わしの祭壇に何をする！」

それまで小柄な痩せ老人にすぎなかった徐福の身体にも、異変が起き始めた。腕だけが異様に伸びたかと思うと、左手で酒呑童子の右腕をむずと摑み、右手で行人ら三人の陰陽師をまとめて摑んだ。

——苦しい！

風切りで徐福の手に斬りつけたが、徐福は蚊に食われたほどにも感じなかったようだ。

「来い！　災いなす者どもよ」

あっと思う間もなく、行人は酒呑童子らとともに、公邸の玄関前に投げ出されていた。賀茂と大鳥が植え込みに倒れ、呻いている。

だが、さしもの徐福も埋鎮呪法の結界の外には出られないのだ。白い道服姿の徐福が、無表情に天を見上げている。

「徐福、やっと広い場所で戦えるじゃないか」

酒呑童子が、本気で喜んでいるかのような朗らかな声で言った。

——チャンスだ。

「駒田。今だ！」

無線で指示を飛ばすと、駒田が緊張して裏返った声で『了解！』と返した。三人の鬼を連れて、寝棺の村埜を救出してくれるだろう。そちらは任せて良い。

「——愚か者ども」

徐福が呟いた。

「身のほどを知らぬ」

——大地が揺れている？

大地が身震いするかのように、小さくビリビリと震えている。地震ではない。まるで大地が怯えているかのようだ。

行人は徐福を見つめた。

何かおかしい。

徐福の輪郭がぼやけている。

いや、ぼやけているだけではない。ぐにゃりと歪み、うねるように身体の輪郭がうごめき、じわじわとまるでゴムのように伸びて見える。ゴムのように——いや、これではまるで、巨大な蛇のようではないか。

「徐福——?」

建物の屋根から解放されたいま、巨大化して三階建てのビル並みのサイズになった酒呑童子が、面白そうに徐福を眺めている。

「なるほどな。そうではないかと疑っていたのだ。俺様の父は、伊吹山の神と呼ばれていたらしい。母は豪族の娘で、山神に見初められ夜な夜な美しい男が通ってきた。だが、怪しんだ豪族が刀で斬りつけると、男は蛇の姿に変じて逃げたそうだ」

——蛇神だと。

日本各地に、蛇にまつわる神話や民話が残されている。たとえば八岐大蛇《やまたのおろち》だ。素戔嗚尊《すさのおのみこと》が退治した、八つの頭に八本の尾を持つ大蛇は、村の娘を年にひとり餌食にする。大酒飲みで、酒に酔って眠ったところを退治される。

蛇婿入りの民話も多い。異類婚姻譚の一種として扱われるが、まず娘のもとに男が通ってくる。娘は妊娠し、男の素性を怪しんだ親が娘に言い含め、男の着衣の裾に糸を通した針を刺させる。翌朝、糸をたどって男の行方を追うと、蛇が身体から血を流し死んでいる。あるいは、なぜこんなひどいことをするのだと、死にかけた蛇が恨みごとを言う。

どうして、蛇が婿になる異類婚姻譚がこれほどまでに多いのか。

八岐大蛇の神話は、水害や溶岩流のメタファーだという説もある。

たしかにわが国では、過去に発生した天災を記憶に残すため、被害にちなんだ名前を土地に残してきた。水害、土砂災害が起きやすい場所には、「蛇」という文字が使われていることがある。

だが、それだけが理由ではなかったのかもしれない。

「――いたのか」

行人は呻いた。

この国には、本当にいたのだ。

若い娘を人身御供として差し出させて喰らい、大酒を飲む粗暴な大蛇が。娘を食うだけではなく、娘の婿となり夜ごと通った大蛇も、本当にいたのだ。

そして――蛇神と人間の娘のあいだに、子どもが生まれた。

徐福は今や、酒呑童子にもおとらぬ巨大な蛇体と化していた。好々爺然とした顔はいつの間にか金色の目を持つ蛇頭に変じ、銀色の鱗が月の光を浴びて輝く。胴体の太さは酒呑童子を楽に飲み込んでしまえそうだ。徐福がずるりと身体を滑らせると、地面がビリビリ震えた。

「童子よ」

徐福が赤い舌をちろちろ覗かせる。

「そなたの父は、よほどの変わりものだったと見える。人間の女など、わしらにとっては食い物にすぎん。だが、お前の父は、物好きにも交わったのだな」

嘲るような徐福の言葉にも、酒呑童子は動じなかった。

「それがどうした。だから俺様がここにいる」

「珍しいから生かしたが、存外つまらんな。わしの下僕になる気もないなら、生かしておく値打ちはないわ」

徐福の巨大な蛇体が、ぬらりと鎌首をもたげ、酒呑童子に襲いかかった。

「俺様は誰の下僕にもなる気はない！」

陽気に笑い、酒呑童子が蛇の身体に飛び乗ろうとしたが、銀の鱗は見た目よりもぬめぬめしているようで、足を滑らせた。すかさず蛇体が童子の身体に巻き付く。絞め殺そうとするかのように、きつくぐるぐると巻き付いている。

「童子――！」

行人は風切りを握り、酒呑童子を救うため蛇体の尾に斬りつけた。

――なんだこれは。

徐福の鱗は予想外に硬く、風切りの刃を金属的な透き通った音とともに撥ねつけた。驚いて見ると、風切りが刃こぼれしている。まるでダイヤモンドではないか。

「手出しするなよ、陰陽師！」

酒呑童子が、蛇に絞め殺されそうになりながら、にたっと笑っている。

「ただ人の出る幕ではないわ」

――ただ人だと。

千年にもわたる陰陽師の研鑽も、鬼にとっては無意味なのか。困惑と怒りを覚えて行人が立ちすくんでいると、大鳥が「何をしている！」と背後から呼んだ。

「その蛇と鬼の戦いに、わしらの出る幕はない。童子に任せて、こちらに来い！」

蛇に巻き付かれている酒呑童子は、全身の力を振り絞り、蛇体を引きちぎろうとしていた。もともと朱色の顔が、深紅に染まる。

「童子！」

「行人！　いいから来い！」

振り返り、風切りを握ったまま大鳥が呼ぶ方向に駆けた。建物の陰に、駒田と三人の「なりたての鬼」たちが、白い経帷子を着た若い男を連れて隠れていた。村埜だ。

「あなたが村埜さんか――」

いま、村埜は目覚めていた。すっかり青ざめて怯えを隠さないが、それも無理はない。見上げる先には、のたうつ蛇体の徐福と、酒呑童子がいるのだ。

「た、助けてください――先生は――いや徐福は、私を新しい器にするつもりなのです！」

唇が震え、言葉が乱れた。

「器？　器とは何の話ですか！」

たしかに徐福も言っていた。「わしの大事な器」だと――。

黄金武塔のホームページに掲載された写真で見る村埜は、自信に満ちた三十代の、見栄えのする男だ。新興宗教団体の若きリーダーにふさわしい活力を発散していた。だが、目の前で地面に両膝をつき、経帷子の肩を抱いて震えているのは、ただの無力な青年だ。

「信じられないかもしれませんが――徐福は、何十年かに一度、身体を取り替えるのです」

「何ですって――」

あっけにとられ、行人は村埜を凝視した。あまりに突拍子もない話で信じてもらえないとでも思ったのか、村埜は必死の形相で、すがるように行人の膝に取りついた。

「本当なんです、信じてください！　あれは化け物です。今の身体は、すでに百年以上も使っているらしく、衰えて自由がきかないと言っていました。だから、今の身体を捨てて、私の身体を乗っ取るつもりなんです！」

――あれで、自由がきかないだと。

思わず、酒呑童子と死闘を繰り広げる大蛇を振り返りたくなる。だが先ほど、酒呑童子が言ったではないか。昔、酒呑童子が会った徐福とは顔が違うと。

あの生命体は、他人の身体に寄生するのか。だから、酒呑童子の知る徐福と顔が違うのか。

「村埜さんは、徐福の器になるつもりだったんですか」

「まさか！　違いますよ。私はビジネスマンで、ただのインフルエンサーです。徐福が黄金武塔の本当の教祖で、私はスポークスマンとして教団を支えてほしいと頼まれたんです。得意ですからね、ネットで注目を集めるのは。こんなおぞましい話だと知っていれば、絶対に近づかなかったのに――」

青ざめ、額に脂汗をにじませながら村埜が語る言葉は、嘘ではなさそうだ。人知を超える地獄を見たものだけが語れる言葉だ。

「徐福が器に選ぶ人間には、何か条件があるのですか」

「単に身体を乗っ取るだけなら、誰でもいいんですよ、本来は！」

村埜が夢中で行人の腕にしがみつく。

「私でなくてもいいんだ――。ですが、徐福が求めるほど長持ちさせるには、やつの霊的なパワーを封じ込めるだけの強度を持つ器でなければならないんです」

「なるほど、強度――」

思わず村埜を観察してしまう。

徐福は古武術の道場に集まった青年たちを、酒呑童子の復活に利用した。黄金武塔の信者も、百人あまりを鬼に変えて、酒呑童子と行人に殺させた。あまりにも無造作に人間の命を奪ってきたのに、村埜だけは繭に入れて隠し、祭壇をしつらえ、たいせつに扱っている。

霊的な強度といっても、行人の目には村埜がどう特別なのかわからないが、百人、二百人のなかからこの男だけを選ぶ条件が何かあるのだとすれば、村埜を隠してしまえば、徐福は新しい器をすぐには見つけることができないはずだ。

「駒田。車を回して、村埜さんをここから連れ出してくれ」

「どこに——どこに行けば良いですか」

蛇体の徐福を目の当たりにして、駒田の声も上ずっている。首相公邸はほとんどが高い塀に囲まれているので、一般人の目にはまだ触れていないが、もし見られればパニックが起きる。

「警視庁だ。酒呑童子は、あそこまで離れれば徐福も気配を察知できないと言っていたから」

「わかりました」

公邸の車回しに停めたバンは、徐福が蛇体化した際に、尾で軽く払いのけたせいで横転し、破壊された。代わりの車を探しに、駒田が敷地の外に駆けだしていく。

スマホを耳に当てていた大鳥が、表情のない白っぽい顔でこちらを見た。

「——行人。銀座で事件だ。総理夫妻を、何者かが襲撃したらしい」

「なんですって?」

しまった、という言葉が脳裏をよぎる。

これは罠だったのか。自分たちが村埜を救出するために、酒呑童子とともに徐福に総攻撃をかけたように、徐福も別の目的があったのか。だが、徐福はここしばらく、常に総理夫妻とともに公邸にいたはずだ。今さらなぜ、銀座で襲撃させる必要があるのか。

「総理は無事だが、夫人が重傷だ。犯人は取り押さえられた」

「犯人は人間ですか」

「まだわからんが――」

大鳥が唇を噛んだ。

「襲撃後に、近隣国への忠誠を叫んで自死しようとしたそうだ。政治的なテロの可能性がある」

事件当時の詳しい状況がわかるということは、大鳥に事件を知らせたのは、総理夫妻と席をともにしていた警視総監の永山だろう。

――きなくさい。近隣国の狂信者が犯人と見られるあたり、ますますきなくさい。

「こんなにタイミングよく、徐福と無関係のテロが起きるとは思えません」

「事件も徐福の手引きか」

「その犯人、本当に人間でしょうか。徐福がつくった鬼ではないですか」

ふむ、と眉間に皺を寄せた大鳥に、村埜がにじり寄った。

「徐福です。それは間違いなく、徐福のしわざです！」

「――なぜそう思うのですか」

「思うのではありません。知っているのです。私はこの半月あまり眠らされていましたが、私を器にするために、徐福は自身と私の精神をシンクロさせて、やつの思考に馴染ませていました。だから、その間にやつが考えたことが、まるで川のように私の中にも流れ込んできたのです」

「だが、徐福は何のためにそんなことを？　総理夫妻を襲撃して何の意味がある？」

「戦争を起こすためですよ」

村埜の顔は唇まで白粉をはたいたように真っ白で、その中で目だけが赤く充血している。

——気味が悪い。

一瞬、行人は恐怖と嫌悪感すら覚えて身体を引いた。

今この男は、徐福は戦争を起こすために総理夫妻を襲撃させたと言ったのか。意味がわからない。何のために戦争を起こすのか。総理夫妻を襲撃させれば、どうして戦争につながるのか。

「これから日本国内で、近隣国に対する排斥運動が高まります。国粋主義が幅をきかせるでしょう。国内だけではありません。もっとひどいことが、近隣国の内部で起きます。徐福の影響は、すでに近隣国にも及んでいるのです。そして、徐福の影響力は総理本人にも及んでいます。元は未来を見通せる方士として、総理夫妻の崇敬を得ていたのですが、今ではほとんど徐福の言いなりです。徐福が戦争を始めよと言えば、きっと総理はそのために皆を扇動するでしょう。夫人が大怪我をされたそうですが、今となっては徐福に言われなくとも、気持ちは戦争に傾いているかもしれませんよ」

「——何ですって」

聞き捨てならないことを村埜は口にした。

「本当なんです。信じてください」

「だが、徐福は何のために戦争を起こすんです？　彼にとって何か得になるんですか」

「器を替えるとき、徐福は大量の命を必要とするんです。生けにえです」

どう説明すればいいのか、理解してもらえるのか。そう考えたのか、村埜の顔が苦しげに歪み、喘いだ。

「とても信じられない——ですよね。わかります。私だって、自分で話していて、何を言っているんだろうと思いますよ」

「村埜さん、それは」

「待ってください。さっき、ヒトラーと名乗る仲間が八十年前に死んだと徐福が話しませんでしたか。あれもそうです。ヒトラーも徐福の仲間で、器を替えるためにたくさんの命が必要だった。だから大量殺戮をシステム化したのですよ。日本の戦国時代、二度の世界大戦、短期間に大勢の人間の命が奪われたような場合は、みんな裏に徐福やその仲間がいたと思って間違いないです」

——どこまで信用できるのか、こんな話。

現代人としての行人の理性が、信じることを拒否している。だが、心のどこかで受け入れたがっている。

「——わかりました。とにかく詳しいことは駒田に話してください」

いま、村埜からじっくりと話を聞く余裕はない。行人は、ふたたび風切りを握った。酒呑童子がひとりで徐福と戦っている。非力な陰陽師にできることは、大島らのように徐福を結界内に閉じ込めることくらいかもしれないが、こんなところで油を売っているわけにもいかない。

酒呑童子と徐福の様子を見に、駆け戻る。

酒呑童子は、巻き付いてきた蛇からどうにか脱出していた。両手の指の間に、なにやら光る丸いものを挟んで持ち、それで蛇に斬りつけている。

「鱗か——！」

なるほど、気づかなかった。先ほど風切りで斬りつけたとき、あまりの硬さにダイヤモンドのようだと感じた徐福の鱗なら、徐福の身体に傷を負わせることも可能かもしれない。

酒呑童子が斬りつけるたび、いまいましげに徐福が身体をくねらせ、鋭い鱗の刃を避けている。

だが、いくら鋭いとはいっても、あの巨体から見れば小さな鱗だ。爪でひっかいた程度の痛みしかないのではないか。

「貴様ら、わしの器をどこへやった――！」

徐福がひび割れた声で唸った。村埜が大ホールから連れ出されたことに気づいたらしい。

「許さんぞ、貴様ら――」

「笑わせるな、徐福！　こっちのセリフだ」

酒呑童子が牙をむき、高笑いする。

怒りに満ちた徐福が、蛇体の尾を振り、怒りを公邸の建物にぶつけた。二階部分の北東角が吹き飛び、レンガ色のタイルがバラバラと地面に落ちる。

駒田が駆け戻り、「早くこちらへ！」と叫んで、村埜を連れて逃げようと駆けだした。三人の「なりたての鬼」も続こうとしたようだが、彼らは敷地に張り巡らされた結界にぶつかり、出られず弾き飛ばされたようだ。何が起きたのかわからず、きょとんとしている。

「貴様ら、わしの器を――」

徐福が「なりたての鬼」に気づいた。

「わしの器を取り戻せ！」

三人の「なりたての鬼」は、そこで自縄《じじょう》自縛《じばく》に陥った。自分を鬼にした徐福と、血を飲ませた酒呑童子の命令が対立している。どちらを選択することもできず、身動きできない状態になった三人は、苦しげに喘いで叫び、何かを取ろうとするように天に両腕を伸ばして、爆発した。

それは、文字通り爆発としか言いようがなかった。彼らの血と肉が四散する。

――鬼とはいえ、元はただの若者だったのに。

哀れに思う暇もない。

「おのれ――」

怒りに満ちた徐福が、思いがけぬ速さで地面を滑り、村埜と駒田を追いかける。あまりの恐怖に、顔をひきつらせた村埜が、敷石につまずき前につんのめって転んだ。駒田が腕をつかんで立たせようとしているが、まるで足が萎えたように、村埜は這いつくばって動けないようだ。

「駒田、早く逃げろ！」

行人は地面を蹴り、徐福の前に立ちふさがった。大蛇が大きな口を開いた。真っ赤な洞穴の中から、先の割れた長い舌が覗いて行人を搦《から》めとろうとしている。

――舌なら斬れる！

目の前に、大蛇の舌が迫ってきた。

「吐《と》普《ほ》加《か》身《み》依《え》身《み》多《た》女《め》、寒《かん》言《ごん》神《しん》尊《そん》利《り》根《こん》陀《だ》見《けん》、波《は》羅《ら》伊《い》玉《たま》意《い》喜《き》余《よ》目《め》出《で》玉《たまう》！」

行人は三種祓《さんしゆのはらえ》をひと息に唱え、風切りを逆さに握って飛んだ。

――この悪夢、我に祓わせたまえ！

風切りの鋭い切っ先を、大蛇の分厚く柔らかい舌先に、力の限り突き立てた。

「――――！」

徐福が声にならぬ唸りを上げ、頭を振って行人を払おうとする。飛ばされぬよう風切りの柄にしがみついたが、深々と刺さった剣は、抜こうとしても抜けない。

「行人！　手を放せ！」

下で大鳥が叫んでいる。

だが、この剣が今のところ、那智家に最後に残された「鬼切」なのだ。

大事な風切りを手放す諦めがつかず、行人が死に物ぐるいで剣にしがみついて振り回されていると、瑞祥の声がした。

「課長！　退《の》いてください！」

肩越しに地上を見ると、火炎放射器をかついだ瑞祥が、まっすぐ大蛇の目に向けて火炎を放射しようとしていた。

「うわっ」

たまらず手を放す。火炎を嫌った大蛇が顔をそむけたので、その勢いで空中に投げ出された。

——あの子は。

危険な目に遭わぬよう、現場から遠ざけたつもりだったのに、結局、徐福の正面に飛び込んできて、もっとも行人が恐れる事態になっている。

まっすぐな目をして必死に徐福に立ち向かう瑞祥が、しかし本音では誇らしいのだ。

行人が地面に着地したとき、無造作に割って入った酒呑童子が、瑞祥の前に立ちふさがり、大蛇の上顎と下顎をがっちりつかんだ。

「どけ！　陰陽師の出る幕じゃないと言ったろう！」

うおおおおと叫びながら、酒呑童子が怪力ぶりを発揮し、大蛇の口を引き裂こうとしている。

大蛇は引き裂かれまいと、長い体を利用して、酒呑童子の身体を締め付けて、童子の腕から逃れる。

徐福の金色の目が、怪しく赤く輝き始めた。

「——これは。凄まじい力だな」

振り返ると、いつも飄々としている賀茂が、珍しく脂汗を流しながら、静かに大地に頽《くずお》れるところだった。

「賀茂さん！」

駆け寄ると、賀茂は金剛炎の印を結び、口の中で呪文を唱え、埋鎮呪法の結界を強化しようと試みていた。金剛炎は馬頭明王《ばとうみょうおう》の力を借り、聖なる炎を呼び出す術だ。ふつうの魔物は、この炎を嫌って近づかない。

だが、呪法の甲斐なく、大鳥と賀茂が地中に埋めた素焼きの合わせ皿が、カタカタと音をたてて姿を見せつつある。

——徐福が自由になろうとしているのか。

振り返ると、駒田が村埜に肩を貸し、よろめきながら公邸の敷地を離れていくところだった。

徐福の狙いはあれだ。

「ほほう、あの若者は貴人の血を引いておるのか」

ふいに、背筋が冷えるような声で、大蛇が言った。貴人という言葉で、誰のことを語っているのか行人には間違えようがなかった。

——瑞祥、逃げろ！

「これは好都合」

大蛇の目が深紅のルビーのように輝く。

埋めたはずの四組の合わせ皿がすっかり露わになり、賀茂たちの必死の呪法にもかかわらず、カタカタ震えながらゆっくり浮遊し始めている。

「とほかみえみため、かんごんしんそんりこんだけん、はらいたまいきよめでたまう！」

大鳥が三枚の呪符を放つと、それは三羽の真っ赤な火の鳥に変じた。長い尾羽《おばね》と冠羽《かんむりばね》をなびかせ、徐福の大蛇を急襲する。燃える嘴で大蛇の目をつつこうとし、炎の尾羽で身体を鞭打つと、大蛇の締め付けがやや緩んだ。酒呑童子は大蛇から抜け出し、息を整えようとするかのように、膝をついた。

徐福の銀色の鱗が、怒りで雷のエネルギーを帯びたかのように、びかびかと光りはじめた。

「――行人君」

賀茂が低い声で行人を呼んだ。こんなに暗い声を出す賀茂を、見たことがない。

「……瑞祥君を連れて、君は早く逃げなさい」

徐福の力と、それを抑え込もうとする賀茂の力が拮抗している。

「賀茂さん！」

金剛炎に力を貸そうと行人が駆け寄ると、遮るように賀茂が首を横に振った。

「君は早く逃げろ。わしはちと、長く生きすぎた。おかげで、鬼についての偏見を解くことができたが、見なくてもいいものを見るはめにもなった」

「そんな、賀茂さん――」

「実は以前、茨木童子に協力を頼まれてな。誰が鬼になど手を貸すかと最初は反発したが、話すうちに心を惹かれたよ。千年もの間、陰陽師はなぜ鬼たちと話さなかったのだろうな。彼らは人の言葉を持っているのに」

「賀茂さんが、茨木童子と――」

行人が思わずひるんだときだ。

印を結ぶ細い指が、内に溜めた莫大なエネルギーを抑え込めなくなったのか、小刻みに震えている。まさか逃げるなんてと行人が否定する前に、賀茂の頭がイースター島のモアイ像のように、縦に長く伸びた。

「はや――あ――」

何か訴えようとしたが、賀茂の目がぐるんと反転して白目になった。

――賀茂さん！

目の前で破裂した賀茂の頭から、血しぶきと黄色い肉片が雨のように降り注ぎ、行人は茫然と立ち尽くした。

地面に崩れた賀茂の身体は、だらしなく大の字に伸びている。その頭はもう形をなしていない。

「身のほどを知らぬゴミ虫め！」

大蛇の呪詛と共に、公邸の敷地の、四隅に埋められていたはずの合わせ皿が、バン！という激しい音とともに、ひとつずつ割れていく。すべてが粉々に飛散した後、大鳥もよろめいて膝をついた。

大鳥が力尽きると、大蛇を攻撃していた三羽の火の鳥も勢いを失い、バタバタと地面に墜落して燃え、白い灰になった。

――結界が。

埋鎮呪法の合わせ皿が破壊されたいま、結界は破られ、徐福は自由になった。

「おまえはもう必要ない」

大蛇が吐いた冷たい息は、鋭い氷の剣に変じた。それは、氷柱《つらら》のようにまっすぐ村埜の背に向かい、彼の身体の中心を貫いた。

串刺しになった村埜が天に向かって持ち上げられる。人形のようにだらりと垂れた両手足を見れば、すでに彼が絶命していることは明らかだ。

「村埜君！」

悲痛な駒田の叫び声が聞こえる。

――おまえはもう必要ない。

徐福のその言葉が、行人のみぞおちに氷を張らせた。村埜よりもっと、器にふさわしい人間を見つけたからだ。徐福は、村埜を捨てたのだ。なんという独善だろう――彼は、村埜以上に己の好みにあう人間を見つけると、これまで大事にしてきた村埜を、それこそまるで虫けらのように殺したのだ。

――こんなこと、許されるはずがない。

徐福の目はいま、爛々と燃えて瑞祥の姿をひたと見据えている。

「逃げろ、瑞祥――」

風切りは大蛇の舌に刺さったままだ。大蛇は魚の小骨ほどにも感じていないようだ。

呪符を探して内ポケットに手をやり、行人はそこに硬い小さな筒が入っているのに気がついた。厨子だ。

(使いかたはシュテンが知っている)

茨木童子はそう言って、この小さな厨子を行人に手渡したのだった。本当に危なくなったら使えと言っていた。

――これしかない！

「受け取れ、酒呑童子どの！」

大蛇との死闘は、さしもの酒呑童子からもエネルギーを奪ったようだ。それでも大蛇の隙を窺うのか、大地に膝をつき徐福を睨んでいる酒呑童子が、行人の声にこちらを見た。

――届いてくれ！

ほんの指二本分ほどの大きさで、凝った螺鈿《らでん》の装飾を持つ厨子だ。投げたところで酒呑童子に届くか不安だったが、行人は振りかぶり、酒呑童子の額めがけて投じた。

一瞬、童子の瞳に、超新星のような光が炸裂し、おのれの顔めがけて飛来する厨子を、はっしと赤い掌で受け止めた。

「でかした、陰陽師！」

童子が、自らの牙で自分の腕に穴を開けた。

噴き出す血に厨子を浸す。

「綱人形、久方ぶりに相まみえようぞ！」

それは、子どもの頃からあらゆる妖《あやかし》と対峙してきた、陰陽師の現頭領たる那智行人をもってしても、いまだかつて見たことのない光景だった。

螺鈿の厨子が、まばゆい輝きを放っている。

――あの人形は。

厨子に秘蔵されていた、小指の先ほどの美々しい武者人形が、眩しくて目が痛いような光に浮かんでいる。

手で目をかばいながら見守る行人の目の前で、人形はゆるゆると大きくなり、やがて等身大の人間サイズにまで戻った。

『おのれ酒呑童子め――』

人形が、口を開いた。

『いつになれば我を人形から解放するつもりか！』

背丈はおよそ六尺（百八十センチ）ばかり、すらりと長い手足と引き締まった身体つきに、金襴の着物と緋縅の大鎧をつけ、兜の前立てには金色の龍がカッと口を開いている。勇ましく美しく、まさに生きた武者人形だ。

「その蛇を倒してくれたら、解放してやる」

『おぬしはいつもそればかりだ！』

武者人形が地面に降り立ち、憤懣《ふんまん》やるかたない表情で大蛇を振り返った。

『いたしかたなし。邪《よこしま》な気配せし蛇よ。渡辺綱が成敗いたす！』

武者人形が、腰に佩《は》いた太刀をすらりと抜いた。

「まさか――あれは渡辺綱なのか」

埋鎮呪法を解除された反動で、ダメージを負って立ち上がれずにいる大鳥が、呻くように呟く。

――渡辺綱。

源頼光の四天王のひとりであり、大江山の酒呑童子一派を頼光とともに退治したと物語に謳《うた》われる。天皇の皇子たちが源姓を賜《たまわ》って臣に下り、村上《むらかみ》源氏、清和《せいわ》源氏など多くの源姓を始めたが、綱は嵯峨《さが》天皇の皇子から始まる嵯峨源氏の一族だ。だから正式には源綱であり、渡辺姓の祖とも言われる。

行人は、大鳥に肩を貸し、瑞祥とともにひとまず公邸の建物の陰に避難しながら、目は渡辺綱を名乗る人形を追わずにいられなかった。

巨大で禍々しい瘴気を放つ徐福の蛇体と比べれば、ふつうの人間と変わらぬ綱の、なんと小さく頼りなげなことか。

だが、その小さな身体からは、神々しいほどの精気を発散している。それは、充実した精神と、おそらく子どもの頃からの鍛錬のたまものだ。凜々しい武者人形の登場に、徐福もしばし動きを止め、何者かと訝しむようでもあった。

「――なるほど、そなた酒呑童子の血を飲んだな。童子の人形か」

武者人形の正体を見抜いたと言わんばかり、大蛇の赤い目が面白そうに光り、そう喝破《かっぱ》する。

綱はじっと蛇体を観察し、やがて笑いだした。

『――面白い。わしは頼光さまとともに大江山の鬼を斬り、土蜘蛛の精も斬った。こんどは蛇退治か』

「人形ごときが、推参者《すいさんもの》め!」

くわっと開いた真っ赤な口で、綱をひと呑みにしようと大蛇が迫る。

綱は身軽に飛んだ。数十キロはあるだろう大鎧と太刀の重さなど苦にもせぬような、羽でも生えたような軽快さだった。

「綱! 俺様がそいつの鱗を、何枚か剝いでおいたぞ!」

酒呑童子が得意げに鱗を振ってみせるのを、振り返りもせず綱は『知っておる』とだけ答えて大蛇の背に飛び乗った。

『南無八幡大菩薩《なむはちまんだいぼさつ》!』

逆手に持ちかえた刀を、蛇の頭から少し下がった、本物の蛇なら心臓があるあたりに、ずぶりと刺した。

「――――!」

あれは悲鳴なのか、大蛇が発した超音波のような声に、行人らは割れそうな頭を抱えて耳をふさいだ。

「あっ、消えた！」

思わずそう叫んだのは、腰を抜かしてへたり込んでいた駒田だ。村埜を殺された後の展開は、つい先月まで交番で勤務していた律儀な巡査部長の想像力を超えていただろう。

爆発するような閃光とともに、大蛇は消滅した。ひらりと綱が着地する。

遅れて、金属音とともに風切りが大蛇の舌から抜けて落ち、敷石に転がった。

「――やった――のか？」

行人は目を瞬いた。徐福の気配は消えている。あれほどの禍々しい「気」は、人の身の陰陽師であっても、見逃すことはない。

『いや、逃げられた』

綱があっさり言って、太刀を鞘に納める。酒吞童子も頷いた。

「そうだな。奴め、きわどいところで空間接続術を使って逃げたようだ」

「逃げた――」

茫然として、続く言葉が出てこない。

賀茂が惨殺され、大鳥ひとりで維持できなくなった結界は破られた。徐福はいつでも逃亡できる状態にあったのだ。

村埜を殺し、戦争を起こす準備も整ったらしい今、ふたたび徐福が首相公邸に戻る可能性は低い。次にやつが現れる場所は、見当もつかない。

――逃がすとは――。

「いえ、まだです。徐福とはまだつながっています」

「瑞祥――？」

蒼白な顔の瑞祥が、両手を頭に当てた。

「先ほどからずっと、私に呼びかけているのです。徐福の器になれと――」

ほとんど反射的に、行人は印を結んで徐福の思念を遮ろうとした。

「待て、馬鹿！」

酒呑童子の罵声と拳骨が飛んでくる。いつの間にか、童子は鬼から人間のなりに戻っていた。

「そいつと徐福の接続を切ってどうする。今はその細い糸だけが頼りなんだぞ」

「しかし、このままでは瑞祥が徐福に――」

酒呑童子が正しいことは、理性ではわかっている。だが、徐福が己の欲望のまま、瑞祥の身体を自分の器として使おうとするのは許しがたい。考えただけでもおぞましい。

そうなったら瑞祥はどうなるのだ？

身体を徐福に奪われた瑞祥は？

「私は――」

瑞祥の顔が、紙のように真っ白になったかと思うと、くたりと力が抜け、その場に頽《くずお》れた。

「瑞祥！」

倒れた瑞祥を抱え上げたが、意識はない。自宅の車庫で繭に包まれ眠り続けていた村埜にそっくりだ。何が起きているのかわからないが、村埜は徐福が器をなじませるために、精神をシンクロさせていたと言わなかったか。つまり、瑞祥はいま、徐福と共振しているのかもしれない。

「少しは落ち着け、陰陽師」

酒呑童子が傲岸に言い放った。

「俺たちは村埜を手に入れて、徐福の弱みを握るためにここに来たのだ。違うか？」

「――！」

そして今、村埜よりもっと徐福が欲している器を、自分たちは手中にしている。

だが、その器がよりによって瑞祥とは――。

「徐福は必ず、新しい器を手に入れるために現れる。そのときこそ、やつの最期だ」

瑞祥の身体は細く、少女のように軽い。抱え上げてバンに乗せながら、行人は胸にふくらむ憤怒を抑えきれなかった。

――徐福だけは許せない。

何があろうとも、必ず倒す。自分の力は徐福に遠く及ばないが、誰の力を借りてでも、必ず倒さなければならない敵だ。

「陰陽師。おまえの子を、徐福の毒牙から守る手があると言ったらどうする」

バンの後部座席に座らせた瑞祥を見やり、酒呑童子が意味ありげな目つきで尋ねた。

「――教えてくれ」

どうせ、ろくな手ではない。そう悟りつつ、尋ねずにはいられない。

「鬼にするのだ」

行人は息を呑んだ。

「その若者が、貴人の血を引いていると徐福は言ったな。貴人の血なら、綱も嵯峨天皇の血を引いている。だが、徐福は綱に目もくれなかった。なぜだかわかるか」

「――鬼だからか」

めまいがする。

徐福の器になるか、鬼になるか。瑞祥にはその二者択一しかないというのか。

「聞け、陰陽師」

酒呑童子が、厳しいなかにも慈愛のこもった表情をこちらに向けている。

「おまえたちが鬼を憎み、祓うべき存在としてきたことは理解している。だが今、俺たちを見てどう思う。感じるのはただ憎しみだけか」

絶望と呼びたい感情に、行人はどっぷりと浸っていた。鬼は憎むべき存在。祓うべきもの。そう聞かされて育った自分でも、この数日で酒呑童子や茨木童子たちの存在に触れ、彼らが感情豊かで人間らしいところもあると知った。少しは考え方も変化したと言える。

だが、瑞祥が鬼になるなんて――。

「徐福の器になれば、己がなくなる。おまえの知る若者は、この世界から消えるということだ。だが、鬼になっても人生は続く。俺は人間として捨てられてから今までのことを、ひと続きの命として記憶している。そして、陰陽師が祓の対象としてきた、無軌道に人の血を飲み、食い殺す昔の俺のような鬼ばかりではない。自分を律し、制御することもできるのだ。そのことを考えておけ」

背中を向けた酒呑童子が、綱のいるほうに歩いていく。なぜ彼が自分にこんな話をしたのか、行人はようやく理解した。

いざというときには、瑞祥を鬼にする。

酒呑童子はそう宣言したのだ。それしか、瑞祥を守る手はない。それに、瑞祥を鬼にすれば、徐福は新しい器を失う。

――私に何ができるというのだ。

行人は長い吐息をついた。

徐福の舌から抜けたのか、空間接続術を通り抜けることができなかったのか、敷石に転がり落ちている風切りを取り上げ、鞘に戻した。歴代の陰陽師が大切にしてきた刀が戻っただけでも、良しとすべきか。

「――賀茂さんは、逝ったのだな」

大鳥が賀茂の遺体のそばに立ち、頭を垂れた。賀茂が先輩で、大鳥がトクチョーに入った時には、もう活躍していたと聞いている。行人の知らぬ、長い時間を共有したはずだ。

「父さん――」

振り向いた大鳥の目に涙はない。

「そんな顔をするな、行人。生と死は紙一重だ。死霊や鬼を祓うことを生業とする私たちが、死を恐れる理由などない。賀茂さんも静かに逝ったろうさ」

自分自身の命を惜しむつもりはない。だが――。

「公邸でシャワーを借りて浴びてこい、行人。ひどい顔をしているぞ」

大鳥に促され、自分が賀茂の血を浴びたままだと思いだした。酒呑童子やトクチョーの課員はともかく、この姿のまま外に出れば、何が起きたのかと驚く人もいるだろう。

「しかし、総理がご不在の間に、公邸を勝手に利用するのも」

「大丈夫だ。私も昔、借りたことがある。着替えは何か用意する」

何代にもわたる総理たちとやりとりをした経験からか、大鳥は動じない。では、と頷き、行人は公邸の中に戻った。シャワールームがどこにあるのかも知らない。水回りは一階だろうとあたりをつけて、人がいないのを良いことに覗いて回るしかない。

警護の仮眠スペースと隣接するシャワーブースを見つけ、手早くシャワーを浴びる。

――たしかに、ひどい臭いだ。

だがどこかで、血と脳漿にまみれた身体が、鬼を斬りまくり、手を汚した自分にはふさわしいとも思っている。

血で汚れた上着はもう使えず、下着と制服のズボンだけ身につけて、大鳥たちと合流するため戻る途中、行人は先ほどの大ホールを通った。

繭のような白い糸が、壁面にびっしりと残っている。これは徐福が出したのだろうか。思いついて、糸を少しむしり取りハンカチに包んだ。ひょっとすると、何かの役に立つかもしれない。

「お待たせしました――」

外に出ると、駒田が調達したらしいパトカーやバンが、公邸の車回しに並んでいた。賀茂の身体は、遺体袋におさめて検屍に回すようだ。

そのときだった。

突然、胃にキリをねじ込むような不穏なサイレンが、永田町の空に鳴り響いた。

同時に、行人が持つスマートフォンに、緊急速報メールが届いた。公邸の敷地にいたほとんどの者が、スマホの警告音に驚き、急いで画面を確認している。

『ミサイル発射。先ほど近隣国からミサイルが発射されたものと見られます。急いで頑丈な建物の中か、地下に避難してください』

Jアラートだ。息が止まりそうになった。

村埜が言っていたのは、このことか。しかし、まさかこんなにすぐ始まるとは――。

「みんな、いったん公邸の中に避難しよう」

非人間的と思えるほど冷静沈着な大鳥の指示で、トクチョーの課員たちや一般の警察官らは、取るものもとりあえず、公邸の玄関から中に駆け込んだ。

——いけない、瑞祥を連れて行かなくては。

車に残していくわけにはいかない。

だが、行人より素早く動いたものがいた。

酒呑童子が、行人を押しのけるように前に飛び出し、瑞祥を乗せたバンに飛び込んだ。わずかに遅れ、綱も童子を追った。

何が起きたのか、行人が一瞬とまどっていると、バンの内部、瑞祥がぐったりと座っている後部座席の輪郭がぐにゃりとぼやけ、奥に不気味に笑う老人姿の徐福が見えた。

「徐福——!」

徐福の白髪が伸び、何本もの細い腕のように瑞祥に巻き付き、彼を連れて行こうとしている。

酒呑童子は迷わず瑞祥の身体にしがみつき、綱はその酒呑童子の足をつかんだ。

次の瞬間、彼らは全員が姿を消し、バンの内部は空っぽになっていた。

27

「なんと言われた。シュテンは徐福とともに消えたというのですか」

さすがに茨木の声が大きくなる。

スマホの向こうで、陰陽師の那智行人が悲鳴のような声を上げている。

いま、徐福が瑞祥を連れて行った。酒呑童子と渡辺綱は、彼らを追って同時に消えた。

――なんだって。

茨木たちは、ビジネスジェットで羽田空港に到着したばかりだ。これから車に乗り換え、シュテンたちと連絡を取りながら合流しようとしていた。

行人の説明は要領を得なかったが、徐福が新しい身体を必要としていること、村埜を連れて行ったのは彼を器にするためだったが、瑞祥を見て鞍替えしたこと、村埜が殺されたこと、瑞祥がさらわれるときにシュテンがついていったことなどは、どうにか理解できた。

――渡辺綱が復活したことも。

「ひとまず、そちらに合流します。シュテンらの行き先がわかれば知らせてください」

いったん通話を終えた。

「徐福――という痴《し》れ者が、そなたらの敵か。わしは、そいつを粉々にすれば良いのだな」

紺の作務衣《さむえ》に着替えた土熊が、頰に血を上らせて尋ねる。シーツを巻き付けた姿よりも、作務衣がよく似合っている。

「その通りです」

土熊は、つい先ほどまで目を回して倒れていた。千年分とまでは言わないが、歴史や現代の言葉など大量の記憶を茨木から怒濤のように注入され、あまりの苦しみに茨木に咬みついたときだ。

――飲んでしまった。

茨木は、そっと首筋に手を当てる。土熊が牙をたてた傷は、驚異的な鬼の治癒力で回復し跡形もないが、土熊が彼女の血を飲んだことは確かだ。

それから、土熊はずっと寝ていた。

記憶注入は一種の賭けだったが、土熊とこうして言葉が通じるようになったのは、何より幸いだった。そして、茨木の血を飲んで以来、彼は人が変わったように従順になった。

それが良いこととは思えないのだが。

「茨木様。隣国からミサイルが発射された影響で、避難指示が出ています」

五葉がこちらに駆けてきて報告する。茨木のスマホにも、先ほど緊急警報が表示された。

ビジネスジェットで戻ってきたのは、茨木と五葉、土熊の三人だけだ。七尾と三輪には、別の仕事に向かわせた。

「どうせ、いつもの『ミサイル撃つぞ』ポーズだろう。かまわないから行こう」

「いえ、それが少々、様子が異なるようで」

五葉によれば、今回は本当にミサイルの標的が東京都内にあるらしいという。

「どういうことだ。それが本当なら、戦争になる恐れがある」

弾頭にもよるが、これだけ人口が密集している東京に落ちたりすれば、被害の甚大さは考えたくもない。

「わかりませんが、ともかく建物の中にお入りください。避難指示が出ています」

ミサイルに直撃されれば、そのへんの建物になど隠れたところで結果は変わらないだろう。茨木は五葉の懇願を無視し、他国からミサイルが飛来するという空を睨んだ。

——なるほど、徐福か。

理由はわからないが、これはきっと徐福の企みの一環だ。徐福は、この世界に禍をまき散らしている。人を殺し、大量の鬼を生み、シュテンや茨木を巻き込むその理由は何なのか——。

——シュテン。今どこにいる。

茨木は目を閉じ、静かに耳を澄ました。自分とシュテンは、どこかでつながっているはずだ。

シュテンがいる場所くらい、感じ取れないはずはない。

——シュテン、そこに行くから応えろ。

ふと、この千年を思う。こんなことを何度繰り返してきただろう。シュテンはいつでも鉄砲玉のように好き勝手に飛んでいく。自分はいつもシュテンを探している。

——シュテン、どこだ。

徐福は村埜の自宅と首相公邸とを空間接続術で結んでみせた。都内二十三区内であれば、公邸からどこにでも行けたはずだ。

あるいは、もっと遠くにでも。

徐福はその気になれば、地球上のどこにでも行けるのかもしれない。空間を思うままにねじ曲げ、輿の乗った場所に飛ぶ。

「だが、器にも準備が必要だろう」

村埜は、自宅の車庫で繭のような物体にくるまれて眠っていた。あの繭がどんな働きをするのかわからないが、徐福が村埜を次の器にするつもりだったなら、いざ乗り換えたときに、自分の意思で自在に動くよう調教したいと思うはずだ。

生きた人間の身体と、その心——一般に魂と呼ばれるものかもしれない——とは、そうたやすく切り離せるものではない。

身体とは感覚器官だ。五感は身体が存在するからこそ得られるものだ。また、身体とは魂の存在を担保するための、エネルギー生成機関でもある。身体が存在しなければ、食事を摂るなど、ひとが生きていくためのエネルギーを得ることもできない。

「魂消《たまげ》る」という言葉があるけれど、魂と身体を切り離すには、もはや身体からの感覚を得たくないと思うほどの強い衝撃や、生きながらえることへの嫌悪感が必要だ――。

あるいは、ゆっくり、じわじわと徐福の手の内におさめ、同化させるか。

「さしずめ、繭は同化のツールか」

脳や神経は、電気信号を伝えている。村埜を包んでいた繭は、まるで帯電しているかのように光っていた。徐福は、繭を使って村埜の脳に自分の記憶を流し込んでいた。ちょうど、茨木がシュテンや仲間たちに自分の記憶を注入するように――。

「茨木様――?」

考え込んでいると、不安そうに五葉が声をかけた。

「五葉。首相公邸ではなく、村埜の自宅に向かってみよう。そこに徐福がいるかもしれない」

徐福は村埜を捨て、瑞祥に乗り換えたという。ならば、瑞祥の脳に、最初から自分の記憶を送る必要があるはずだ。村埜の車庫がシュテンらに発見された後、首相公邸に引き続き繭を用意したが、それも発見されてしまった。

徐福ならどうする? 新たな居場所と新たな繭を用意するのか。時間があるならそれも可能だろう。だが、ミサイルの一件といい、空気が不穏だ。おそらく、徐福に残された時間は短い。それなら――。

茨木と五葉のスマホが鳴った。

『先ほど近隣国から発射されたミサイルは、自衛隊のイージス艦が迎撃に成功しました。いったんミサイル発射警報を解除しますが、今後の情報にもご注意ください』

――解除されたのか。

「車を回します」

ホッとしたように五葉が駆けだした。

「ミサイルとは何だ？」

のんびりと土熊が尋ねる。

「そうですね」

どう説明したものかと、茨木は微笑んだ。

「巨大な、金属製の矢とでも申しますか。高速で飛び、目標に到達すると爆発します。大勢が死にます」

「よくわからないが、それも徐福とやらが仕向けた兵器なのか」

「そのようです」

まじめな顔で、土熊は頷いた。

「徐福とやら、麻呂子親王よりもひどい奴だ」

比較の対象は、いつも麻呂子親王なのかと思うと笑いを浮かべてしまいそうになるが、茨木も慇懃《いんぎん》に頷いた。

「ひどい奴です」

社用車を、五葉が車寄せに回してくれる。羽田空港から世田谷まで、道が混んでいなければ、およそ三十分だ。

——その三十分の間に、決着がついていなければいいが。

これほど焦燥感に駆られたことはない。

ミサイル発射警報が解除されても、行人はまだ首相公邸にいた。公邸で行われた徐福と酒呑童子の死闘の結果は、銀座で首相夫妻を襲ったのと同じ、テロリストによる犯行として表向きは片づけられつつある。

「この繭は、徐福が作った、あるいは徐福の身体から出たものと思われます」

剝ぎ取った白い糸を、大鳥に見せる。村埜の車庫に徐福が現れると、車庫にあった繭は徐福の感情にシンクロし、青白い輝きを増したり減じたりしていた。

「なるほど。それをどうする」

「この繊維から、徐福の居場所を探れないでしょうか」

大鳥はしばらく白い糸に指先で触れ、考えていた。

「賀茂さんがいれば失せもの探しは得意だったが、我々では難しいな。だが、たしかに徐福の一部なら、これを使ってやつを縛ることはできるかもしれん」

「徐福を縛るのですか――」

髪や爪など身体の一部だったものや、穢れを移した撫物などは、元の人間とつながっている。だからたとえば髪や爪を燃やすことにより、持ち主になんらかの作用を及ぼすことも可能なのだ。

「では、祭壇を用意しましょう」

「いや、祭壇はすでにある」

大鳥が踵《きびす》を返したので、行人はハッとした。

――そうだ。たしかに、これ以上の祭壇はないじゃないか。

大鳥が向かったのは、大ホールだった。巨大な白い繭と、香炉とその台が、そのままに残されている。徐福もこれを祭壇と呼んでいた。

「行人、伽羅《きやら》を用意してくれ。齢数千万を超える方士どのを葬り去るにふさわしい陰陽術を、我々で披露しようではないか」

「御意!」

――待っていてくれ、瑞祥。

必ずおまえを助け出す、と行人は拳を握りしめた。

29

周囲は漆黒の闇に包まれている。

ミサイル発射警報とやらが発令されたとき、シュテンは徐福の気配が迫るのを感じた。

――危うし!

徐福が狙うのは、陰陽師だ。だから、瑞祥という若い陰陽師を守るため、とっさに車に飛び込んだ。徐福の空間接続術は、狙いをつけた瑞祥だけでなく、瑞祥にしがみついたシュテンと、シュテンにつかまった綱をも通したようだ。

大江山にいたころ、酒呑童子は大勢の捨て童子の面倒を見ていた。貧しいものたちが、食うに困って子どもを山に捨てていくからだ。己の境遇も似たようなものだったので、シュテンは捨て童子の親がわりとなって、衣食住を調えてやった。自分と同じ境遇の捨て童子を、餌食にしたりはしなかった。

そして、十八になるころ、童子たちに問うた。大江山を下りて自活するか、鬼になって自分の仲間になるかを選ばせたのだ。

あの若い陰陽師も、ほぼその年齢に近いと思われる。

——どこに行ったのか。

シュテンは瑞祥の身体にしがみついていたはずだが、いま手に触れる範囲に、瑞祥はいない。空間接続術が解ける瞬間、シュテンの意識が薄れた隙に、徐福が瑞祥を搦めとって連れ去ったようだ。

そして、この漆黒の闇。

「綱、いるか」

『おらいでか』

左手の少し離れた床から、ふてくされた声がした。人形の綱が、こうして人間として過ごせる時間は、一度に一刻ほどだ。時間が過ぎるとふたたび人形に戻ってしまう。それまでに、なんとか徐福との闘いを終えてしまいたい。

「灯はないか。こう暗くては」

『灯など持ち合わせておらん。人形に聞くな』

闇の中でも、だんだん目が慣れてくる。

うっすら、綱の色白な顔の輪郭が光って見える。他の気配もする。ぼんやりと周囲の輪郭が見えてくると、そこが意外に狭い場所だと気がついた。

——来たことがある。

四角い部屋だ。前に来たときは、中央に「車」とやらいう小型の乗り物が置かれていた。それをどかすと、床に張ったコンクリートの下から繭に包まれた村埜が現れたのだ。

シュー、シュー、シュー、というかすかな音が、ずっとしていることに気がついた。意識に上らないくらい、かすかな音だ。

手を伸ばすと、背後の壁に当たる。壁に沿って、シュテンはゆっくり移動した。見立てが正しければ、右に動けば上下に開閉する金属製の扉があるはずだ。

「——よけいな者までついてくるとはのう」

徐福が嫌味たらしく呟いている。シューという雑音が聞こえるのと同じ場所に、徐福がいる。あの音は徐福が出しているのだ。

「よけいな抵抗はせぬことだ、童子よ。どのみち、もう何をしても無駄なこと」

——何が無駄だ。

狡猾なやつらは、そう言って抵抗を諦めさせるのだ。抵抗しても無駄、逃げても無駄、ただ黙って家畜のように従うしか道はないと、思い込ませる。

だが、シュテンは大江山にこもった。

大江山で徒党を組む鬼になった。決して自らの運命を呪わず、諦めもしなかった。

だから、千年の後もここにいる。

「徐福よ。おまえは何年生きている？　千年、二千年などという単位ではなかろう。何百万年、へたすると何千万年か？　生まれた場所からここに来て、古きものとして崇められたと言ったな。いいかげん、飽きただろう。そろそろ身体を替えるのもやめたらどうだ」

しのび笑う声が、低い位置から聞こえる。床下だ。徐福は床下にいる。

「飽きはせん。わしは神だ。神が飽きると思うかね」

「何言ってやがる。おまえは神なんかじゃない。ただの気色の悪い化け物だ」

右手がひんやりした金属に触れた。

――ここだ！

シュテンは拳を握りしめ、気合とともに金属のシャッターを一撃した。

破れたシャッターから、まばゆい光が車庫に差し込む――とは、いかなかった。外はすっかり日が暮れている。だが、街灯や近隣の家々の窓から漏れる光が、闇に慣れた目には充分なほど明るく射し込んできた。

小さな車は、車庫の隅に寄せられている。床の穴は、前に見た時より広げられ、その中にはびっしりと糸が張り直されている。繭のようだと以前は思ったが、いま目にするそれは、蜘蛛の巣を重ねたようにも見える。

糸の奥に、目を閉じたうら若き麗人の顔があった。陰陽師だ。白い顔はデスマスクのように無表情だった。

村埜が入っていた繭は、村埜の身体を引きずり出したときに破れた。だから、その中に瑞祥をおさめた後、あらためて糸を張り、繭を強化したらしい。

先ほどまで聞こえた、シューという音こそが、糸を吐く音だったのかもしれない。

見守るうちに、白い繭が銀色に輝き始めた。無数の銀色の光が、繭のあちこちで生まれ、走り回っている。瑞祥の身体が、銀色の光に浮かび上がる。

それはまるで、電気信号のようにも見えた。

「わしの器を見てどうする。もう誰にも、邪魔はさせないぞ」

陰陽師を閉じ込めた繭を守るのは、床下の穴にとぐろを巻く巨大な蛇だ。首相公邸で暴れた時よりはサイズが小さいが、悪意が滲み出るような瘴気が、今も漂っている。

徐福だ。

「そうかね。ちょっと試してみようかね」

「愚かな童め。じき、この国の首都は消滅する。そのとき東京に暮らす千三百万人の呪詛と無念が、わしの器を鍛える。一瞬で消滅する巨大都市の怨念が、わしの新しい器を強くするのだ」

「ミサイルというやつか」

強い器に乗り換えるためには、多くの命を必要とするのだと徐福は言った。

「だが、東京が消滅するときは、おまえと器も一緒に滅びるだろうに——ああ、そうか」

徐福には、空間接続術がある。消滅する東京から大量に消えゆく命の負のエネルギーだけ吸い取り、自分は別の場所に逃げるつもりなのだ。

「つくづく、手前勝手なやつだな」

己が生き延びるために、何百万、何千万という他人の命を犠牲にしてはばからない。人の命など餌でしかないと公言する徐福ならではだ。だが——。

『コ——ロ……セ——』

繭に包まれた陰陽師の唇が動いた。

目を閉じたまま、血の気が失せ、まるで石膏細工のように白く硬い頬で、彼は何かを訴えようとしていた。

『私……ヲ——コロ……セ——』

瑞祥という名の若い陰陽師は、まだ自我を失ってはいない。それどころか、事態を正しく把握し、徐福の妄念を断ち切るために、なすべきことを訴えているのだ。

瑞祥は正しい。彼を殺せば、徐福は新しい器を失う。

「――ふん。気に入ったぞ、陰陽師」

シュテンは口の端をぺろりと舐めた。

「そんなことをさせるものか、愛しき器よ」

舌なめずりしながら徐福が呟く。

「わしが守ってみせよう。愚かな酒呑童子からな」

「――やってみろ！」

シュテンは吠えた。吠えながら、鎌首をもたげる大蛇に向かっていっきに飛んだ。

30

大鳥が祭壇をしつらえさせたのは、首相公邸の大ホールだった。

徐福が村埜の身体に乗り換えるために準備していた祭壇を、逆に徐福を調伏《ちようぶく》するために利用するつもりだ。

香炉を清め、持ち込んだのは那智家秘蔵の香木、伽羅だ。

床に毛氈《もうせん》を敷き、四隅に葦を束ねて立てる。これが結界だ。清浄な水を水盤に汲み、榊の枝を供する。徐福が作った繭の白い繊維を、白木の三宝《さんぽう》に載せて祀る。

東南アジアに生育するジンチョウゲ科アキラリア属の大木は、通常、管状の構造を持ち水に浮くほど軽い。虫などが樹皮に傷をつけると、滲出した樹脂をこの管を使って傷口に送り、修復しようとする。

この樹脂が長い歳月のあいだに沈着し、化石のようになったものが沈香《じんこう》だ。沈香の中でも特に上質のものを、伽羅と呼ぶ。

正倉院《しょうそういん》におさめられた蘭奢待《らんじゃたい》と名のある香木も伽羅のようだ。東大寺《とうだいじ》が保管していたものとの説があり、「蘭奢待」の名前には「東大寺」の文字が隠されている。

──伽羅の香りは、魔よけになる。

熱した香炭団《こうたどん》を香炉の灰に埋め、そばに香木を置くと、熱で伽羅が漂いだす。千年、二千年という悠久の時の流れが、ほのかな香りに結実したかのように。

「私が呪法を」

進み出ようとした行人を、大鳥が静かに止めた。

「わしがやる」

彼はすでに、急ぎ取り寄せた縹《はなだいろ》色の水干《すいかん》に卯《う》の花色の袴をつけている。

──この人はまだ、肝心なことは自分がやらねばと思っているのだろうか。

「勘違いするな。万が一、瑞祥が徐福の器になるようなことがあれば、那智家の呪法を継ぐのは、来春生まれるおまえの息子しかいない。誰がわしの孫に陰陽術を伝えるのだ」

ハッとした。大鳥は、この呪法に命を懸けるつもりでいる。

「それは──」

「賀茂さんがおまえに何と言った。彼の遺志を無駄にするな」

そこでふと、大鳥は何かを思い出したように、ふくみ笑いをした。

「もっとも、あの賀茂さんが茨木童子と通じていた張本人だったとはな。若い頃から美しい女に弱い人だった。もっと早く打ち明けてくれていたら、酒呑童子の話もゆっくり聞けたかもしれないのに」

「父上――」

「いいか、行人。もうずっと前から、お前が那智の当主だ」

大島の言葉に、行人は急に自分の足元がこころもとない気分になった。

「伝説としては聞いていたが、まさか、生きているうちに酒呑童子や茨木童子に会うことになるとはな」

――意外だ。父上が笑っている。

厳しいことしか言わないと思っていた。たまには優しい言葉も聞きたかったが、いつも冷たく突き放された。鬼について、こんなに愉快そうに話すとは夢にも思わなかった。

次の瞬間、大島は表情を引き締め、いつもの彼に戻った。

「彼らと協力関係を結ぶには、わしはあまりにも長く、したたかに鬼を憎みすぎた。今さら無理だ。あとは、おまえや瑞祥たちの世代に任せよう」

「父上――」

陰陽師と鬼の千年続く確執が、昨日、今日の対話でいっきに片づくはずがない。恨みや憎しみ、悲しみ、そういった負の感情が薄れるには、長い時間が必要だ。行人にしても、この手で斬り殺した無数の鬼たちや、目の前で自害した鋤田のことを、そうかんたんに忘れられるはずもない。

――本当は、あの若い鬼たちを斬る必要などなかったのか？

考え始めると、行人は自分の心が地中にめり込んでいく気がする。だから、なるべく考えないようにしてきた。

――だが。

鋤田は己が鬼になることを良しとせず、自ら命を絶ったのだった。鬼に対する見方が変わっていれば、死ぬ必要もなかった。

――あのとき、鬼になってもかまわないと自分が言っていれば、鋤田は死なずにすんだかもしれない。

鋤田を殺したのは自分だ。彼が鬼になったと知り、行人は絶望した。その絶望が、彼に死を選ばせたのだ。

行人は胸に痛みを覚えた。

トクチョーの課員たちが、大ホールの隅に控えている。駒田の姿もある。

「結界の中には、わしと行人だけが入る」

大鳥がそう告げると、課員たちは低く頭を下げ、「御意」と短く応じた。

「行人。風切りを、しっかり手元に置いておくのだ」

行人は眉をひそめたが、言われた通り銘刀を手元に引き付けた。

いざ参らん、と呟いてふわりと袖を払い、大鳥は毛氈の中央に腰を下ろした。

「掛《か》けまくも畏《かしこ》き産土神《うぶすながみ》の大前《おおまえ》に、斎主《いわいぬし》恐《かしこ》み恐《かしこ》みも白《もう》さく――」

朗々たる大鳥の祝詞《のりと》にあわせ、課員たちが唱え始めた。

31

徐福の蛇は、車庫におさまるサイズなのに、強い。

巨大化しないのは、繭を守るためだ。

巨大化すれば車庫を破壊してしまうし、そうなると瑞祥の繭が失われる。車庫を出れば、シュテンか綱が瑞祥を奪うかもしれない。だから、とぐろを巻いて繭を守りながら、シュテンたちの相手をしている。

——弱みがあっても、強いじゃないか！

シュテンはひそかに舌を巻いた。

しかもおそらく、徐福はいま、瑞祥に己の記憶を移すため、裏で信号を送り続けている。電気信号のような光が表面を走り続けている繭が、その証だ。

シュテンが蛇を押さえている間に、綱がその頭を切り落とす作戦を立てた。だから、どうにかして蛇の頭を押さえようとしているのだが、そうかんたんには触らせもしない。綱も身軽に蛇の首を狙って飛び回っているが、そのたびに牙をむいた蛇に咬みつかれそうになったり、尾で弾かれて車庫の壁に叩きつけられたりしている。

——いっそ俺様が巨大化するか？

そうすれば車庫と村埜の家が壊れるだろう。村埜は死んでしまったから遠慮はいらない。

シュテンが全身の筋肉に力を入れたとき、徐福が赤い目を輝かせた。

「車庫を壊すつもりだろうが、無駄だな」

思わず舌打ちする。徐福のやつ、こちらの動きを正確に読んでいる。

なぜ無駄なのかは、すぐにわかった。車庫の床下に作り上げた繭を、徐福はいつの間にか長い胴の上に載せていた。徐福の背に、眠る瑞祥が張り付いている。

「とことん面倒くさい奴だな、徐福。いいかげん、諦めたらどうだ」

「それはこちらのセリフだ、童子よ。そなたこそ、諦めてわが軍門に降るがよい」

「馬鹿いえ！」

「狭いところで戦うのも飽きたぞ」

大蛇の身体が銀色に光りはじめ、徐福は突然、穴のあいた車庫のシャッターに突進した。そのまま、シャッターを引き裂いて外に飛び出していく。

――巨大化している。

徐福の蛇体はみるみるうちに胴回りの太さを増し、銀色の鱗一枚、一枚がはっきり見分けられるほど大きくなり、ズルズルと音をたてながら車庫から出て路面を滑っていく。

「いかん、綱、来い！」

シュテンは蛇体の尾に飛び乗り、綱が伸ばした手を取った。

『酒呑童子、蛇の頭を落としても、あいつは死なんと思う』

どうにか蛇によじ登った綱が、刀を鱗の隙間からずぶりと尾に突き刺す。痛みは感じるらしく、蛇は強い力で尾を振り、車庫の壁を破壊した。シュテンたちは振り落とされぬよう、しがみついている。

「なぜそう思う」

『さっき、わしは蛇の心の臓を狙って刺した。手ごたえはあったが、やつは死ななかった』

「なるほど、おおかたの生き物とは身体の構造が異なる――わけか。ならばどうする」

『わからん。あの蛇が徐福の本体ではないのかもしれんな』

夜だ。月が出ているが、それより現代の路上は、街灯なるものが煌々と照らしている。家々の窓から漏れる光も明るすぎて、趣がないほどだ。

蛇はもはや、首相公邸の前庭で暴れていた時よりも巨大になり、ずるずると道路を這っていく。シュテンは蛇の首筋あたりにある鱗を見上げた。もはや大蛇の身体についた白いホクロ程度にしか見えない。

両側の民家の窓から、なにげなく外を覗いた住民が、夜の道路を滑るように疾駆する大蛇の姿に、驚愕を飛び越して魂を飛ばすのが目の隅に映った。彼らが我に返り「スマホ」とやらいう四角い板を持ち出す頃には、大蛇ははるか彼方に走り去っているのだが。

「――綱。俺様は蛇をおとなしくさせる。お前はこのまま蛇の身体を上っていって、陰陽師を鱗から引きずり出せ」

『よし』

綱は刀の小柄を抜き、鱗と鱗の間に差し込んで、徐福が振り落とそうとしても、落とされないようにつかまった。

シュテンは蛇の背中を駆け上がりながら、自分を抱きしめるように両腕を回した。生まれたときは、自分も人間だったはずだ。だが、徐福に血を吸われて鬼になった後、意識を集中すると、身体の大きさを自由に変えられることに気がついた。閉じた殻を割るように、身体の中からエネルギーが溢れてくる。解放される感覚だ。

「徐福――――！　おまえは俺が調伏してやる！」

「童子ごときが猪口才《ちょこざい》な！」

何からの解放なのか、長い間わからなかった。だが、千年生きた今、ようやく言える。肉体という制約、人間という限界、「身体とはこうであらねばならない」と無意識に思い込んできた制限のすべてから、自分自身を解放するのだ。

大蛇の背中を駆けながら、シュテンの身体も巨大化する。気づいた徐福が、鎌首をもたげて憎々しげにこちらを睨み、シャーッと鋭い息を吐いた。

シュテンがその頭につかみかかったとき、どこからともなくサイレンが鳴り響いた。

32

茨木と五葉のスマートフォンが、同時に不穏な警報音を鳴らした。

『ミサイル発射。先ほど近隣国から複数のミサイルが発射されたものとみられます。急いで頑丈な建物の中か、地下に避難してください』

――Jアラート再びか。

五葉がハンドルを握るトウの社用車は、羽田空港から首都高速湾岸線と中央環状線、3号渋谷線を乗り継ぎ、高速を降りるところだった。

徐福が向かったはずの、村埜の自宅はもうすぐだ。シュテンや陰陽師らとは連絡が取れなくなっているが、茨木は自分の直感を信じている。

「今のはなんじゃ？」

後部座席の隣に座る土熊が、耳障りな電子音に顔をしかめて尋ねる。

「またミサイルが飛んでくるのです。発射してから数分後でしょう。今のは、その警告です」

「例の、金属の矢か。避難せよと言っていたが、それで助かるのか」

茨木は一瞬ためらった。

「――場合によります。直撃すれば、人間は助からない恐れもあります。ただ、ここにたどりつく前に、こちらも矢を放ち、矢で矢を落とそうとしています」

土熊は、武骨な肩をこわばらせた。恐れているのかと思ったが、そうではなかった。

「矢で矢を射落とすとはな。矢を射たのは、それぞれの武人であろう。それで命を奪われるのは、罪もない民草たちだな」

「――いつの世も、その通りです」

律令の世も、現代も変わらない。人間は千年経っても二千年経っても、まだその愚かさを繰り返すのだ。

「昔のわしは強かった。麻呂子が攻めてくるまで、都の兵をひとりで千は倒した」

にっと笑った土熊の歯は茶色く汚れているが、茨木はこの朴訥《ぼくとつ》な千五百年前の男を好ましく思い始めている。

「それはお強うございましたな」

「そうだよ。のう、茨木どの。そのミサイルとやらいう矢、わしも止めるのを手伝いたいな」

――ミサイルを止めるだって。

茨木の驚きをどう受け取ったのか、土熊は恥ずかしそうに首を振った。

「――いや、もの知らずの戯言であったな。忘れてくれ」

「いえ――」

ミサイルを止めるなどという発想が、そもそもなかった。茨木はこの千年、一度も石になることなく、生き続けている。その彼女でも、すべてを理解しているわけではない。ミサイルを迎撃することが可能だとは知っているが、それは迎撃ミサイルなどを使って行うもので、自分の仕事ではないと思っていた。

「——ミサイルというものは、とにかく高いところを飛びますので」

「なるほど。手が届かぬわけか」

「ふつうなら届きませぬ——が」

茨木は首をかしげた。ふつうの人間には届かないが、鬼なら届くだろうか？

そもそも、いま問題になっているのは弾道ミサイルだ。発射場所から標的まで、ミサイルは弾道——弧を描いて飛ぶ。

以前のミサイル騒動の際に、ニュースで見たところによれば、迎撃には二段階あって、ひとつは洋上に待機しているイージス艦からミサイルを発射し、弾道の頂点に近い場所、大気圏外で撃ち落とす。もうひとつは、標的に近い場所で待機するペトリオットミサイルを発射し、大気圏に再突入して着弾するまでの間に撃ち落とす。

だがまあ、それは自衛隊に任せるとしよう。

——私たちの敵は、まず徐福だ。

スマホが鳴った。七尾からだ。三輪とふたり、丹後に残して別の用を頼んでおいた。

『茨木様、僕たちも羽田に着きました！　ヘリには乗らなかったんですか？』

「車で村埜の自宅に向かっている。頼んでおいたことはうまくいったか？」

『うまくいきましたけど——』

七尾の声が乱れたかと思うと、彼の背後で興奮して喚くだみ声が聞こえてきた。

『茨木！　聞いとるか、わしは鳥になったぞ！』

「あの声は星熊だな」

思わず苦笑いする。

大江山の仲間の鬼たちは、復活したり石になったりを繰り返し、ここ百五十年ほどは酒呑童子をはじめとして皆眠りについていた。

元伊勢《もといせ》内宮皇大《ないくうこうたい》神社には、「カネのなる石」と名づけられた平たい大石があり、小石で叩くと金属のような音がして、厄払いになるとありがたがられていた。それが、金熊童子が石になった姿だとは、ずいぶん昔から気づいていたのだ。二瀬川《ふたせがわ》渓谷には巨石がごろごろしていて、「鬼の足跡」「頼光の腰掛岩」などと呼ばれる有名な石もある。だが、川にずっしりとかまえた、名前などない四角い巨大な橄欖石《かんらんせき》が、実は星熊童子だということにも、わりと最近気づいていた。時期が来れば、復活させようと考えていたのだ。

他の連中、虎熊や熊は、丹後にいないので今回は見送った。

「おまえたちもヘリで世田谷に来てくれ。着陸できる場所が見つかるかはわからないが、ヘリがあれば、何かの役に立つと思う」

『承知しました。ただ、ミサイル警報が出たせいで、すぐに飛び立てるかどうか――』

「警報など気にするな。操縦士が嫌だというなら、ミサイルが着弾すれば上空にいるほうが安全だと言ってやれ」

うへえ、と呟きながら七尾が「了解しました」と応じ、通話を終えた。

――早くシュテンと合流しなくては。

茨木は車の窓を少し開けた。外の空気を入れただけで、異様な気配が伝わってくる。すでに始まっているのだ。シュテンと徐福の戦いは。

蒸すような熱気が伝わるのは、初夏の宵だからではないだろう。徐福が村埜の自宅に向かったという直感が間違いではなかったことを、茨木は確信した。

「茨木様、あれを！」

ハンドルを握る五葉が、左手で進行方向の斜め前を指さした。

巨大な銀色の――蛇だ。

大蛇が世田谷の町をのたくっている。

蛇が身体を激しく震わせると、振り回した尾で周囲の民家が破壊され、車の前にも木片や屋根瓦が飛んできた。

――あれが徐福か。

五葉が車のスピードを上げ、次のコーナーを左に曲がった。

「おお、あれが――」

ものに動じない土熊も、さすがに口を開けて驚いている。

目の前に、見たこともない大蛇と、鬼の本性をさらけ出した巨大なシュテンがいた。シュテンは大蛇の口にコンクリートの電柱をかませて押さえ込もうとし、大蛇は彼に抗って路面をのたうっている。両者の力は拮抗しているが、大蛇は長い身体を生かしてシュテンを絞め殺そうとしているようだ。身体が大きい分、大蛇側が優勢にも見えた。

彼らが激しく動くたび、周囲の家が破壊され、悲鳴を上げて逃げる住民の姿も見える。

「よし、降りよう」

茨木はヘルメットを素早く身につけた。彼女が車を飛び出すと、土熊も迷いなくついてきながら感心している。

「あれほど巨大な鬼は見たことがない。茨木どのの盟主、酒呑童子どのとはたいした鬼だな」

見上げた先に、茨木は美々しい武者姿を見つけ、不意を打たれた。

――綱どの！

甲冑をつけた渡辺綱が、大蛇の身体にタスキを巻き付けたり、小柄を刺したりしながら、じりじりと上方に進んでいる。その先に見えるのは、白い繭だ。電気信号のような光が、繭の表面を走り回っている。

――陰陽師はあの中か。

綱は苦労しつつも、ようやく繭に手が届く位置にまで来ていた。だが、綱がいよいよ繭に手をかけようとしたとき、大蛇は怒りを込めて、尾で彼を払いのけようとした。

『危ない！』

とっさにタスキにぶら下がって直撃は避けたが、数メートルは後退した綱が、再び果敢に蛇体を上り始める。

『土熊どの。あの蛇の尾を押さえていただけまいか』

「心得たり！」

土熊の反応は速い。横幅の広い、蟹を思わせるがっちりした身体つきだが、動きは敏捷だ。言うが早いか、アスファルトを裸足で駆け、破壊された民家の瓦礫から屋根に飛び上がり、その勢いで蛇の尾に飛び乗った。

千五百年生きた土熊なら、シュテンより巨大になるのだろうと漠然と考えていた茨木は、人間のサイズのまま戦おうとしている土熊に驚かされた。

なるほど、自分たちはシュテンに教わり、鬼は誰でもその気になれば巨大化できると知っているが、土熊は身体の使いかたをまだ知らないのかもしれない。

だが、膂力は強い。蛇の尾を抱え、地面にがっしりと押さえ込んでいる。大蛇は自分の尾が意のままに動かせなくなったことに苛立つのか、しきりに後ろを振り返っている。

「おのれ、何やつじゃ――放せ！」

頭をシュテン、尾を土熊に押さえられては、さすがの徐福も動きが鈍るらしい。

『かたじけない！』

綱が気づいて土熊に礼を言い、再び蛇体を上り始める。自分は綱を手伝うべきかと茨木が見上げたときだ。

「来たな茨木！」

シュテンが大音声《だいおんじょう》で呼ばわった。大蛇と格闘しながら、にっと大きな口で笑っている。

「ここに来て俺様と代われ！　俺様は別の用がある！」

――なんだって。

茨木は躊躇した。

彼の代わりに大蛇の頭を押さえるには、茨木自身も鬼の姿を解放しなければならない。

だが――。

つと、茨木はフルフェイスのヘルメットに手を添えた。「トウ」の社長で、元スーパーモデルの茨木瞳子として著名人の仲間入りをしてから、こんな時にはずっと顔を隠してきた。

今後の活動に支障が出ると困る。

いや、それは言い訳だ。鬼になるまで、ほんの一瞬だ。あれは茨木瞳子だと見分けられる恐れなどほとんどない。

――鬼の顔を誰にも見せたくない。

――鬼の身体に戻るのが、恥ずかしい。

それが本当の理由だ。

だって、鬼は美しくない。

もう百年以上、茨木は鬼の顔を誰にも見せていない。人間としての顔と身体で生きている。モデルを生業にしていた頃は、世界でもっとも蠱惑《こわく》的な顔と呼ばれたこともある。パリコレでは、千歳の魔女が十八の少女に宿ったと評した記者がいた。茨木がステージに立つと、誰もが彼女から目を離せなくなる、心を奪われると賞賛された。モデルよりむしろ女優になるべきと言われたこともある。だが、茨木はデザインの道を選び、少しずつ表舞台から遠ざかるようにした。

もちろん、一ミリたりとも衰えることのない容姿に、不審の念を抱かれぬようにだ。

――鬼の身体は美しくないか。

いや、そんなことはない。シュテンを見れば、むしろその造型の妙に惹かれるが――モデルを職業として初めて、鬼ではない、ふつうの人間たちにも自分が受け入れられたと感じたのだ。千年生きてきて、初めてのことだった。

子どもの頃は口減らしの対象となり、捨てられた。大江山ではシュテンや仲間たちと楽しく暮らしていたけれど、ふもとの村や都の人々からは汚い、恐ろしい鬼と蔑まれていた。大坂城を巡る戦にも出たし、江戸では夜盗の群れを率いて、幕府軍と官軍の戦にも参加したが、いつも茨木は怖がられてきた。

自分の存在が無条件に受け入れられ、認められたのは生まれて初めてだった。

「――茨木」

気づくと、シュテンがまじめな表情でこちらを見つめていた。大蛇の頭を両腕で押さえていなければ、きっと手を差し伸べていただろう。

悪かった、とシュテンの唇が動いた。

ひとりにしてすまなかった。おまえが嫌なら、そのままでもかまわない。

シュテンの目がそう言っている。

「おまえ、疲れているんだな」

――疲れた。

そうだ。茨木はずいぶん疲れていた。疲れきったと言ってもいい。もうこれで終わりにする。これで最後にしようと、考えてもいた。

茨木は笑わなくなっていた。人間に交じって鬼が生活する場所をつくるために、ひとりで頑張った。それはけっこう重荷だった。

忘れていた。シュテンには、この百五十年の記憶を注入したのだ。茨木の見聞きしたことや経験のすべてが、シュテンに流れ込んでいる。どんなふうに彼がその大量の記憶を処理したのか知らないが、茨木の感情すら、彼は読み取ったのかもしれない。

「だがな、茨木。忘れるな、俺たちは俺たち。おまえはおまえだ」

茨木は棒のように立ち尽くしていた。

人間の美意識や価値観に、長らく自分をあわせて生活するうち、自分自身を見失っていた。鬼の美意識や価値観が、人間と同じであるはずもないのに。

鬼は鬼のままでいい。茨木は茨木のままでいいのに。

シュテンがなぜ大江山の王でいられたのか、忘れていた。

彼は正しいのだ。いついかなるときも、シュテンは仲間をよく見ているし、誰ひとり見捨てたりしない。シュテンといれば大丈夫。彼といれば、必ずなんとかしてくれる。

だから、酒呑童子は大江山の王なのだ。

茨木はヘルメットを脱ぎ捨てた。長い黒髪が、さらりと外に流れ出る。

身の内に湧く高揚感を、久しく忘れていた。鬼に戻るときは、殻を破って自分を解放するのだとシュテンは教えてくれた。おまえを閉じ込めている小さな器は、茨木童子の本来の姿ではないのだ。おまえはもっと大きい、おまえはもっともっと、途方もなく美しい――。

目に映る景色が、どんどん下方に消えていく。革のジャンプスーツを身につけていたことも忘れていた。それはいつの間にか弾け飛び、見下ろせば鬼としての彼女本来の、つややかな肌と、銀と黒のマーブル模様の毛並みが露わになっていた。髪はたてがみのようになびき、額には銀細工のような角が二本、くっきりと輝いているはずだ。茨木はその角に手をやり、滑らかな手触りを楽しんだ。

「だから言ったろう、おまえは美しいんだ。ひとの目なんか気にするな」

シュテンが目を細めた。

次の瞬間には、シュテンはどんどん縮んでいった。蛇の頭は茨木に任せたと言いたげに、あっさり押さえ込んでいた大蛇を手放した。

「あんたの相手は私だ」

今こそとばかり電柱を吐き出して、小さくなったシュテンに鋭い牙で咬みつこうとする大蛇の頭を、茨木は蹴り上げた。

「――おのれ許さぬ、酒呑童子！」

徐福は怒りで真っ赤になった目から、血を流している。人間の身体に戻ったシュテンは、蛇の頭を駆け下りていく。小柄で繭を切り裂いた綱が、意識を失った若い陰陽師を引きずり出すところだった。陰陽師の身体を抱えた綱が、ふと茨木に視線を留めるのが見えた。

――茨木童子か。

綱の唇が小さく動き、目に温かい光が灯るのを見たと思ったのは、茨木の錯覚だろうか。

「酒呑童子――！」

徐福が絶叫する。茨木にも、シュテンの企みが読めた。

――徐福の器を鬼にするのだな。

殺すつもりなら、綱にその喉を裂かせればよい。シュテンがわざわざ人間に戻って陰陽師に駆け寄るのは、徐福の器にさせぬためだ。

おそらく、徐福は鬼を器にすることはできぬのだ。

「徐福よ、相手は私だと言っただろう！」

シュテンに咬みつこうとまだ牙をむく大蛇の首を左腕で抱え込み、茨木は周囲の道路にまだ一本だけ残っていた、一時停止の道路標識を右手で掴んだ。メリメリと音をたて、アスファルトから引き抜くと、それは途中で折れて金属の棒になった。

シュテンとの死闘で、大蛇の首には丸い傷ができていた。おそらく、意図的にシュテンが鱗を剝いだものと思われた。その傷めがけ、茨木は標識の先を突き刺した。

「――――！」

声にならぬ、超音波のような耳障りな叫びを上げた大蛇を、そのまま力に任せてアスファルトに串刺しにする。

痛みゆえか、それとも怒りゆえか、大蛇は全身を震わせて逃れようとしたが、頭は茨木が、尾は土熊ががっしりと押さえ込んでいる。

ここにいたるまで、シュテンや綱たちと戦い続けて消耗したためか、大蛇の身体はよく見ると傷だらけで、弱っているように見えた。

徐福の現在の身体が年老いて、本来の力を発揮できなくなったから身体を替えようとしているのだと、村埜が話していたというではないか。

――徐福は弱っているのか。

「綱、よくやった！」

シュテンが大蛇の背中を綱のそばまで滑り降り、若い陰陽師を受け取った。

瑞祥と呼ばれていた、少女のように整った顔立ちの陰陽師は、意識もなく、人形のようにぐったりとシュテンに身体を預けている。

「悪いな徐福。この子どもは、俺様の身内にする！」

宣言したシュテンが、瑞祥のぐらりと垂れた頭を起こし、首筋に純白の牙を立てた。

身体から直接血を吸うという行為が、なぜ相手を鬼に変えるのか。科学知識を身につけた現代人ならその理由もわかるのではないかと、茨木は五葉や七尾、三輪たちを相手に議論を重ねた。

現役の理系大学院生の七尾は、ウイルス感染による鬼化という仮説を立てている。

牙を使って相手の血管から血液を吸うことにより、鬼の持つウイルスが相手に感染する。輸血パックを介した吸血行為では、相手が鬼にならないのはそのためだ。

――それが本当なら、私たちはウイルスの産物なのか。

「まだだ、人間が鬼になるまでには時間がかかる。わしのように、その時間を自在にコントロールする能力など、童子は持たぬだろう。その器はまだ人間だ！」

首根っこを道路に縫い留められながら、往生際の悪い徐福が呻いた。茨木は大蛇の頭に足を乗せ、起き上がれぬよう踏みつけながら首を横に振った。

「いいや、徐福。シュテンは特別なのだ。シュテンが血を吸うと、いつも短時間で鬼になる。大江山で私は何度もその現場に立ち会ったから知っている。諦めろ、もうあの子は鬼だ。おまえの器にはなれない」

「何を――」

シュテンが口を離すと、青白い顔でぐったりと目を閉じていた瑞祥が、目を開けた。シュテンは、その白皙《はくせき》の額に落ちかかる長い髪を指先で払った。

「瑞祥、わかるか。おまえは今、俺たちの仲間になった」

シュテンの言葉が、瑞祥の胸に浸透するのを、茨木は見つめていた。瑞祥という若い陰陽師の反応を、少し恐れていた。鬼を祓うことを家業にしていた陰陽師の子だ。自身が鬼になることを、良しとするはずがない。

瑞祥は聡明だった。その目に広がる理解と驚き、恐れ、そして透明な諦めを、茨木はじっと見守った。そうだ、茨木も気づいていた。この子は孤独な捨て童子だった。シュテンや茨木、大江山の仲間たちと同じ、捨て童子だったのだ。

――おいで瑞祥、こちら側に。ここがおまえの正しい居場所だ。

シュテンが言葉を継いだ。

「瑞祥、誇れ。おまえはいま、世界を救った」

変化は静かで、確かだった。

瑞祥の胸にシュテンの言葉が染み渡ったとき、彼の形よい唇にはうっすらと微笑みすら浮かんだ。彼は、自分が鬼になったことだけでなく、そうすることで徐福を退けたのだという事情もきちんと理解しているようだった。

「渇いているだろうが、後で血をやる。俺様の血を飲ませると、おまえを俺様の傀儡にしてしまうからな」

瑞祥は、その意味を理解している。渇きを自力で制御できるほどには、この若い鬼は自制心に富んでいる。

「おのれ、酒呑童子——」

憤怒と絶望の入り混じる、血が滴るような声で徐福が唸る。

「覚えておれ！」

捨てぜりふを吐いた大蛇が、カッと大きく口を開くと、なにやら細く白いものが飛び出すのが見えた。小さな蛇だ。

——これは。

蛇は呪を唱えていた。

この小蛇が徐福の本体だ。彼は古い身体を捨て、逃げようとしている。逃がせば、ふたたび別の身体に乗り換え、私利私欲のために戦争を起こして大量の命を吸いつくそうとするに違いない。

——逃がすものか。

茨木は手を伸ばした。だが、遅かった。

「古きもの」の空間接続術を駆使した徐福は、大気中に溶け込むように姿を消していた。蛇を掴もうとした茨木の手は、空を掴んだだけだった。

「シュテン！　徐福が逃げた！」

「放っておけ」

シュテンが鼻に皺を寄せた。

「あの小さな蛇が、いま現在、奴の生命力のすべてよ。あの状態で新しい器を見つけたところで、すぐに完全復活はできまいよ」

その言葉を裏付けるように、大蛇の身体が乾いた砂のごとく崩れてさらさらと風に飛ばされ、失われていく。大蛇の牙だけが、象牙のようにごろりと路上に転がった。徐福の大蛇で、形が残ったのはそれだけだった。

いつの間にかシュテンと綱、それに瑞祥は地面に下り立ち、大蛇の尾を押さえ込んでいた土熊も、狐につままれたような表情で立ち上がっている。

「あの蛇をわしらで退治したのか――？」

「そなたは土熊どのか？　まさしくそうだ。わしらみんなで退治したぞ」

「おお、そうか。そなたが酒呑童子だな？」

シュテンと土熊は、ひと目で互いが気に入ったらしく、快活な笑顔で肩を叩きあっている。土熊は大江山にいてもおかしくなかった。立岩に閉じ込められて、千五百年も眠らされていたとは、いくら敵対していたとはいえ、麻呂子親王も非情なことをするものだ。

「そう言えば、土熊どのは徐福に放せと命じられても、知らん顔だったな。土熊どのを鬼にしたのは、徐福ではないのか？」

不思議そうに尋ねるシュテンに、土熊は陽気に笑った。

「わしが鬼になったのは、たしかに大蛇に咬まれた後だったがな。徐福というものは知らんようだな」

「古きもの」の本性は、みな大蛇の姿をしているのかもしれない。土熊が人間だった聖徳太子の時代には、徐福以外にもまだ「古きもの」がいたのだろう。シュテンの父親も「古きもの」だったというではないか。

茨木は周囲を見回した。

もう鬼の身体でいる必要はない。目立つし、破壊された民家の陰から、口々に叫んで見上げている住民の姿も見える。

人間の身体に戻るのは一瞬だった。茨木がふつうの人間サイズに戻ると、真っ赤な顔をした五葉がバスローブを片手に飛んできて、茨木の裸を見ないように目をつむりながら、慌てて着せた。

――どうしてこんなものまで準備しているのだ、五葉は。

戸惑ったが、社用車には茨木がプールやジムに通うための荷物も積んであるのを思い出す。

五葉はシュテンが裸でいるのにも目のやり場に困ったらしく、車に積んでいたバスタオルを腰に巻かせていた。

『――茨木童子』

武者の錦絵から飛び出したような渡辺綱が、何か言いたげにこちらを見ている。

「綱どの」

茨木も、言いたいことはあった。だが、言葉を探しあぐねているうちに、目の前にスマホが差し出された。

「茨木様、七尾が連絡してきています」

どうにか平静を装う五葉は、茨木が鬼になる最中に落としたスマホを、拾ってくれたらしい。

『ああよかった、ご無事でしたか茨木様』

七尾が泣きそうな声で言った。

「あたりまえだ。それよりどうした」

『ニュースで言ってますが、ミサイルがひとつ、東京に向かっています。ほとんど撃ち落としたようですが、撃ちもらした一発が――』

思わず舌打ちした。

「東京のどこだ?」

『そこまではわかりませんが、あと二分もすれば東京上空ですよ』

「おまえたちはどこにいる?」

『じき茨木様たちの近くに着きます。梯子を下ろしますから、上がってきてください』

ミサイルは自衛隊の迎撃部隊に任せて、とりあえず避難するしかない。

だが、シュテンがぬっと首を伸ばした。

「来るのか? ミサイルが?」

なぜか目をキラキラと輝かせている。

「――なんだシュテン、その顔は」

「いま土熊どのと話していたのだ」

「そうだ。例の非道の『矢』の話であろう」

土熊の表情も生き生きしている。どうせ良からぬ相談をしていたのだ。

「わしらなら、『矢』も止められるのではないかと言ったのだ」

「土熊どの――」

茨木は絶句した。この男、まだ諦めていなかったのか。

「どうだ、茨木。どう思う?」

「ミサイルがどこに向かってくるのかわかれば、あるいは止められるのかもしれないが、正直それはプロに任せたほうがいいと思う」

「なんだと、どこに来るかわからんのか――」

シュテンが茫然とした。

「そうだ。それより困ったことがある。徐福が取り入ったのは、この国のトップだけじゃない。いまミサイルを撃っている国のトップも取り込んだと見える。たとえミサイルを迎撃できても、このままでは戦争が始まってしまうだろうな」

――そこまで自分たちが面倒を見てやる必要があるのか。

大江山の頃からずっと、鬼は嫌われ、憎まれ、遠ざけられてきた。自分たちを忌避した人間が滅びるのは、自業自得ではないのか。

だが、そう思う反面、徐福のようなやつにこの国を破壊されるのはまっぴらだという怒りもある。大江山も、茨木が大事に育てあげた「トウ」も、この国の一部だ。

徐福が生き延びるために、大勢の命を吸収する。そんな利己的な目的で、自分が大切にしているものを破壊されてたまるかと思う。

「――ふむ。そやつらに徐福がかけた幻惑の術を、解けば良いのだな」

シュテンは顎を撫で、頷いた。どこか、落ち着かない表情だ。

「心当たりがないでもない」

「心当たり？」

「また俺様が責められるのは間違いないが、こればかりはしかたがない――」

「シュテン、それはどういう――」

待て、と茨木を制して手を上げたシュテンは、急に吐き気を催したかのように、背中を丸めて口を開けた。

「うえええええ！」

――何だこれは。

苦しげにえずき始めたシュテンの身体が、微光に包まれている。

こんなシュテンを目にするのは、長いつきあいの茨木ですら初めてだった。全身が透けて、中から発光するかのようだ。

シュテンの口から、光の珠が現れた。シュテンはそれに、己の手のひらを切って血を与えた。

『――またおぬしか、酒呑。みだりに起こすなとあれほど申しておいただろうに』

光の珠と見えたのは、厨子に収まっているときの渡辺綱のような、掌におさまるサイズの人形だった。それが、輝いている。

発光していたのはその人形だったようで、ようやく普通に戻ったシュテンが、困ったように頭をかいた。

「お前にしか頼めないのでな、晴明」

――人形を胎内に隠していたのか。

シュテンらしいと言えば言えるが――。

小さな人形は、光りながら徐々に大きくなり、やがてシュテンよりやや小柄な、細身の男性の姿になった。錦の狩衣《かりぎぬ》に狩袴を着け、立烏帽子《たてえぼし》をかぶったその姿は――。

「安倍晴明様？」

息を呑んで口走ったのは、瑞祥だ。そう言えば、彼は安倍晴明の末裔だった。晴明は瑞祥をじろりと睨んだだけだったが、見かねたらしくシュテンが苦笑いした。

「晴明、その子は千年後の、おまえの末裔だ。声くらいかけてやったらどうだ」

晴明はやや驚いたように瑞祥をまじまじと見つめた。

『これはこれは。千年たっても、わが家系は美形を輩出しておるようじゃの』

「酒呑童子どのは、晴明様と知り合いなのですか？」

「知り合いというか――友だったのだがな。こやつが、蘆屋道満《あしやどうまん》とやらに騙されて殺害されるまでは」

シュテンが苦い顔をしている。

「現場に駆けつけた俺様は、虫の息の晴明に聞いたのよ。もし俺様が晴明の血を吸えば、こやつは瞬時に鬼になるから確実に生き延びられる。それと、晴明に俺様の血を飲ませて、人形として生き延びられるかどうか賭けるのと、どっちがいいか、とな。晴明は俺様の血を飲むほうを選んだ。どちらもまっぴらだ、とは言わなんだ。こやつがこうして生き延びたのは、俺様のおかげだぞ。そのくせ、起こされるのを極端に嫌うのだからな」

『どちらがいいかと聞かれて、死にかけてぼんやりした頭で害のなさそうなほうを選んでしまっただけだ。――いや、その話はいい。ここは異国か？　目覚むるたびに妙な景色を見るのう。――おお、綱どの』

晴明は綱に気づいて小さく頭を下げる。綱も堅苦しく『晴明どの』と返した。

「晴明よ。徐福という方士が、双方の国を騙して戦をさせようと企んだのよ。それを今から止めねばならぬのだ」

『双方？』

眉をひそめた晴明が、シュテンの額に手をかざした。茨木は、以前シュテンが那智行人を見て晴明にそっくりだと言ったことを思い出していた。たしかに、晴明は行人によく似ている。いつも気難しげに眉をひそめているところなどそっくりだ。シュテンはこの男をよく知っていたのだ。

『なるほど、だいたい理解した。相手は高麗《こうらい》か――』

シュテンが腰に巻いたバスタオルをじろりと見て、顔をしかめる。

『おぬしを隠しおおせる衣などないとは言ったが、その風体ときたらなんだ、品のない』

「放っておけ。晴明は、徐福が使っていた空間接続術とやらを使えるか？　それで向こうに行って、徐福が術をかけたやつらを説得したい」

『場所はわかるのか？』

「いや――」

晴明は周囲を見回し、転がっている大蛇の牙に目を留めた。

『あれは徐福由来のものだな』

言うが早いか、近づいて手を当てる。晴明という男の行動の速さは、シュテンにも負けていないようだ。なるほど、と呟いた晴明が立ち上がり、袂から呪符を取り出す。

『徐福とやらと同じ術は使えぬが、彼が訪《おとの》うたところはこの牙から読み取れた。式神を飛ばし、徐福からと偽って、戦をせぬよう伝えることにしよう』

「うむ、ありがたい。よろしく頼む」

ヘリのローター音が近づいていた。夜中なので、より大きく聞こえるようだ。

「茨木様――！」

ヘリのドアを開け、七尾が叫んでいる。茨木たちの頭上で低空ホバリングするヘリから、ゆっくり縄梯子が下りてくる。

「乗ってください！」

茨木はシュテンたちを振り返った。シュテンに土熊、綱に晴明、瑞祥と茨木に五葉で七人もいる。全員乗るのは無理だが、この場は早く離れたほうが良さそうだ。大蛇が消え失せ、様子を見ようとおそるおそる戻ってくる住民が現れ始めた。

「土熊どのと瑞祥はあれに乗るといい」

「茨木どのはどうされる？」

「私たちは車で――」

待て、というようにシュテンが手を上げた。

「その前に、綱に聞く。そろそろ一刻たつからな。徐福は退治したぞ。そなたの望みどおり、無に返そうか？」

茨木も思い出した。渡辺綱は昔からずっと、人ならぬ身の「人形」と化した己の運命を呪っていたではないか。ことあるごとにシュテンに、早く解放せよと迫っていたのだ。

――ああ、とうとう。

シュテンも綱を解放する気になったのか。

人形を解放するのは、すなわち存在を無に返すということだ。もう二度と会えなくなる。

つい、手を握りしめる。伸ばした爪が手のひらに食い込んで痛い。

興味深げに晴明が綱を見守るなか、綱はじっと茨木を見つめていた。

——息がつまる。

綱がふと、結んでいた唇を緩めた。

『——いや、いい。先度はなぜ人形に戻ったのか思い出した』

「では、また人形に戻るんだな？」

『うむ。用あらば呼べ』

「遠慮なく呼ぶさ」

シュテンが頷くと、たちまち綱の姿はかき消えた。鬼の人形が人間の姿に戻るのは、およそ一刻の間だけだ。時間が切れると、まるで魔法が解けたかのように、元の人形に戻る。

路上には、掌に載るサイズの美々しい武者人形が落ちている。茨木はそれをそっと拾い上げ、五葉が差し出したハンカチでたいせつにくるんでバスローブのポケットにしまった。

千年、この繰り返しだった。

京都は一条戻り橋《いちじようもど》の上で、初めて見かけてからずっと。気が遠くなるほど長い初恋だ。

——なんと凛々しい若武者だろう。

綱の歩く道すら、銀色に輝くようだった。

（もし）

大江山から都に下りて、月夜のそぞろ歩きを楽しんでいた鬼の茨木は、その夜も上臈に化けて市女笠《いちめがさ》の壺装束《つぼそうぞく》を身にまとっていた。綱に声をかけたのは、月夜に少々浮かれた気分のせいだったかもしれない。

綱は、ひと目で彼女が鬼だと見破った。

抜き打ちに片腕を切り落とされ、鬼の本性を現して大江山に逃げ帰ると、茨木は老婆に化けて腕を取り返しに行ったのだった。

「茨木、次はちゃんと言ってやれよ」

シュテンが、子どもにするように頭を撫でた。

「腕を取り戻したおまえが、あいつを食い殺さなかったときから、俺は知ってたぞ」

「シュテン――」

鬼と人間。鬼と人形。退治される大江山の鬼と、退治する源頼光の配下。綱と自分の間に、共通点など何ひとつない。

鬼退治に乗り込んできた頼光たちを見たとき、それが敵だと茨木はすぐわかったし、シュテンにも告げた。だからこそ、シュテンは酒に自分の血を混ぜて飲ませたのだ。

大盃に酒呑童子の血入りの酒を受け、怪しまれぬようたったひとりで飲み干してしまった生真面目な豪傑の綱。

自分はずいぶん、情けない顔をしているだろうと思う。だが、次回もし綱に会ったなら、今度こそ告げようか。

この千年、ずっと綱を見ていたと。

「さあ、そろそろ行こう。陰陽師たちが待ちくたびれているだろう」

シュテンの言葉で、皆が動き出した。

33

大ホールの繭が、びりびりと震えている。

「高天原《たかまのはら》に神留《かむづま》り坐《ま》す　皇親神漏岐神漏美《すめらがむつかむろぎかむろみ》の命《みこと》以《も》ちて　八百万の神等を　神集《かむつどえ》に集賜《つどいたま》ひ　神《かむ》議《はかり》に議賜《はかりたま》ひて　我が皇御孫命《すめみまのみこと》は　豊葦原の水穂の国を　安国と平けく知ろし食《め》せと事依《ことよ》さし奉《まつり》き――」

大鳥の唱える大祓祝詞が朗々と響き渡るなか、行人は禍々しい何かが近づいてくるのを感じた。爆発のようだった。

繭から取った白い繊維を載せた三宝の中央に閃光が走り、行人はあまりの眩しさに一瞬目を閉じ、風切りの鯉口を切った。何かが来た。

それは白く細い光の矢のように、まっすぐ大鳥に向かった。

「来い、徐福!」

大鳥がそう叫んだので、彼は元からその覚悟だったと知れた。光の矢と見えたのは白蛇で、体長三十センチほどのそれは、目にもとまらぬ速さで大鳥の口に飛び込み消えた。

次の瞬間、大鳥の全身が眩しい光に包まれた。

発光しながら、うねうねと血管が波うち、皮膚の下でおぞましいものがうごめくように駆け回り、そして大鳥自身は全力でそれを抑え込もうとしていた。

瑞祥を連れ去った徐福と、酒呑童子の間に何があったのかはわからない。だが、徐福はいま、小さな蛇の姿になって、大鳥に憑依しようとしている。

この眩しいほどの輝きは、徐福が大鳥を乗っ取ろうとしている証だ。何千万年も生きてなお、まだ生き足らぬ貪欲な生命体「古きもの」が、次の器を大鳥と定めたのだ。

「行人、今だ！」

大鳥が叫んだ。双眸からも光が漏れるが、まだその目は活力を失ってはいない。

「わしの首を刎ねよ！　今ならまだ、わしの力が勝っている。本性を失った徐福を抑え込んでいるうちに、早く斬れ！」

行人は息を呑み、風切りの柄に手をかけたまま、凍りついていた。

——私に父を斬れというのか。

「長くはもたぬ。早くしろ、行人！　おまえならできる！」

——私ならできるなどと勝手に決めつけないでくれ！

行人は心の中で悲鳴を上げた。百人の鬼を斬った。それだけでも自分の精神はもはや限界だ。瑞祥を奪われ、今度は大鳥をこの手で斬らねばならぬのか。

結界の内側に、大鳥と行人しか入れなかったのもそのためか。部下たちは、結界の外側で異変に慄き、多少、心得のある課員が、徐福に結界を破らせぬよう、死に物ぐるいで大祓祝詞を唱え続けている。

「天磐座放《あめのいわくらはな》ち　天《あめ》の八重雲《やえぐも》を伊頭《いづ》の千別《ちわき》に千別て　天降依《あまくだしよ》さし奉き——」

——頭が割れそうだ。

行人はよろめいた。

「行人！」

大鳥が叱咤した。

「われらの宿命は重い。おまえに預ける荷の重さを思うと、申し訳ない。だが、ここでおまえがわしを斬らなければ、徐福が復活するのだぞ！　当代の陰陽師頭の知恵と術をもって、」

徐福は器を替えるにあたり、多くの人間の命を必要とする。

村埜の言葉が脳裏に蘇えった。

だから、世界各地に記録される古代文明の神々は、血まみれなのだ。多くの生贄を捧げられ、器を維持してきたから。

――また戦争が起きる。

ここで斬らねば、徐福が戦争を起こして何千、何万という尊い人間の命を吸うのだ。

「斬れ、行人！　わしはもう死んでいる！　おまえが那智の当主ぞ！」

大鳥が喝破した。全身の血が引く。徐福はすでに大鳥を器と定めた。まだ大鳥の力が勝っているが、徐福がその身体を自在にコントロールできるようになれば、もう終わりだ。

「父上――――！」

絶叫とともに、おのれの喉から血がしぶいた気がした。

風切りは血を求める刀だ。

斬る、と定めた心に応える刀だ。

すべるように鞘を走り出た刀身が、大鳥の首に吸い込まれた。斬らねばならなかった。那智行人という個人の感情も権利も人生も、この大義の前に塵ほどの重みもないのだった。

大鳥の首がぽーんと宙に飛んだとき、大ホール中をまばゆく照らしていた白い光は、最後に爆発的な輝きを残して消滅した。代わりに、頭部が転がり落ちた大鳥の口から、頼りなくよろめくように現れた白蛇は、先ほど見たときよりもさらにひとまわり小さく細く、抜け殻のように皺くちゃになっていた。

行人はそれに風切りの切っ先を突き通した。蛇が断末魔の痛みに震える。

「とほかみえみため、かんごんしんそんりこんだけん、はらいたまいきよめでたまう！」

三種祓の祝詞を唱え終わると、徐福の蛇は清浄な青い炎に包まれた。邪悪な蛇が、燃えつきて清らかな灰になり、二度と復活できぬほどこまかい塵となって消え失せるまで、行人はじっと目を離さずにいた。

どれだけ、そうしていたのだろう。

徐福は完全に消滅した。そう確信したとき、行人は力の入らぬ足を引きずって大鳥の骸のそばに行き、膝をついた。大鳥は、正装の水干をまとって斬られた。最初から死を覚悟していたのだと、それだけでも知れる。

——終わった。

転がった大鳥の首をたいせつに抱き上げ、身体のそばに安置する。

しばし瞑目して手を合わせた。

いつしか、課員たちが唱える大祓祝詞はとだえ、ホール内は凍りついたかのように静まりかえっている。

「課長！」

誰かが叫んだ。

行人は、まだ右手に握りしめていた風切りを見た。ゆっくりとそれを逆手に握り直した。

「課長、いけません！」

駒田が叫んでいる。だが、近づく度胸はない。いま近づくものは、誰であろうと風切りに血を吸わせる。そのつもりだった。

逆手に握った風切りを持ち上げ、静かに自分自身の首に刃を当てる。

――もう疲れた。

ここにいるのは、人の身体を持つ鬼だ。行人が最後に祓うべきは、自分自身だ。大鳥、賀茂、鋤田に瑞祥、それに自分が斬り捨てた数多《あまた》の鬼たち、鬼になる前に殺さねばならなかった人間たちの顔がくっきりと浮かぶ。あれほどの死闘のさなか、顔など覚えているはずもないのに、不思議と刻みつけられているのだった。

それは夜ごとの悪夢であり、行人の命が尽き果てるまで、彼の耳元で常に彼の名を呼び続けるのだった。

イタイ、ツライ、クルシイ、行人、行人、行人――。

――もういい。もう充分だ。

「――さらば」

行人は風切りを持つ手に力を込めた。あとは頸動脈に刃を滑らせるだけだ。

ホールの背後でどよめきが起きた。そちらを見むきもしなかったが、足音が聞こえた。

「父さん！」

軽やかな足音だった。そんなはずはない。そんなはずはないのだと心の底で思いながら、行人は息を詰めた。

「ただいま戻りました！」

子どものように駆け寄り、首に飛びついてきた瑞祥の身体を受け止め、行人の手から風切りが転がり落ちた。

「ずいしょ――」

喉が詰まったように声が出ない。彼は泣いている。大粒の涙を流しながら、瑞祥が行人に抱きついてくる。

「瑞祥――!」

行人はその細い身体を抱きしめた。この子は鬼になったなと悟った。人ではない、鬼ならではの何かを感じた。だが、それがどうした。わたしの瑞祥が戻ってきた。涙がこぼれた。瑞祥が生きていてくれた。もうそれだけでいい。わたしの瑞祥が、わたしのもとに戻ってきたのだ。

「父さん、死ぬなと言ったでしょう。だから僕は死にませんでした」

涙でくしゃくしゃになった顔で、瑞祥が晴れやかに笑う。

「あたりまえだ!」

やっと自分の手元に戻ってきた、瑞祥の細い身体をぎゅっと抱き締め、行人は嗚咽を漏らした。

「父さんも死なないでください。僕が死ななかったように。ふたりで考えましょう、鬼と人間のこれからのつきあいかたを」

鬼になっても、生きようと決意した。その瑞祥が、自分に生きよと諌めている。あとからあとから、涙があふれて止まらない。

「――やれやれ。やっと戻ってみれば、今度こそ徐福は片づいた後らしいな」

無遠慮な声が響き、関係者以外立ち入りを禁じられたはずの首相公邸大ホールに、本来ならばいるはずのない大勢の鬼たちが押しかけてきた。

酒呑童子はわかる。後ろのほうに、いかにも隠れたそうにこっそり従っている看護師の三輪もわかる。だが、バスローブ姿で女王のように堂々と歩いている、黒髪の美しい女は誰だ。その周囲を取り巻くスーツ姿のエリートビジネスマン風の若者や、学生のような若者、それに明らかに時代を千年以上間違えたかのような気品ある狩衣姿の男や、ぼろぼろになった作務衣をまとい、体中が傷だらけで火事に巻き込まれたかのように髪が焼けた男も正体不明だ。

「酒呑童子様、この屋敷には金銀もなさそうだぜ。せっかくだからうまい酒でも飲みたいのう」

彼らの後ろからは、蓬髪に着物を巻き付けた小汚い風体のふたりもついてきた。

「なんだ、この――」

行人が茫然としていると、黒髪の女が近づいてきた。背丈と体格から、行人はそれが、いつもフルフェイスのヘルメットをかぶり革のスーツを着て顔と声を隠していた茨木童子だと気がついた。どこかで見たような顔だとも思うが、気のせいかもしれない。

「陰陽師どの、すべて片づいたようだな。こちらも徐福の大蛇を片づけたよ。ただ、その過程でちょっとした騒ぎを起こしてしまった。後始末はそちらに任せることになると思うが――」

申し訳なさそうな顔をするでもなく、女は飄々とそう伝え、狩衣の男を指さした。

「ところで、あちらはあなたの先祖の、安倍晴明どのだ。失礼のないようにな」

行人があっけにとられるうちに、晴明らしき男は大鳥の遺体に歩み寄り、その死を悼むようなしぐさをした後、平然と祭壇の香炉に近づいて、呪符に煙を当てた。

目を閉じ静かに印を切る。

『賊寇《ぞくこう》之《し》中《ちゅう》過《か》度《ど》我《が》身《しん》　毒魔《どくま》之《し》中《ちゅう》過《か》度《ど》我《が》身《しん》　毒氣《どくけ》之《し》中《ちゅう》過《か》度《ど》我《が》身《しん》　毀厄《きやく》之《し》中《ちゅう》過《か》度《ど》我《が》身《しん》　五危六害《ごきりくがい》之《し》中《ちゅう》過《か》度《ど》我《が》身《しん》　五兵六舌《ごへいろくぜつ》之《し》中《ちゅう》過《か》度《ど》我《が》身《しん》　厭魅《えんみ》之《し》中《ちゅう》過《か》度《ど》我《が》身《しん》　萬病除癒《まんびょうじょゆ》　所欲随心《しょよくずいしん》　急々如《きゅうきゅうにょ》律令《りつりょう》！』

四方拝の呪文をすらすら唱え、呪符を宙に放つと、それは一羽の大烏になった。

晴明が烏を諭している。

『よいか、高麗にしかと伝えておやり。徐福は消えた。彼は、己の快楽のために皆を騙していたのだ。辞を低くして己の過ちを認め、以降の忠誠を誓うならば、この晴明が悪いようにはせぬ』

おいおいおい、と言いながら酒呑童子が近づいていく。

「またおかしなことを伝えるんじゃない、晴明。忠誠を誓えとは言ってない。これ以上騒ぎを拡大させるなと言ったんだ」

『ほう、そうであったか』

晴明がとぼけた顔で頷き、大烏を飛び立たせると、室内なのに烏の姿は瞬時に消え失せた。

——式神だったのか。

男が安倍晴明だとは信じられないが、実力のある陰陽師のひとりであることは間違いないようだ。しかも——あれは鬼だ。

「課長！」

駒田が、ホールの端からそっと呼びかけた。明らかに、鬼たちのいるところで目立ちたくないと思っているのが見てとれた。

「どうした、駒田」

「先ほど発射された、二回目のミサイルですが——」

「ああ、そうだったな。忘れていた」

問題が山積みすぎてめまいがする。二度めに発射された複数のミサイルは、ミッドコース飛行中にほとんどイージス艦が迎撃したが、一発だけ東京に接近しているとの話だった。

「消えたそうです」

行人は駒田の顔を見直した。駒田は納得がいかないのか、眉間に皺を寄せている。

「消えた――？」

「はい。着弾地点は新宿御苑界隈と見なされていたそうですが、そこにたどりつく前に、レーダーからふいに消えたそうです。それに、消える直前には」

なぜか駒田は恐ろしそうに鬼たちを振り返った。彼らはこちらの会話など気にも留めておらぬようだ。

「自衛隊がまだ発射しておらぬのに、迎撃ミサイルのようなものが、ミサイルに向かって飛んだそうです。両者が交差した瞬間、ふたつとも消えたとか」

「――どういうことだ」

「あの焼け焦げた髪の男――土熊と三輪が呼んでおりました――が話していたのですが」

駒田がごくりと唾をのむ。

「あの男、ミサイルが見えたと言って、ヘリから弾丸のように飛び出したのだそうです。まさか、本当に――」

行人も土熊を見た。黄色い乱杭歯をのぞかせて、蟹のような体格の鬼は陽気に笑っている。身振り手振りで何やら説明するのに、周囲の鬼たちも大いに笑っているようだ。

「――まさか。ありえないだろう。ミサイルはきっと、自爆したのだ」

都内にミサイルが着弾したりすれば、もはや戦争は避けられない。脅すつもりが、とんでもない事態を引き起こしたと気づいた敵が、自爆スイッチを押したのなら説明がつく。

「自爆――そうか、なるほど。それならありえますね。あれは自爆だったんですね」

駒田もその考えが気に入ったようだ。

——そういうことにしておこう。

恐ろしい想像に封印をして、行人は大鳥の遺体に視線をやった。

「駒田さん、シーツか何か頼めないだろうか。父を弔いたいのだが」

「もちろんです。すぐ用意いたします」

とはいえ、これから公邸は警察官で溢れるだろう。大鳥の遺体も、検視を受けるはずだ。死亡当時の状況や、行人が大鳥を斬らねばならなかった事情、徐福とは何者かなど、どこまで理解してもらえるか不明だが、また心をすり減らす事情聴取を受けることになりそうだ。

「心配するな、陰陽師どの。首相も事情説明に協力するだろうよ。徐福に騙されて事態を複雑にした張本人だからな」

いつの間にか茨木童子がそばにいて、怜悧な目でホールの内部を見回しながら告げた。

「それでもおさまらぬようなら、いっそそなたも我らと来て鬼になるか？」

「——それは遠慮させてもらう」

茨木童子がクールに微笑した。

「いいだろう。気が変わったら来てくれ。私たちはそろそろ帰るから」

——どこに帰るというのだ。

排斥され続けてきた鬼たちに、居場所はあるのだろうか。だが、それを自分が尋ねるのは偽善だと思った。彼らの居場所を破壊してきたのは、他ならぬ陰陽師だ。

「茨木どの。今回は本当に、いろいろ世話になった。心から礼を言う。ありがとう」

彼らがいなければ、徐福は自分たちの手に余っただろう。茨木は微笑み、「いいんだ」とでもいうように手を振って酒呑童子らのもとに向かった。

――あれが大江山の鬼。

ひときわ大柄な男が酒呑童子だ。酒呑童子が恒星、太陽だとすると、その周囲につどう鬼たちはさながら惑星のようだ。

彼らに、どこか見惚れるまなざしを送ってしまう。そんな自分にふと気づき、行人は慌てた。

「ではまたな、陰陽師」

酒呑童子が豪快に手を上げ、鬼たちはひとりまたひとりと姿を消した。最後に、瑞祥が行人の前で頭を下げた。

「では、私も彼らと行きます」

――そうだ。瑞祥はもう、彼らのものなのだ。

きりりと胸を締め付けられるような感覚に、行人は無理に微笑を浮かべた。

「何もそう慌てなくともよいではないか」

「いいえ、父さん。私はもう彼らの仲間です。ふつうの人間としてならともかく、陰陽師として一緒に働くことはできません。申し訳ありません」

「――また会えるのだろう?」

瑞祥が、陰りのある美しい顔で微笑んだ。

「これからの人間と鬼のつきあいかたを、一緒に考えようと言ったのは本気です。私はしばらく、鬼になった自分を観察するつもりです」

だから、いつかまたきっと。

異質な厭わしい存在ではなく、仲間として人間が鬼を受け入れられるようになったら、瑞祥は自分のもとに戻ってくる。そんな日が必ず来る。

——本当に、この子は「あの方」に生き写しだな。

若い頃の行人が、自分の未来を捨ててでも一緒になりたいと慕った貴婦人の横顔が、瑞祥の横顔と重なる。ホールを去りゆく瑞祥の唇が「さようなら」と小さく動いた。

「瑞祥！」

たまらず行人が叫んだときにはもう、鬼たちはひとり残らず姿を消した後だった。

アメリカン航空の羽田空港発ニューヨーク行きは、あと三十分もすれば出発する。

茨木は、空港ラウンジの時計を見て、コーヒーカップをテーブルに戻した。

——しばらく日本の景色も見納めだ。

表向きは「トウ」ブランドの海外進出であり、ニューヨーク支店の設立にともなう出張だ。だが、今回の出張には、シュテンや茨木が仲間にした五葉や七尾、三輪たちも含まれている。

茨木は、ラウンジの磨かれた黒大理石の飾り壁に映る自分の上半身を見つめた。長く艶のある黒髪、大きなサングラス、深紅のルージュ、胸元を強調する黒いレースのスーツ。「トウ」の経営者らしい姿は変わらない。

戦争は、起きなかった。

安倍晴明が送った式神の大鳥は、立派に役目を果たしたようだ。

近隣国のリーダーは、情報伝達の不備によるミサイルの誤射であると発表し、珍しく謝罪した。それをきっかけに、国際世論が温かく謝罪を受け入れる反応をして、長らく不穏な空気の漂っていた両国の関係も、雪解けが期待できそうだ。

公邸を破壊され、夫人に怪我まで負わされた首相は、徐福が彼を洗脳して利用していたと知ると、全面的に陰陽師に協力すると約束した。幸いなことに、夫人の怪我は当初、重傷と伝えられていたが、右腕に軽い火傷を負った程度で助かったようだ。公邸の修復がなるまでは、数か月はかかるだろう。

世田谷で民家二十戸あまりが破壊されたのは、竜巻による「災害」と発表された。巨大な白い大蛇の尾で叩き潰されたと報告する住民も、信じられないくらい多かったが、その証言を裏付ける動画などはひとつもなかった。

大蛇にカメラを向けた人々は少なくなかったようだが、大蛇が映るはずの画面には、なぜか白い光の筋が残るだけだった。大蛇の動きが速かったためかもしれないし、結局のところ、徐福の大蛇とは霊体に近いものだったのではないか、とは七尾の仮説だ。

巨人、いや巨大化した鬼の目撃情報も少なくなかったが、やはり写真はなかった。あってもぼやけていたり、ぼんやりした合成写真のようにしか見えなかったりした。夜だったことと、大蛇が暴れて周辺の街灯や民家が薙ぎ倒され、一帯の照明が消えていたことが幸いしたようだ。

那智大鳥や賀茂を含む、多数の死傷者についても、それぞれもっともらしい理由がつけられていた。

――賀茂さんには、気の毒なことをした。

飄々とした老陰陽師は、陰陽師の中で初めて、茨木の言葉に真面目に耳を傾けてくれた。

(鬼も人間の一形態で、われらは共存できるというのかね)

そうです、と答える茨木を見た賀茂の目の、不思議な優しさを忘れることはできない。

陰陽師や警察の動きを内部からひそかに知らせ、茨木たちが窮地に陥らぬよう、手助けしてくれた。聖徳太子の母子像を襲撃し、シュテン復活を企むものがいることも、トクチョーの情報から教えてくれた。その見返りに、茨木は決して人間を殺したり事件を起こしたりしなかった。

鬼と陰陽師の関係も、徐福の事件をきっかけに変化している。今さら、茨木たちが日本を出て海外に旅立つ必要もないと言えば言えるのだが――。

「なんだ茨木。もう行くのか？」

ラウンジのソファにだらしなく横になり、眠っていたシュテンが起き上がる。今日はゆったりした麻のカジュアルな感覚のスーツに、エメラルドブルーのTシャツを着ている。機内ではあの服にふさわしい、洒落者を演じてほしいものだ。

「うん。そろそろ行こう」

じき、五葉が呼びに来るだろうが、それをのんびり待っているほど茨木も気が長くない。

立ち上がると、シュテンもふらりとついてくる。ラウンジのスタッフはみな顔見知りで、微笑みながら挨拶してくれる。「トウ」の著名な経営者が新顔のモデルを連れてニューヨークに進出するのかと内心では興味を持っていることだろう。

今日の便には、五葉と七尾、三輪が同乗する予定だ。渡辺綱と安倍晴明は人形に戻り、晴明にいたってはシュテンが元通り腹に飲み込んだようだ。

五葉と七尾、三輪はれっきとした現代人なので、パスポートの取得は問題なかった。茨木自身は、デザイナーの養女になった際に戸籍を得ている。不安はシュテンのみだったが、五葉がいろんな手を駆使したらしく、皆より少し遅れてパスポートが手に入ったのだ。

そう言えば、いつ晴明と知り合ったのかとシュテンに尋ねると、大江山で茨木たちと知り合うよりずっと早く、晴明が子どもの頃にもう会っていたのだと白状した。とんでもない秘密を隠していたものだ。茨木たちはずっと、晴明が大江山の鬼退治を進言し、源頼光を主とする一行が派遣されたと考えてきたのだから。

（俺様の血を飲んで蘇生した晴明は、その後、自分が年を取らないことに気づいた。大江山の鬼——自分の幼馴染の酒呑童子が、自分を鬼の眷属《けんぞく》にしたことにも気づいたろうよ。頼光による鬼

退治を進言したのは、自分が鬼になったことを隠すためだったと俺様は見ているがね）

土熊や、金熊、星熊たちは、ニューヨークには行かない。日本にとどまり、大江山の近くに住まいと田畑を得て、千年ぶり——土熊にいたっては千五百年ぶり——に土とたわむれる暮らしに入るつもりだと言った。鬼の生活に必要な少しばかりの血液は、ときどき三輪が日本に戻り、彼らに届けることになっている。

「茨木様」

搭乗口に戻る途中で、迎えにくる五葉に出会った。彼はいつ見てもスマートな、「トウ」のCFOだ。ニューヨークでも五葉のいない「トウ」は考えられない。

「もうじき搭乗が始まります」

「うん」

搭乗口には、米国の大学院に留学する七尾や、向こうでも看護師の資格を取るつもりらしい三輪がすでに待っていた。七尾は人間が鬼に変化するなら、鬼を人間に戻す手もあるのではないかと考えているそうだ。だから、それを研究するために米国に留学するのだ。

それに、もうひとり。

——この子もいたな。

那智瑞祥が、ファーストクラスに乗るのは固辞して、ひとりだけエコノミークラスのチケットを握りしめている。一緒に来てくれたほうが何かと便利なのだが、そういう潔癖さは父親譲りなのだろう。

「瑞祥」

茨木は声をかけた。

「本当にいいのか。行人さんに知らせなくて」

黙ってニューヨークに出発するらしい瑞祥は、気恥ずかしげに頷いた。

「これも修行です。私は向こうでも術を磨き、もっと立派な陰陽師になって戻るつもりです」

――鬼の陰陽師ね。

彼がそれでいいと言うなら、それもありなのだろう。

「茨木」

シュテンが肩に手を置いた。

「ひとりで頑張りすぎるなよ。頼りないかもしれないが、俺たちも手伝うからな」

――頼りない？

首をかしげた茨木は、にっと笑った。

「もちろんだ、シュテン。向こうに着いたら、さっそく仕事が待っている」

シュテンのこの外見を生かさぬ手はない。ぶっきらぼうなのに、どこか人を引きつける温かみは、海外でも魅力的に映るに違いない。彼には「シュテン」という名前で、「トウ」の専属モデルとして活躍してもらうつもりだ。

徐福は、この百年ほどはほとんど仲間の「古きもの」の存在を感じないと言っていた。おそらく彼が地球に下りた最後の「古きもの」だろう、とも。

だがそれは、本当だろうか。

二十一世紀もすでに四分の一が過ぎたというのに、世界からはいっこうに争いが消えない。消えないどころか、今さらのように各地で戦争や紛争、小競り合いが絶えない。

人間がそれほど愚かなのか。

それとも、どこかにまだ徐福の仲間が潜んでいるのか。

茨木は、「トウ」のブランドを引っ提げて海外に乗り込み、「古きもの」の影を求めて歩くつもりでいる。

見つかるかもしれないし、見つからないかもしれない。それでいい。

——鬼に時間はたっぷりある。

シュテンも、他の仲間もいる。陰陽師すら、仲間に加わった。

航空会社のスタッフが、搭乗開始をアナウンスして、ゲートを開いた。

「行こう」

茨木はシュテンと並び、ゲートに吸い込まれていった。

この作品は書下ろしです。内容はすべてフィクションであり、
登場する人物、団体等は架空のものです。

福田和代（ふくだ・かずよ）

1967年、神戸市生まれ。神戸大学工学部卒業。2007年、航空謀略サスペンス『ヴィズ・ゼロ』でデビュー。大藪春彦賞候補となったクライシス小説『ハイ・アラート』、テレビドラマ化され話題となった『怪物』など、緻密な取材に裏付けされた、骨太でリーダビリティ溢れる作品を次々に上梓。『碧空のカノン』にはじまる「航空自衛隊航空中央音楽隊ノート」シリーズ、『緑衣のメトセラ』、『梟の一族』にはじまる「梟」シリーズなど著書多数。

ヴァンパイア・シュテン

2025年4月30日　初版1刷発行

著　者　福《ふく》田《だ》和《かず》代《よ》
発行者　三宅貴久
発行所　株式会社 光文社
〒112-8011　東京都文京区音羽1-16-6
電話　編　集　部　03-5395-8254
書籍販売部　03-5395-8116
制　作　部　03-5395-8125
URL　光　文　社　https://www.kobunsha.com/

組　版　萩原印刷
印刷所　新藤慶昌堂
製本所　国宝社

落丁・乱丁本は制作部へご連絡くだされば、お取り替えいたします。

ISBN978-4-334-10624-9